btb
Aus Freude am Lesen

Tante Hedwig reicht es. Jahrelang hat sie sich um ihre Familie und das gemeinsame Bestattungsinstitut gekümmert. Nun will sie endlich Zeit für sich und flüchtet in eine Kur. Dabei bräuchte ihr Neffe Viktor dringend Unterstützung, denn Onkel Wolfgang jagt einem Urnendieb hinterher. Und auch Viktor selbst ist gerade mit einem brisanten Fall beschäftigt: In Nürnberg treibt ein Serienkiller sein Unwesen, der hübsche Floristinnen ermordet und ihre Leichen pietätvoll mit Blumen dekoriert. Zusammen mit seiner Freundin Miriam lässt Viktor es sich selbstverständlich nicht nehmen, auf eigene Faust zu ermitteln. Ahnungslos, dass der Mörder es bereits auf Miriam abgesehen hat …

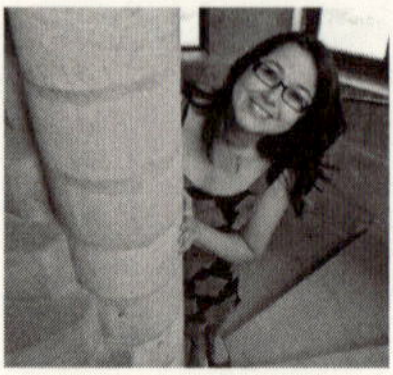

© Michael Matejka

TESSA KORBER, 1966 in Grünstadt in der Pfalz geboren, studierte in Erlangen Germanistik, Geschichte und Kommunikationswissenschaften und promovierte im Fachbereich Germanistik. Nach dem ersten Bestatter-Krimi »Gemordet wird immer«, der bereits im btb Verlag erschienen ist, legt die Autorin mit »Zum Sterben schön« die turbulente Fortsetzung rund um die einzigartige, liebevoll verschrobene Bestatter-Familie Anders vor. Tessa Korber lebt mit ihrer Familie in der Nähe von Nürnberg.

Tessa Korber

Zum Sterben schön

Ein Bestatter-Krimi

btb

MIX
Papier aus verantwortungsvollen Quellen
FSC® C083411

Verlagsgruppe Random House FSC® N001967
Das für dieses Buch verwendete FSC®-zertifizierte Papier
Lux Cream liefert Stora Enso, Finnland.

2. Auflage
Originalausgabe Mai 2014

Umschlaggestaltung: © semper smile
Umschlagmotiv: © Corbis/Tobbe; Shutterstock/
STILLFX; Shutterstock/Azaliya
Satz: Uhl + Massopust, Aalen
Druck und Einband: CPI – Clausen & Bosse, Leck
LW · Herstellung: sc
Printed in Germany
ISBN 978-3-442-74725-2

www.btb-verlag.de
www.facebook.com/btbverlag
Besuchen Sie unseren LiteraturBlog www.transatlantik.de

1

Viktor Anders, Nachwuchsbestatter und Weltenbummler außer Dienst, rührte in seinem Kaffee und sah aus dem Fenster, als plötzlich eine Katze vorbeiflog. »Schon sechzehn Uhr?«, fragte er.

Seine Tante Hedwig hob kaum den Kopf. »Ich bin spät dran«, antwortete sie nur und arrangierte hastig Kuchenteller, Tasse und Milchkanne auf dem Tablett, das sie nach oben bringen wollte, zu ihrem Sohn Tobias, den man jetzt energisch das Fenster schließen hörte.

»Thekla ist auch nicht mehr die Jüngste«, stellte Viktor fest und verfolgte, wie die Katze in einen Rosenbusch hinkte, wo sie begann, wieder Ordnung in ihr Fell und ihr Selbstwertgefühl zu bringen. »Das Fliegen bekommt ihr nicht mehr.«

Tante Hedwig seufzte. Es stimmte, sie würde etwas ändern müssen. Allein der Gedanke lastete wie Blei auf ihr. Tobias war Autist. Und es war schwer, im Leben eines Autisten etwas zu ändern. »Autisten und Veränderung, das ist …«

»… eine contradictio in adjecto«, meinte Viktor altklug und leckte den Milchschaum von seinem Löffel.

»Was?« Hedwig tat vor Verwirrung zwei weitere Löffel Zucker in den Kaffee. Wenn man Tobias die Dose mitgab, schüttete er alles hinein. Also wegstellen. Hatte sie die Serviette? Nur eine, und zwar die mit dem Punktmuster. Wenn es die bei Rewe mal nicht mehr gab, dann gnade ihnen Gott. Tobias würde es nicht tun.

Viktor winkte ab. »Was willst du unternehmen?«

Hedwig überblickte noch einmal das Tablett, ehe sie es anhob. »Ich werde eine jüngere Katze kaufen.«

»Aber …« Viktor hielt inne. »Die Katze ist doch …« Er hielt inne, als es laut klirrte.

»Jetzt hör schon endlich mit der Scheißkatze auf!« Hedwig hatte das Tablett fallen lassen und stützte sich schwer atmend mit beiden Händen auf der Arbeitsplatte auf. Alles in Ordnung?, wollte Viktor fragen. Das Wort Scheiße hätte die Tante Hedwig, die er kannte, niemals in den Mund genommen. Doch bevor er etwas sagen konnte, sah er auch, dass ihre Schultern zitterten. »Ist ja gut«, stotterte er.

Hedwig drehte sich zu ihm um. Ihr Mund war verzerrt, ihr Gesicht tränenüberströmt. »Nichts ist in Ordnung«, stieß sie hervor, »gar nichts.« Sie schlug die Hände vor das Gesicht und schluchzte laut auf. Inzwischen schüttelte es ihre ganze Gestalt, die vertraute, rundliche Figur, die Viktor nur eifrig beschäftigt kannte. Die weißen Spitzen an ihrer Küchenschürze bebten. »Ich, ich, ich …« Sie schnappte nach Luft. »Ich mach und tu den ganzen Tag, und ihr, ihr denkt nur an die dämliche Katze und …« Wieder ging in Tränen unter, was sie sagen wollte.

Viktor stand auf und nahm sie in den Arm. Sie roch fremd, nach Hefe und Vanille. Und da begriff er, dass er sie noch nie richtig berührt hatte. Nicht, seit er vor einigen Monaten zurückgekehrt war, um den elterlichen Betrieb zusammen mit seinem Onkel zu übernehmen: das Bestattungsinstitut Anders & Anders.

»Tobias hat die letzten Nächte getobt …«

»Ich weiß«, murmelte er.

»Ich hab kaum noch geschlafen …«

»Ich weiß.« Sein Murmeln beruhigte ihn selbst. Er hielt sie fester.

»Ich muss noch die Monatsabrechnung machen. Die Dreschers haben schon wieder den Auftrag geändert – dauernd ist ihnen was zu teuer. Und jetzt kommen auch noch die Logopädiestunden für Tobi dazu. Ich weiß kaum noch …«

»Ich weiß, Tante.« Viktor strich ihr über das Haar. Ihm war ganz seltsam zumute. Halb gerührt, halb peinlich war das Gefühl. Sein Pullover wurde an der Schulter ganz nass. Er ließ seine Tante los.

»Pass auf«, sagte er. »Das hier bring ich nach oben. Und dann besorgen wir jemanden, der Tobias heute in die Praxis fährt.«

»Wer soll das denn machen?«, fragte seine Tante und schniefte. Bei ältlichen Frauen mit Übergewicht sah das nicht sonderlich attraktiv aus, dachte Viktor und reichte ihr ein Taschentuch, in das sie sich mit bebenden Dauerwellenlöckchen schnäuzte.

»Miriam«, erklärte er. »Sie kommt doch prima mit Tobias zurecht.«

Der Blick seiner Tante erinnerte Viktor daran, dass Miriam Weichsler, der das kleine Café mit Buchladen neben dem Westfriedhof gehörte, zwar gut mit seinem Cousin zurechtkam, weniger gut jedoch mit ihm selbst, seit er mit ihr geschlafen und sich danach besonnen hatte, dass ihm eine rein platonische Freundschaft doch lieber wäre. Natürlich war das alles viel komplexer. Aber dafür hatte Miriam irgendwie kein Verständnis mehr gehabt.

»Ich ruf sie jetzt sofort an«, versprach er im Brustton der Überzeugung.

Seine Tante überblickte die Bescherung auf dem Tablett, wo der verschüttete Kaffee die Serviette durchweichte. »Ich bring das nur eben rasch in Ordnung.«

Das Telefon klingelte. »Anders & Anders Bestattungen. Sie sprechen mit Viktor Anders«, meldete sich Viktor sonor und zwinkerte seiner Tante zu. »Miriam! Wir haben gerade von dir gesprochen.« In seiner Stimme lag mehr Begeisterung, als seiner Ansicht nach gut für ihre Beziehung war. Schnell räusperte er sich, doch er kam nicht mehr zu Wort.

»Ja, ja, ja. Nein. Ja. Was???« Er glaubte sich verhört zu haben.

Ungeduldig wiederholte Miriam ihren letzten Satz: »Meine Frauenärztin will dich sprechen.«

»Ist etwas passiert?«, fragte Tante Hedwig, die sah, dass Viktor ganz blass geworden war.

Er schüttelte den Kopf, wieder und wieder. Nein, das konnte nicht sein, das durfte nicht... Wie lange war es eigentlich genau her? Umgehend begann Viktor zu rechnen, doch die Daten entzogen sich ihm und tanzten durch seinen Kopf. Greifbar blieb nur der eine hämmernde Gedanke: All das konnte nur eines bedeuten, nämlich, dass er Vater wurde und dies sein Ende war.

»Sie hat da eine Patientin«, fuhr Miriam fort, »die seltsame Verletzungen aufweist. Anscheinend genau solche wie die in der Zeitung, du weißt schon, diese Floristin, die neulich ermordet wurde. Na ja, und die liegt ja bei euch. Also eigentlich verstößt sie damit gegen die ärztliche Schweigepflicht. Aber ich hab ihr von dir erzählt und wie du den letzten Fall entdeckt und gelöst hast und...« Endlich wurde ihr die Stille in der Leitung bewusst. »Viktor?«

Mit Mühe brachte er ein »Ja« heraus.

»Können wir vorbeikommen und uns die Leiche ansehen?«

»Ja«, wiederholte Viktor. Er begriff sein Glück kaum, die Erleichterung ließ ihn sich unwirklich fühlen. »Klar«, kiekste er hinterher. Wenn es nichts weiter war als eine tote Floristin. Hauptsache, niemand war schwanger. Über die Konsequenzen seiner Einladung machte er sich erst mal keine Gedanken.

»Viktor?« Miriams Stimme wurde ernster. Eine Weile, während der er nicht zu atmen wagte, war es still im Hörer. Dann begriff Miriam und begann zu lachen. Sie lachte und lachte.

Mit einem Schlag wurde Viktor blutrot. »Bis dann«, sagte er knapp und knallte den Hörer auf. »Miriam kommt«, meinte er nur zu seiner Tante, riss ihr das Tablett aus der Hand und flüchtete aus der Küche.

Die Tür klappte schon hinter ihm ins Schloss, als Hedwig mit Mühe herausbrachte: »Wie schön.«

2

Wolfgang Anders stand allein neben dem Grab und fluchte. Der Trauerredner war eine Katastrophe. Eine geschlagene halbe Stunde psalmodierte er nun schon in der Friedhofskapelle. Offenbar fand er, die Leute hatten das verdient für ihr Geld. Mit unnatürlich hoher Stimme reihte er dabei Plattitüde an Plattitüde, was Anders ihm ja noch verziehen hätte. Er selbst bastelte sich seine Ansprachen auch aus zwei Handbüchern zusammen, die ihn nun schon seit den Siebzigern begleiteten. Der dort drinnen allerdings… Wolfgang Anders rückte noch einmal die Halterung für die Schaufel zurecht und warf dann einen Blick zurück auf die Kapelle, aus der er geflüchtet war. Jedes einzelne Mal war er zusammengezuckt, wenn der Redner von dem lieben Verblichenen sprach, »unserem Herrn Böhmer«, dem »lieben Bruder Böhmer«, von »Böhmer, der so lebensfroh gewesen war«. Wolfgang Anders wusste ja nicht, wie sich das mit Herrn Böhmer verhielt. Aber der Tote in der Kapelle hieß *Bohner*. Und er fragte sich, warum nicht einer der Hinterbliebenen aufsprang, um dem Kerl das Maul zu stopfen. Noch dazu war der Redner in grünem Lodenmantel angetreten, nicht ganz sicher auf den Beinen, mit einer roten Nase, die verriet, dass er nicht erst seit gestern trank, dazu eine Fahne, die klarmachte, dass er jedenfalls mindestens *bis* gestern getrunken hatte. Wolfgang hatte keine Ahnung, warum die Familie des Toten diesen Mann ausgewählt hatte. Für ihn selbst stand fest, er würde nie wieder einen pensionierten Lehrer beschäftigen.

Allerdings schien ihm auch die gesamte Trauergemeinde ein wenig beschwipst – möglicherweise hatten sie sich Mut antrinken müssen –, sodass es außer ihm wohl keinem auffiel. Das wäre eine Aufgabe für seinen leichtfertigen Neffen gewesen. Viktor hätte vermutlich mitgebechert, zusätzlich noch einen Joint herumgehen lassen, und alle hätten sich großartig bei seiner Rede amüsiert. Er verstand nicht, was die Leute an Viktor fanden. Er, Wolfgang Anders, war doch derjenige mit Moral und Verantwortungsbewusstsein. Er war derjenige, der etwas zu geben hatte. Seine Tragik war nur, dass niemand das begriff. Im Grunde hatte ihn nur ein Mensch in seinem Leben jemals verstanden.

Wolfgang Anders zupfte ein paar Kranzbänder zurecht. Er nahm sich vor, eine Einladung für den Leichenschmaus, sollte sie ausgesprochen werden, abzulehnen.

»Schöne Blumen.« Die Bemerkung war so knapp hingeworfen, dass sie ebenso gut das Gegenteil bedeuten konnte. Wolfgang Anders hob den Kopf.

Neben den Kränzen von Freunden und Bekannten, die darauf warteten, auf das Urnengrab gehäuft zu werden, stand ein junger Mann, die Hände in den Taschen seines Blousons vergraben. Obwohl, so jung war er vielleicht gar nicht. Seine Haare waren bereits so dünn, dass er sie rasiermesserkurz geschnitten hatte. Sie waren so farblos wie sein Gesicht, und er hatte einen resignierten Zug um den Mund. Er konnte ebenso gut siebenundzwanzig wie siebenunddreißig sein.

»Sie kennen mich nicht mehr, was Herr Anders?«

Etwas im Klang seines eigenen Namens ließ Wolfgang

Anders aufhorchen. Er sah ein zweites Mal hin. Aber es wollte ihm nicht gelingen, die Züge des anderen einzuordnen.

Der stieß ein bitteres Lachen aus. »Na ja, so ohne das ganze Metall in der Fresse. Und das mit den langen Haaren hab ich schon vor Jahren sein lassen.« Er fuhr sich über den nicht vorhandenen Scheitel. »Damals trug ich sie schwarz.«

Wolfgang Anders schüttelte noch den Kopf, als der andere ihm die Hand entgegenstreckte. »Max Mertens.« Als keine Reaktion kam, fügte er hinzu: »Ich war in der Zwölften Hannahs Freund. Der Freund Ihrer Nichte.«

Wolfgang Anders brauchte einen Moment, bis er herausbrachte: »Sie waren im Knast.«

Max Mertens ballte seine ausgestreckte Hand und steckte sie zurück in die Tasche. Er hob die Schultern, dann atmete er durch. »Alte Geschichten«, erwiderte er und fing Wolfgang Anders' Blick ein. »Deshalb bin ich übrigens hier. Wegen alter Geschichten.«

Die Tür der Kapelle öffnete sich, und die letzten Klänge der Orgel wehten über den Friedhof. Die Trauergäste mussten in wenigen Minuten hier sein.

»Hannah ist tot«, sagte Wolfgang Anders in abweisendem Ton. »Das alles ist lange her. Wir haben nichts mehr miteinander zu tun.« Angestrengt machte er sich an der Plastikabdeckung für den Erdhaufen zu schaffen, der bald wieder zurück in das Grab geschaufelt würde. Aufgefüllt, Stein drüber, Blumen drauf und gut. Er sah nur aus den Augenwinkeln auf, doch was er sah, ließ ihn schwitzen: Max Mertens lächelte.

»Sie wissen, dass das nicht stimmt«, sagte er, es klang nicht einmal bedrohlich. »Sie wissen, dass ganz und gar nichts stimmt an der alten Geschichte. Genau wie ich.«

»Überhaupt nichts wissen Sie«, zischte Wolfgang Anders.

Das Schweigen hielt an. Wolfgang Anders' Hände zitterten. Trotzig machte er sich am Grab zu schaffen, raschelte und zog, wischte und kehrte. Doch am Ende konnte er nicht anders. Er richtete sich auf und blickte Max Mertens ins Gesicht. Nein, es war nicht der mürrische Zug um den Mund, der ihn so alt aussehen ließ. Es waren die Augen. Sie ließen Wolfgang Anders nicht los, diese Augen. Er hielt still, sagte nichts, wehrte sich nicht, während der andere ruhig und, da die Leute näher kamen, immer leiser sagte: »Ich weiß etwas, das so geheim war, dass Hannah es nicht einmal in ihr Tagebuch schrieb. Aus lauter Angst vor ihrer« – das letzte Wort flüsterte er – »Familie.«

Die Bohners kamen heran, an ihrer Spitze der Trauerredner, der von zwei Männern jüngeren Alters gestützt werden musste. Eine Flasche Jägermeister ging herum, in kräftigen Schlucken geleert.

Max Mertens warf einen missbilligenden Blick auf das angesäuselte Grüppchen. »Familie ist etwas Schönes«, sagte er nun lauter. »Wir sehen uns, Herr Anders.«

Damit ging er, die Hände noch immer in den Taschen, die Schultern hängend wie bei einem alten Mann. Und doch hatte Wolfgang Anders seit Jahren nicht mehr so eine Furcht empfunden wie bei seinem Anblick.

Später fand er die Flasche Jägermeister, als Grabbeigabe zwischen die Blumen gelegt. Sie war noch zu einem Drittel voll. Er schraubte sie auf, hob sie an die Lippen und nahm einen tiefen Schluck.

3

Viktor schaltete das Licht im Leichenkeller an und ging zu den Kühlfächern an der Rückwand, deren Aggregate dezent summten. Er studierte die Belegangaben neben den grünen digitalen Temperaturanzeigen und entriegelte schließlich Fach Nummer vier. Der Schlitten mit dem lakenbedeckten Körper glitt heraus.

»Mit Onkel Wolfgang habe ich noch ein Wörtchen zu reden«, meinte er und zog schnalzend die Latexhandschuhe über. »Er hat diese Tote mit keinem Wort erwähnt.«

»Warum hat er das getan, was meinst du?«, stieß Miriam hervor, schnappte dann nach Luft und tastete hinter sich nach Halt. Sie war zum ersten Mal in diesem Keller. Obwohl sie genau wusste, womit Viktor sein Geld verdiente, und keinerlei Vorurteile hegte – lag ihr kleines Café doch gegenüber dem Westfriedhof –, bestand ihre eigene Welt vor allem aus duftendem Tee, Grünpflanzen und Kirschbeignets.

Mit dem Schwung des gerechten Zorns zog Viktor das Baumwolltuch beiseite. »Na, was glaubst du wohl? Angst hat der, dass ich mich wieder als Detektiv betätigen könnte, wenn ich erfahre, dass wir ein Mordopfer beherbergen.«

»Interessant.« Das kam von der Frau neben Miriam. Mit festem Händedruck hatte sie sich als Doktor Isolde Schellenbaum vorgestellt. Sie trug eine Lacklederhandtasche und Lackpumps zur passend gehärteten Frisur und einem nur wenig milderen Gesichtsausdruck. Viktor hätte ihr ohne

Sorge die Rettung von Zypern anvertraut, aber nur ungern irgendeinen Körperteil vor ihr enthüllt. Mitleidig betrachtete er nun die junge Frau, die zwischen ihnen lag, Frau Doktor Schellenbaums Blicken schutzlos ausgeliefert. Die einst schönen Konturen waren teigig verflossen und dann verhärtet. Dazu wies der nach der Obduktion sauer gewaschene Körper zahllose Kratzer und Löcher auf, die an den Rändern blau verfärbt und getrocknet waren. Die Stirn war regelrecht perforiert, als hätte die junge Frau eine Dornenkrone getragen. Viktor erinnerte sich, in der Zeitung gelesen zu haben, dass der Mörder sein Opfer mit Rosen geschmückt hatte – auf eine Weise, die bei Lebenden nicht widerspruchslos hingenommen worden wäre. Wenn er genau hinsah, konnte er aus den Einstichen und Ritzen das Muster dieses Blumenschmucks ablesen. Und die Brüste… Sogar er wandte den Blick ab von den schwarz zerwühlten Kratern. Dagegen fiel der y-förmige Schnitt des Pathologen, der nur lieblos geflickt war, kaum noch ins Gewicht.

»Was wir suchen, ist in der Vagina«, verkündete Frau Doktor Schellenbaum.

»Was, was, ich, ich…« Viktor war nicht ganz auf der Höhe des Geschehens. Für einen Moment war er Onkel Wolfgang fast dankbar, dass er ihm den Anblick erspart hatte, auch wenn das mit Sicherheit nicht aus Güte geschehen war. Dieser Körper würde ihm in seinen Träumen wiederbegegnen.

»Sagen Sie doch Isolde zu mir.«

Ich wüsste nicht, warum, war das Einzige, was ihm in dem Durcheinander von Eindrücken einfiel, die er mühsam zu sortieren suchte. Er war hier der Bestatter, er musste die Fassung bewahren.

»Die Beine.« Sie sah ihn an, als wüsste er Bescheid.

»Wie?« Langsam kam Viktor sich wie ein Idiot vor.

Frau Doktor Schellenbaum lächelte so knapp, dass es gerade noch in die Definition von Lächeln passte. »Sie müssen angehoben und gespreizt werden. Wie im gynäkologischen Untersuchungsstuhl.«

»Tut mir leid, so etwas haben wir hier noch nicht … Wir arbeiten normalerweise …«, er suchte nach dem richtigen Wort, »… ganzheitlicher.«

Sie schien es ihm gerade noch einmal nachzusehen. Und Viktor, in dem langsam der Ärger aufstieg, begann sich zu fragen, was er da eigentlich tat. Er verschaffte einer Frau Zutritt zum streng verbotenen Leichenkeller, die behauptete, in der Vagina einer Toten die Spur eines Serienverbrechens finden zu können. Er wandte sich zu Miriam um.

»Und warum genau noch mal könnt ihr damit nicht einfach zur Polizei gehen?«, fragte er. »Miriam?« Er sah, wie sie wankte, zum Tisch stolperte und nach einem Wasserglas griff. Mit einem Schrei hechtete er auf sie zu. »Nicht!«

Blass und verwirrt blinzelte sie ihn an.

»Das ist Wasserstoffperoxid«, blaffte er und wand ihr das Gefäß aus den Händen. »Das würde dir die Magenwände verätzen.«

»Es war in einem Trinkglas.« Sie protestierte kaum für ihre Verhältnisse.

»Ich hab den Rest aus dem Kanister da hinein, damit es sich lohnt, ihn auffüllen zu lassen. Herrgott.«

Viktor sah aus den Augenwinkeln, wie die Gynäkologin, die baumelnde Lacktasche am Arm, versuchte, ein Bein der Toten anzuheben. »Normalerweise haben wir hier unten keinen Publikumsverkehr.« Er stellte das Glas mit der klaren Flüssigkeit zurück auf den Aluminiumtisch.

»Herr Anders, können Sie mal mit anfassen?« Frau Schellenbaum hatte es geschafft, ein Bein der Leiche nach oben zu stemmen, das allerdings durch die Leichenstarre noch so hart war, dass das zweite Bein und die Hüfte mitgingen und es aussah, als stemme sie ein Brett. Miriam wurde noch ein wenig bleicher. Unwillkürlich strich Viktor ihr beruhigend über den Arm. Sie wollte gerade lächeln und durchatmen, als das zweite Bein der Toten, in dem die Starre offenbar nachzulassen begann, langsam nach unten sank und auf diese Weise ihren Schambereich preisgab, der sich mit einem furzenden Laut öffnete.

»Oh«, sagte Miriam. Ihre Arme fuhren vergeblich nach Halt suchend umher. Sie kippte um. Klirrend fiel das Glas zu Boden.

»Herr Anders?«

Viktor blickte hektisch hin und her zwischen etwas, das er im Leben nicht hatte sehen wollen, und Miriam, deren rotbraunes Haar sich in einer Pfütze aus Wasserstoffperoxid langsam entfärbte. Er beschloss, dort zu retten, wo es noch etwas zu retten gab, häufte Zellstoff auf Miriams durchtränkte Haarpracht, tupfte die überschüssige Flüssigkeit ab, damit nichts auf die Haut geriet, und hievte sie anschließend auf einen Stuhl, wo er ihr ein Glas richtiges Wasser anbot.

»Was ist mit mir?«, murmelte sie.

»Du wirst aussehen wie Legolas«, tröstete er sie, die langsam wieder zu sich kam. Traurig betrachtete er ihre Frisur. »Nun ja, teilweise.«

Miriam schluchzte auf.

»Wie ich es mir dachte«, rief Frau Doktor Schellenbaum triumphierend und hielt eine Pinzette mit einem kleinen grünen Fragment hoch in die Luft. Sie drehte sich herum, um ihren Fund zu präsentieren. »Rosenblätter.« Ihr Blick fiel auf das lädierte Paar. »Was *machen* Sie denn da?«

Ein lautes Summen setzte ein. Aller Augen wandten sich dem Aufzug zu, mit dem die Särge in den Anbau hinab- und wieder heraufbefördert wurden. Unsicher sah Viktor zu dem Knopf: Nein, niemand konnte ihn ausgelöst haben. Irgendjemand war von oben zu ihnen unterwegs. Jemand aus dem Sarglager. Die beiden Frauen starrten auf die Metalltür, die sich in wenigen Sekunden öffnen würde. Isolde Schellenbaum hielt noch immer die Pinzette hoch, aus Miriams Haaren tropfte es.

Es ratterte, es rumpelte, der Aufzug stand. Die Türsegmente glitten ineinander und gaben den Innenraum frei.

»Hi, Onkel Wolfgang«, sagte Viktor, drückte mit der Linken die Beine der Toten zusammen und senkte mit der Rechten Frau Doktor Schellenbaums erstarrten Arm hinab. Er spürte, wie die Pfütze Peroxid an seinen Sneakers fraß, und hoffte, dass kein Qualm aufstieg. »Es ist übrigens nicht, wonach es aussieht.« Oh nein, dachte er, es war schlimmer. Viel schlimmer.

Zu seiner Überraschung sagte sein Onkel kein einziges Wort. Stattdessen hockte er nur da, mit überkreuzten Knien, auf dem Boden des Aufzugs, während sein Kopf langsam nach unten sank. »Also, ich muss schon sagen«, setzte Frau Doktor Schellenbaum an.

Viktor, dem sein Onkel zum ersten Mal im Leben leidtat, winkte ab. »Tun Sie's einfach nicht.«

4

Karoline Schneid knallte das Telefon zurück auf seine Station und atmete tief durch. Diese verdammten Idioten, dachte sie. Dieses verfluchte Heim. Jedes Mal derselbe Ärger. Konnten die nicht besser auf ihre Schwester aufpassen? Jedes Mal wieder ließen sie sie entwischen. Um dann bei ihr anzurufen und um Hilfe zu betteln, als wäre sie die Vermisstenstelle und hätte nichts Besseres zu tun, als entlaufene Patienten zu finden. Das hier war die Mordkommission, Herrgottnochmal. Sie war Hauptkommissarin. Und sie zahlte nicht wenig von ihrem kargen Gehalt, damit es Kerstin gut ging, dort, wo sie war, und sie selbst sich nicht Tag und Nacht den Kopf darüber zerbrechen musste. Sie hätte nach dem Tod ihrer Mutter nicht die Betreuung für ihre Schwester übernehmen sollen. Dafür gab es amtliche Pfleger. Sie hätte … Das erneute Schrillen des Apparates zersplitterte ihre Gedanken.

»Haben Sie sie?«, rief sie atemlos in den Hörer. Doch es war nur die Sekretärin. Der Chef wollte sie sehen. Sofort. Diese Art von »sofort«, die einen strammstehen ließ, noch ehe man aufgelegt hatte. Karoline Schneid betrachtete ihre Hände. Zitterten sie noch oder schon wieder? Sie hätte die Nacht nicht im Büro verbringen sollen. Dieser Blumenmädchen-Fall brachte sie noch um den Verstand. Drei tote Floristinnen und nicht die geringste Spur.

Voller Wut trat sie an die Pinnwand mit den Bildern heran. Drei Frauen, von denen jede sie selbst hätte sein können, oder ihre Schwester: jung, langhaarig, hübsch. Tot. Sie alle hatten in Blumenläden gearbeitet. Die erste, Marion W., wie die Presse sie nannte, war die frischgebackene Inhaberin eines kleinen Ladens gewesen, der gegenüber dem Johannis-Friedhof lag. Dort konnten die Touristen jetzt neben dem Grab Albrecht Dürers auch die mit Polizeiabsperrband und Siegel verschlossene Ladentür besichtigen, hinter der in großen Vasen die Blumen welkten und kleine Statuetten von Blumenelfen und Kätzchen in der verfaulenden Auslagenkulisse vereinsamten. Marion W. war noch nicht aus der Rechtsmedizin heraus, als sie das zweite Opfer fanden, Sevil G., die in einem großen Blumengeschäft in der Südstadt gearbeitet hatte. Als sie ihr das Blumengesteck vom Bauch hoben, hatten sie feststellen müssen, dass da kein Bauch mehr war, nur ein offener Blutsee, der als Vase oder Pflanzenschale Verwendung gefunden hatte. In diesem Moment hatte sie begriffen, dass die Farbe der Blumen, die aus Sevil G.s Leib ragten, nicht von Natur aus Rot war.

Birgit L. war eine Studentin gewesen, die in einem Gartencenter gejobbt hatte. Den Spuren nach war sie bewusstlos geschlagen und in der Bäderabteilung des großen Marktes in einer blockierten Saunakabine versteckt worden, bis ihr Mörder sie nach Geschäftsschluss dort abgeholt und in die Blumenabteilung gebracht hatte, um auch sie für eine Bluthochzeit zu schmücken. Der Pathologe hatte über zweihundert Dornen aus dem Fleisch gezogen, das einmal ihre Brüste gewesen waren.

Die Kommissarin fuhr mit der Hand über die Aufnahme von Birgit L.s Gesicht. Es sah so friedlich aus unter der üppigen Rosenkrone. Das Blut aus den Wunden, die die Dornen in ihre Stirn gerissen hatten, war nach hinten in das dunkle Haar geflossen. Nein, mehr als friedlich, sie war schön, wunderschön. Aus irgendeinem Grund sah sie den Mörder vor sich, wie er die letzte Blüte anbrachte und dabei eine Träne der Rührung vergoss. Die Vorstellung ließ sie mit den Zähnen knirschen.

»Frau Schneid?« Die Sekretärin steckte ihren Kopf durch die Tür und zog ihn, als sie den Blick der Kommissarin auffing, zurück, ohne ihre Botschaft zu wiederholen.

Karoline Schneid hastete zurück zum Schreibtisch. Nervös zerrte sie an einer Schublade und kramte ihre Handtasche heraus. Sie fand ein Deodorant und nebelte sich damit ein. Fand Minzbonbons und kaute zwei. Fand die kleine braune Flasche mit den Pillen, die zu verschreiben sich mittlerweile der dritte Arzt weigerte. Aber was sollte sie tun?

Ihre Arbeit, beschloss sie. Ich mache meine Arbeit, so gut ich kann. Mit einem stummen Fluch nahm sie zwei von den runden Dingern und spülte nach, schnappte sich die Akte, warf im Vorbeigehen einen Blick in den Spiegel, um sicherzugehen, dass ihr blonder Pferdeschwanz nicht allzu zerzaust war, und trat ihren Gang an.

»Die Ergebnisse der Pathologie …«, begann sie, noch ehe sie das Büro ihres Vorgesetzten ganz betreten hatte, und verstummte. Den Mann, der dort saß, kannte sie nicht. Diesen Mann mochte sie nicht. Sie war sich da ganz sicher, noch ehe er sich erhoben und die Bügelfalten seiner Anzughose glatt gezogen hatte. Immerhin stand er auf. Nein, »ragte« traf es eher.

Er war einen Kopf größer als sie und roch nach einem teuren Rasierwasser. Gesicht und stoppelkurzes Haar waren blitzblank gewaschen und rasiert, der Blick 007-tauglich.

»Nein«, sagte Karoline Schneid und setzte sich. »Ich lasse mir diesen Fall nicht wegnehmen.«

Ihr Chef lehnte sich in seinem Drehstuhl zurück. »Drei tote Floristinnen«, sagte er. »Das ist Futter für mehr als nur einen Beamten.«

»Wenn man Kannibale ist.«

Kriminalrat Keuner knipste statt einer Antwort auf seinem Kugelschreiber herum.

»Was habe ich falsch gemacht?«, blaffte Karoline.

Zum ersten Mal öffnete der Neue den Mund. »Sie haben ihn nicht geschnappt.«

Ehe sie protestieren konnte, nahm er ihr die Aktenmappe ab, die sie noch immer im Arm hielt. Er neigte den Kopf, um eines der Tatortfotos zu studieren. Es zeigte die Leiche des letzten Falles, Birgit L.

»Altenglische Rosen«, murmelte er, »interessant.« Er hob den Kopf. »Wir sollten klären, um welche Sorte genau es sich handelt. Dahinter verbirgt sich unter Umständen eine Art Code.«

»Diese Rose heißt Strawberry Hill.« Karoline Schneid zog die Mundwinkel straff. »Und sie hat mal einen Preis bekommen für ihren besonders intensiven Duft nach Früchten und Weihrauch. Das stand jedenfalls auf den Schildern, die in den Blumentöpfen steckten. Es war genau die Rose, die wenige Stunden vorher palettenweise von einem Laster angeliefert worden war und am nächsten Tag auf die Verkaufsflächen geschafft werden sollte. Mit anderen Worten: Sie war gerade zur Hand.« Jetzt gelang Karoline sogar so etwas wie ein Lächeln. »Im Übrigen kostet eine Pflanze 24 Euro 95, vielleicht verbirgt sich dahinter ja ein raffinierter Zahlencode.«

»Kevin Euler ist Profiler. Vom Sonderdezernat für Serienmorde in München.« Keuner ging nicht auf Karolines Sarkasmen ein. »Sie haben vielleicht im Zusammenhang mit dem Autobahn-Sniper von ihm gehört.«

Karoline blinzelte nur leicht. Waren die Kevins jetzt schon so groß?, dachte sie. Eben noch Beleg für den schlechten Filmgeschmack ihrer Eltern und ein Synonym für Schulprobleme, hatten sie jetzt studiert und steckten in teuren Anzügen. Was hatte sie verpasst? Karoline Schneid fühlte sich plötzlich alt.

Ihr neuer Partner streckte ihr die Hand entgegen. »Ich bin sicher, dass wir großartig miteinander auskommen werden.« Sein Blick suchte nicht ihr Gesicht, sondern das ihres Chefs.

Der nickte. »Euler bekommt Besprechungszimmer zwei als Stützpunkt. Bitte sorgen Sie dafür, dass Ihr ganzes Material dort aufgebaut wird. Und stellen Sie ihn Ihren Leuten vor.«

Alle erhoben sich, sodass es nicht weiter auffiel, dass Karoline die angebotene Hand nicht genommen hatte.

»Und?«, fragte der Kriminalrat, Tonfall »Übergang zum gemütlichen Teil«. »Wissen Sie schon, wie Sie Ihre neue Sonderkommission nennen werden?«

Karoline hatte bereits den Mund geöffnet, als sie begriff, dass nicht sie gemeint war.

Euler nickte gewichtig. »Da es um tote Mädchen mit Blumenschmuck geht«, sagte er, »hatte ich an Shakespeare gedacht.« Er wandte sich Karoline zu. »Ein Dichter des elisabethanischen Englands.«

»War das nicht der Bursche, der ›Tod auf dem Nil‹ geschrieben hat?«, fragte sie böse.

Euler lächelte. »Ich werde die Kommission ›Ophelia‹ nennen.«

Karolines Handy klingelte. »Ja?«, zischte sie leise. Dann atmete sie erleichtert auf. Das Heim meldete sich. Ihre Schwester war wohlbehalten wieder aufgetaucht. »Gut«, sagte sie. »Ich freue mich.« Und legte auf.

Als sie sich umdrehte, sah sie in die erstaunten Gesichter der beiden Männer.

Ihr Chef räusperte sich. »Nun, ich bin froh, dass Sie es so positiv aufnehmen, Frau Schneid. Ich freue mich auch.«

Karoline atmete tief durch. Und schaffte das letzte Lächeln für diesen Tag.

5

Viktor war froh, als sie alle drei wohlbehalten in Miriams kleinem Teehaus saßen. Wobei er momentan noch alleine mit Frau Doktor Schellenbaum vor drei Tassen Tee saß. Miriam war hinaufgegangen, um sich ein Tuch um ihre lädierten Haare zu wickeln. Voller angenehmer Erinnerungen sah er sich um. Dort hinten, bei dem Bücherregal, war er einmal von zwei süßen Teenagern angebaggert worden. Und drüben auf die Theke hatte er das Glas mit der konservierten Hand eines Toten geknallt, ach ja. War das alles wirklich erst sechs Wochen her? Nur der blonde Hüne mit der Schürze war neu.

»Wer ist der Typ da hinter der Theke?«, fragte er.

»Malte«, sagte der Typ, der gerade kam, um ihnen Gebäck hinzustellen. »Ich studiere VWL und jobbe hier.«

Viktor biss in seine Apfeltasche.

Isolde Schellenbaum neigte den Kopf und betrachtete ihn dabei so eingehend, dass Viktor schlucken musste, um sagen zu können: »Ich muss Ihnen noch dafür danken, dass Sie meinem Onkel geholfen haben.« Das stimmte. Sie hatte Wolfgang Anders beinahe auf ihren Armen in den ersten Stock hochbugsiert. Noch immer dachte Viktor mit Ehrfurcht daran. Und daran, wie sie aus ihrer Lacktasche eine komplette Infusion gezaubert und ihn damit verkabelt hatte. »Ibuprofen, Vitamin C und ein paar Geheimmittelchen«, hatte sie erklärt, als das pferdepissefarbene Zeug zu fließen begann. So etwas hatte das Anders'sche Schlafzimmer noch nicht gesehen. Onkel Wolfgang hatte nicht einen Mucks von sich gegeben.

Isolde Schellenbaum lachte. »Lassen Sie mich raten. Sie glauben, Frauen, die Haarspray benutzen, können gerade mal Sekretärin oder Domina, richtig?«

Viktor wurde rot.

»Manche von ihnen«, fuhr sie fort, »wollen aber nur nicht, dass ihnen beim Inspizieren eines Hymenalkranzes die Locken in die Augen fallen.«

Erneut hielt Viktor sich an seiner Apfeltasche fest. Die Frage, was ein Hymenalkranz war, verdrängte er. Aber er lächelte. Die Frau litt eindeutig an einem Übermaß an Persönlichkeit. Sie reichte ihm die Hand. »Isolde.«

»Viktor.« Er erwiderte ihren kräftigen Druck. »Und um meine Frage von vorhin zu wiederholen, als alles sich in Chaos aufgelöst hat: Warum gehen Sie mit dem, was Sie wissen, nicht zur Polizei, wenn Sie glauben, dass es mit dem Fall zu tun hat?«

»Normalerweise unterliegt alles, was ich bei Untersuchungen erfahre, der ärztlichen Schweigepflicht. Das weißt du sicher.«

»Aus dem Fernsehen«, gab Viktor zu. »Da sind die Ärzte auch nie eine Hilfe.«

Er erntete einen missbilligenden Blick. »In diesem Fall ist es noch schlimmer, weil die Patientin mich extra gebeten hat, mit niemandem über die Sache zu sprechen. Als ich nämlich den Zustand sah, in dem sie sich befand, wollte ich schon auf ihren Partner losgehen. Natürlich nicht persönlich. Aber ich kenne da so ein paar Jungs.«

Er nickte. »Natürlich tust du das, Isolde.«

Wieder dieses laute Lachen, bei dem Malte hinter der Theke aufsah. »Sie war aber völlig dagegen, wiegelte ab, schwor Stein und Bein, dass es sich um einvernehmlichen Sex gehandelt habe, wie man so schön sagt. Um ein aus dem Ruder gelaufenes Experiment. Eine glatte Lüge, wenn du mich fragst. Ich habe im Laufe der Jahre ja ein breites Verständnis von Sex bekommen. Aber diese Definition von einvernehmlich war mir doch neu.«

»Was für ein Experiment?«, warf Viktor ein.

Sie zuckte mit den Schultern. »Eines, bei dem du die Dornen und Blätter von Baccararosen in den ... nun ja.« Seufzend griff sie nach ihrer Tasse Tee. »Es gibt Dinge, die möchte man sich einfach nicht ausmalen.«

»Wenn ich mir das arme Ding heute ansehe, dann gebe ich dir recht«, ergänzte Viktor düster. »Und so etwas also hattest du in deiner Praxis.«

»Nein, nein«, wiegelte sie ab. »Nicht annähernd so schlimm. Aber«, sie nahm einen Schluck, »man weiß ja, dass Serienmörder oft langsam anfangen und erst tastend zu ihrem Modus finden. Bis sie ihn voll entwickeln.«

»Das hast jetzt *du* aus dem Fernsehen«, stellte er fest.

»So etwas kann man auch in Büchern nachlesen.« Ihr Ton wurde wieder fester. Sie stellte die Teetasse mit Nachdruck auf den Tisch. »Das sind Realitäten. Du solltest damit vertraut sein in deinem Beruf.«

»Viele meiner Kunden sind friedlich entschlafene Rentner.«

»Viele meiner Kunden sind Schwangere ohne Komplikationen.« Ihr Ton wurde eindringlicher. »Ich kann das nicht auf sich beruhen lassen, Viktor. Aber wenn ich zur Polizei gehe, riskiere ich meine Zulassung und erreiche eventuell nichts weiter, als dass eine intakte Beziehung zerstört wird. Ich will nicht, dass das im Chaos endet. Das hatte ich schon einmal.«

Er sah sie an, doch sie schien nicht gewillt weiterzuerzählen. Also sagte er: »Ich weiß nicht, ob wir die richtigen sind, Miriam und ich, wenn Chaosvermeidung das Ziel ist, ganz ehrlich.«

»Seht euch das an!« Miriam trat an den Tisch und hob verzweifelt die Hände. Um ihren Kopf war ein afrikanisches Tuch geschlungen. Sie sah ebenso exotisch wie unglücklich aus.

»Das hatte ich gemeint«, sagte Viktor und fügte an Miriam gewandt hilflos hinzu: »Perücke?«

»Oder du bleichst sie komplett und machst auf Marilyn, Süße. Ärztlicher Rat.« Isolde zog Miriam auf die gepolsterte Bank neben sich. »Herrgott, in den Fünfzigern hätte jede Frau Gott auf Knien gedankt für deine Kurven. Stimmts, Viktor?«

Der wandte rasch den Kopf ab. Dadurch entging ihm Miriams Seitenblick, doch er bemerkte, dass Malte hinter der Theke die gerade besprochenen Kurven lange und eingehend musterte. Zu Viktors Überraschung ärgerte ihn das. Das waren immer noch *seine* Kurven. Irgendwie. Er sah wieder geradeaus und begegnete den forschenden, erwartungsvollen Gesichtern von Miriam und Isolde.

»Und was wollt ihr jetzt von mir?«, fragte er, ein wenig unwirscher als geplant.

»Du hast doch Beziehungen zur Polizei, seit du den Mord an dem Japanologen aufgeklärt hast.« Miriam klimperte mit den Wimpern. »Vielleicht könntest du es der Kommissarin ganz inoffiziell verklickern. Habt ihr noch Kontakt?«

»Nein«, antwortete Viktor, und es war nur halb gelogen. Seine langen Monologe auf Karoline Schneids Anrufbeantworter konnte man wohl kaum als Kontakt bezeichnen.

Isolde winkte ab. Das war nicht das, was ihr vorgeschwebt hatte. »Ich dachte, dass du mit deiner Erfahrung dich vielleicht einfach mal an den Freund meiner Patientin dranhängst. Schaust, was passiert. Ob er sich in irgendeiner Weise verdächtig verhält.«

»Ihr wollt, dass ich einen Mann observiere?«

»Diesen hier, Holger Schreitz.« Isolde legte einen Fotoausdruck auf den Tisch. »Das Bild hab ich von der Homepage seiner Werkstatt. Er repariert Oldtimer und Motorräder.«

Zögernd nahm Viktor das Blatt in die Hand. Der Mann darauf sah so normal aus, wie es nur denkbar war. Kariertes Hemd, blaue Arbeitshose, kurz geschnittenes braunes Haar, zuverlässiger Blick in die Kamera. Viktor war nicht mal sicher, ob er ihn erkennen würde, wenn er das Bild daneben hielt.

»Miriam hat mir erzählt, du wärst neugierig, du wärst geschickt und du wärst ein vielseitiger Mensch, einer mit mehr als nur einem Talent, das ausgelebt werden will.«

Viktor schnaubte durch die Nase, um zu demonstrieren, dass er auf Komplimente nicht hereinfiel.

»Einer, der hinter die Fassaden schaut, statt Dienst nach Vorschrift zu schieben.«

Viktor schnaufte erneut. Jeder hatte sein Limit, was Lob anging. Seines war überschritten. Zehn Jahre war er ziellos durch die Welt getingelt, hatte alle möglichen Jobs und Aushilfsarbeiten angenommen, ohne das zu finden, was ihn erfüllte. Und nun kam diese Frau Doktor Schellenbaum daher und erklärte ihm, er sei vielmehr facettenreich. Viktor mochte nicht ausschließen, dass sie recht hatte. Ganz gewiss war er kein selbstzufriedener Spießer wie sein Onkel. Er war zurückgekommen und hatte nach dem Tod seiner Eltern das Erbe im Familienbetrieb angetreten, ja. Aber zugleich hatte er das Rätsel um den Selbstmord seiner Schwester gelöst. Er hatte entdeckt, dass in seinem autistischen Cousin ein wacher Geist schlummerte, der sich auszudrücken vermochte, wenn man ihn nur vor eine Computertastatur setzte. Und er hatte gleich den ersten Toten, den er auf den Tisch bekommen hatte, als Mordopfer identifiziert und den dazugehörigen Täter entlarvt. Verdammt noch mal ja, er war einer, der hinter die Fassaden blickte. Diese Frau *hatte* recht. Eine warme Welle der Sympathie für sich selbst überrollte ihn.

»Schreitz, heißt so deine Patientin?«, fragte er.

»Nein, sie und ihr Freund sind nicht verheiratet. Ich weiß von ihm nur aus ihren Erzählungen. Hier, das ist ihre Karte.« Isolde schob ihm eine Visitenkarte hin. Das Logo einer Behinderteneinrichtung, in der Fußzeile ihr Name: Christine Stern. Offenbar war sie zuständig für die Leitung einer Wohngruppe. Isolde zog ihre manikürten Finger zurück und griff wieder nach der Tasse. »Wie gesagt, es muss unbedingt diskret ablaufen. Ich habe bei so etwas schon einmal danebengelangt.«

Miriam drückte beruhigend ihren Arm. »Eigentlich hatten wir vor, dich zu bestechen«, sagte sie an Viktor gewandt. »Schau«, fuhr sie rasch fort, ehe er reagieren konnte. »Tante Hedwig ist doch eindeutig überfordert mit dem Tobi.

Jetzt die neuen Therapien, dann will er, dass sie ihm beim Schreiben hilft, und dazu noch euer Geschäft. Sie sah gar nicht gut aus heute.«

»Hat sie was gesagt?«, fragte Viktor und dachte an den untypischen Anfall seiner Tante an diesem Nachmittag.

»Nein, das ist es ja. Sie war schweigsam wie ein Grab. Sozusagen.« Und fügte dann hinzu: »Das ist doch nicht normal, eine Hedwig, die nicht redet wie ein Wasserfall.«

»Fast so bedenklich wie ein Onkel Wolfgang, der keinen Ton über die Vorgänge in seinem Keller verliert.« Viktor nickte.

»Eben. Und deshalb dachte ich mir, ich entlaste euch ein wenig. Fahre Tobias herum, beschäftige ihn und gebe euch Zeit, die Arbeit im Institut in Ruhe zu erledigen. Ich hab ja jetzt Malte.«

»Hm«, murmelte Viktor. »Ich weiß nicht.« Auch das war nur halb gelogen. Er wusste genau, dass es das war, was sie brauchten. Nichts anderes hatte er seiner Tante gerade noch vollmundig versprochen. Er wusste aber auch, dass er nicht die geringste Lust hatte, einen Automechaniker zu beschatten. Keine seiner Facetten interessierte sich für Motorräder, wenn er ehrlich war. Und dass sie jetzt »Malte hatte«, war in seinen Augen auch kein Gewinn.

Miriam ließ nicht locker. »Hast du nicht erzählt, du hättest mal in Kanada in einer Autowerkstatt gearbeitet? Einer polnischen?«

»Äh, sicher.« Viktor wog noch immer die Optionen ab. Onkel Wolfgang würde ihn köpfen, wenn er jetzt im Geschäft fehlte. Andererseits wäre das schon das halbe Vergnügen. Onkel Wolfgang konnte ihn mal.

»Und?«, fragte Miriam, die in seinem Schweigen die Entscheidung heranreifen fühlte.

Isolde, die ihre Teetasse in den Händen gedreht hatte, als könne sie in deren Satz lesen, warf plötzlich unvermittelt ein: »Ich wette, er macht Fotos davon.«

Irritiert wandten sowohl Viktor als auch Miriam die Köpfe zu ihr um. »Wovon redest du?«, fragte er.

»Von dem Mörder. So wie er die Mädchen herrichtet – drapiert, schmückt, was auch immer –, ich wette, er macht Bilder davon.«

»Du meinst, zur Erinnerung?«, fragte Miriam und schauderte ein wenig.

»Als Trophäe«, präzisierte Viktor. »Das könnte sein.« Er wurde lebhafter. »Hab ich euch mal erzählt, dass ich in Paris bei einem Fotografen gearbeitet habe, der auf Blumenbilder spezialisiert war?«

Erwartungsvoll sah er die beiden kopfschüttelnden Damen an. »Er hat vornehmlich in Parks gearbeitet. Es gibt herrliche Parks in Paris. Die Tuilerien, den Luxembourg, den Jardin des Plantes. Den Parc Monceau mit seinen künstlichen Ruinen. Entschuldigt«, unterbrach er sich, als er Isoldes schmaler werdende Lippen bemerkte. »Also. Manchmal, da hat er zu den Pflanzen eine Frau kombiniert. Als Nymphe, versteht ihr? Oder als Elfe. Nur mit einem Schleier bekleidet oder …«, seine Stimme wurde verheißungsvoller, »… mit ihrem Haar.«

»Er hat am helllichten Tag Nackte in einem öffentlichen Park abgelichtet?« Miriam wollte es nicht glauben.

Viktor lehnte sich zurück und zuckte mit den Schultern. »Paris«, sagte er, als erkläre das alles. »Dabei habe ich auch ein wenig das Knipsen gelernt. Falls du mal …«

»Zufällig fotografiere ich selber recht gut, danke.« Miriam winkte ab. »Ich mache auch Bilder von meinen Pflanzen. Oder von Bäumen.«

»Da haben wir es doch schon.« Viktor neigte sich vor. »Daphne, die sich auf der Flucht vor Apoll in einen Baum verwandelt. War es ein Lorbeer?«

»Oder die Blumenbilder von Georgia O'Keeffe«, warf Malte, der Volkswirt, ein, als er an den Tisch trat, um das Geschirr abzuräumen. »Dort sind Erotik und Blüte direkt ineinander verschmolzen. Man sieht förmlich die Va…«

»Er meint Vasen. Danke«, fiel Viktor ihm ins Wort. Der Typ sollte verschwinden und seinetwegen die Börsenkurse von Fleurop checken.

»Die Verbindung von Frau, Blume und Sexualität ist uralt und fundamental«, beschied Isolde sie in getragenem Ton. »Sie steckt sich für das Stelldichein Blüten ins Haar, er verführt sie mit einem Gebinde. Rote Rosen versprechen brennende Liebe… «

»Hast du deinen Doktor in Romantik gemacht?«, neckte Viktor sie. »Müssen wir fürchten, dass du gleich dein Haar für uns öffnest?«

Sie schüttelte den Kopf. Mit ihrer normalen Stimme stellte sie fest: »Ich sage nur, er hat Fotos gemacht, das ist meine Meinung. Keiner gibt sich solche Mühe, um all das nur für einen flüchtigen Moment zu betrachten.«

»Fotos«, echote Miriam und fuhr gedankenverloren mit den Fingern über die feingeäderten Blüten der Orchidee, die ihren Tisch schmückte. Isolde war da zupackender. »Was ist nun?«, insistierte sie an Viktor gewandt. »Übernimmst du den Job, oder nicht?«

Er seufzte. Leb wohl, friedliche Leichenhalle, hallo, Motorenöl. Und hallo, neues Abenteuer. »Ich sag es ja nicht gerne«, gab er zu. »Aber die Erpressung funktioniert.« Die Wirkung der Schmeicheleien ließ er unerwähnt. »Wenn du dafür Tobi ab und an übernimmst, Miriam.«

Sie schien mit den Gedanken plötzlich irgendwo anders zu sein.

»Miriam?«

»Meinst du«, fragte sie unvermittelt, »Lilien würden mir stehen?«

6

Hedwig Anders stellte das Tablett auf den Nachttisch und setzte sich auf die Kante der freien Bettseite. Sie vermied es, ihren Mann anzusehen, betrachtete stattdessen den Teller mit dem blanken Toast, die Weintrauben und das Glas Wasser, das sie für Wolfgang heraufgebracht hatte. Betrachtete den Schirm der kleinen Nachttischlampe, den sie seit Jahren nicht mehr bewusst wahrgenommen hatte. Er war aus demselben Stoff wie die Schlafzimmervorhänge – sie selbst hatte ihn genäht und den Stoff ausgesucht –, und er befand sich seit ihrer Heirat an seinem Platz. Wie ihr eben auffiel, musste er dringend abgestaubt werden. Normalerweise wäre sie aufgesprungen, um eine Bürste zu holen, doch stattdessen zupfte sie an den gestärkten Rüschen ihrer Schürze, die sie ebenso lange besaß wie die Lampe. Wie viele Jahre waren das jetzt eigentlich?

»Wolfgang, wir müssen miteinander reden.« Ihr war unbehaglich zumute. Sie wiederholte »Wir müssen wirklich reden«, um nicht zu klingen wie die Frauen in den Nachmittagsserien, die manchmal liefen, während sie bügelte, und ihre Gedanken ein wenig ablenkten: von Tobias, ihrem Sorgenkind. Von der Buchführung. Von Viktor, wenn er wieder Unfug trieb. Und am wirkungsvollsten von sich selbst.

»Wolfgang, mir wächst das alles über den Kopf. Es war einfacher, als wir alle noch dachten …«, sie suchte nach den richtige Worten, »als wir noch dachten, Tobias wäre zurückgeblieben. Ein großes, tapsiges Kind, nichts weiter. Und dass er glücklich wäre mit seinen Stiften und den Bildern aus der Fernsehzeitung und nichts anderes bräuchte.« Sie machte eine Pause. »Aber jetzt. Er fühlt Wut, Wolfgang, und Enttäuschung und Langeweile. Genau wie wir.« Erst in diesem Moment wurde ihr bewusst, dass es stimmte: Sie, Hedwig Anders, sie fühlte Wut und Enttäuschung und Langeweile. Etwas, was in ihrem Bild von der Welt bisher keinen Platz gehabt, was sie nie für möglich gehalten hätte. Und die Erkenntnis verschlug ihr die Sprache.

»Tobi, Tobi, Tobi, immer nur Tobi.« Die Stimme ihres Mannes, der bisher nur mit verschränkten Armen auf seiner Bettseite gelegen hatte, wurde mit jeder Wiederholung lauter. »Und was ist mit unserer Wut, unserer Enttäuschung, was ist damit?« Er hieb mit der flachen Hand auf die Matratze. »Was ist, wenn er uns den Nachtschlaf raubt und nach uns schlägt? Das frage ich dich. Früher war ich gut genug, ihn festzuhalten, damit er dir nicht die Gurgel zudrückt. Jetzt soll ich ihn auch noch *mit Würde* festhalten.« Seine Energie verpuffte, und er seufzte. »Was willst du von mir, Hedwig?«

Ja, was wollte sie? Ihr traten die Tränen in die Augen.

»Er kann doch nichts dafür«, sagte sie. »Ich seh ihn da sitzen, tagein, tagaus. Und frage mich, wie das für ihn sein muss. Ohne etwas tun zu können. Mit den Händen.« Sie hielt ihre Hände hoch, die den ganzen Tag beschäftigt waren. »Oder mit der Stimme. Wie ist das, wenn man nichts tun kann, sich nicht aussprechen, sich niemandem mitteilen? Ich stelle mir diese Fragen. Doch«, beharrte sie, als ihr Mann heftig den Kopf schüttelte. »Ich stelle mir diese Fragen. Und die Antworten darauf tun weh.« Es war nicht ihre Absicht gewesen, doch das letzte Wort war zu einem rauen Schrei geworden.

»Na, na.« Ihr Mann zuckte unwillig zusammen. »Ein bisschen weniger Seelenleben täte es auch.« Er drehte sich zu ihr um. In seinen Augen lag nackte Panik, seine Lippen allerdings waren fest zusammengepresst. Er sah wütend aus, die Angst auf dem Grund seiner Seele ganz, ganz fest vergraben. »Diese Fragen, Hedwig, sie bringen nicht das Geringste. Glaubst du, ich hätte sie mir nie gestellt? Glaubst du, ich habe mich nie gefragt, womit ich das verdient habe?«

Zum ersten Mal an diesem Abend setzte er sich auf. Das hier brachte nichts. Er musste hier raus. Er hatte Wichtigeres zu tun. Sofort. Sein Jackett hatte diese Ärztin ihm abgenommen. Was war noch mal ihr Fachgebiet gewesen? Zum Glück hatte sie ihre ganzen Schläuche wieder eingepackt. Das war ihm unangenehm gewesen. Aber immer noch besser das, als zuzugeben, dass er getrunken hatte. Und Max Mertens begegnet war.

Hedwig hatte nicht erwartet, von ihrem Mann getröstet zu werden. Die Reaktion, die er nun tatsächlich zeigte, tat allerdings weh. Trotzdem versuchte sie, sich wieder zu sammeln.

»Ich versuche ja, damit umzugehen. Etwas draus zu machen. Wir fahren dreimal die Woche zur Therapie. Und ich stehe mit der Schulbehörde und dem Bezirk in Verbindung. Vielleicht gibt es noch eine Möglichkeit für ihn, aber das kostet alles Zeit, Wolfgang. Dazu die Buchhaltung, der Haushalt.« Sie hob die Hände erneut, doch ließ sie dann erschöpft wieder fallen. »Ich schaffe das alles nicht. Nicht allein.«

Dieser Max Mertens, überlegte Wolfgang. Den musste er im Auge behalten. Was hatte er damit gemeint, dass man sich sehen würde? Hatte er etwa vor, hier vorbeizukommen? Schon wieder begann Wolfgang Anders zu schwitzen. Er hatte die beiden einmal im Garten zusammen erwischt, diesen Max und seine Nichte Hannah. Ganz hinten, zwischen den alten Kiefern hatten sie sich herumgedrückt, wie viele Jahre war das jetzt her, zehn? Sie hatten geknutscht und ihn nicht bemerkt. Konnte es sein, dass Max sich hier auskannte, dass er wusste, wie man nachts in den Garten kam, wenn das schmiedeeiserne Tor verschlossen war? Hatte Hannah es ihm gezeigt? Kannte er noch andere Wege, geheime, ins Haus und in den Keller? Hannah, verliebt und dumm, wie sie gewesen war, hatte Max und seiner Möchtegern-Satanistenclique damals die Hand eines Toten aus dem Leichenkeller besorgt. Sein Bruder hatte seiner Tochter damals die Leviten gelesen. Es regte Wolfgang noch immer auf, wenn er daran dachte. Wäre das herausgekommen, hätte die Presse sich darauf gestürzt, das Unternehmen wäre ruiniert gewesen. Eine Katastrophe! Eine Woche später war Hannah tot. Und alles andere vergessen. Alles hatte aufgehört: die Angst, der Ärger, das Leben. Einfach alles. Nur Tobi war weiter Tobi geblieben, während alle anderen sich verändert hatten. Dass Viktor dann verschwand, war nur ein weiterer Schlag, kaum noch wahrnehmbar in all der Taubheit. Und jetzt war Viktor wieder da. Und dieser Max. Alles wurde wieder hochgespült. Und er musste …

»Wolfgang, hörst du mir überhaupt zu?«

Er stand auf. »Ich muss heute noch arbeiten.«

»Wolfgang, ich brauche künftig mehr Hilfe.«

»Hedwig, ich habe wirklich viel um die Ohren. Und Tränen helfen mir da kein bisschen. Du machst das schon. Wie immer.« Er griff nach seinem Jackett. »Ist die Urne für die Dreschers schon geliefert worden?«

»Sie haben sich noch einmal umentschieden«, erwiderte Hedwig resigniert. »Es soll jetzt das Modell *Nocturno* sein. Mit Kupferbeschlägen.«

»*Nocturno*, das ist im Lager.« Wolfgang Anders tat, als wäre er ganz bei der Sache. Dabei konnte er es nicht erwarten, in die Räume des Instituts zu kommen und sich zu versichern, dass dort niemand unbefugt eingedrungen war. Keine Gestalten aus der Vergangenheit, die ihn überfielen und ihn zwangen, sich Fragen zu stellen, auf die nie jemand die Antwort hatte hören wollen. Er küsste seine Frau auf die Stirn, ehe er ging. »Bitte denk dran, die Blumen für die Beerdigung dieser Floristin zu bestellen.« Er hielt inne. Irgendetwas an dem Satz berührte ihn seltsam. Er kam nicht drauf und zuckte mit den Schultern. »Zwei, drei Stunden«, sagte er. »Zu Markus Lanz bin ich wieder da. Mach uns doch einen schönen Kräutertee, ja?«

Hedwig sagte nichts, als er ging. Ihre Hände, die sie hinter dem Rücken verschränkte, zitterten.

Zum ersten Mal in seinem Leben fühlte Wolfgang Anders sich unwohl, als er den Leichenkeller betrat. Dabei war alles wie immer: das blanke Aluminium, die Kühlfächer, die Geräte. Offenbar hatte Viktor immer noch kein neues Peroxid besorgt, der Kanister stand leer in einer Ecke. Er machte sich im Geiste eine Notiz, in der Apotheke Nachschub zu besorgen. Mit nichts ließen sich Blutspuren besser entfernen. Nun, er hatte noch eine Notfallration im Wagen für unterwegs. Menschen waren keine hier, jedenfalls keine lebenden. Seine Erleichterung darüber machte ihm klar, wie groß seine Angst gewesen war.

Wolfgang Anders drückte auf den Aufzugknopf und fuhr hinauf in den Anbau. Hier wurden die Sargrohlinge gestapelt, die demnächst für eine Beerdigung fertig gemacht werden mussten. Hier war ihre Werkstätte, und in einem Regal an der Rückwand lagerte die Asche Verstorbener, die die Krematorien in Transportgefäßen an sie schickten. Bereit für den Umzug in die Urne ihrer Wahl. Jeder Tote hatte sein Fach und sein Etikett. Mit Schaudern dachte er an den Fall vor fünf Jahren, als die Urne einer Verstorbenen bei der Aussegnungsfeier heruntergefallen war. Der Pfarrer hatte das Himmelreich mit etwas zu weit ausholenden Gesten beschworen. Neben einer Staubwolke fiel aus dem Gefäß auch ein Klumpen Metall und Plastik, der sich als künstliches Hüftgelenk entpuppte. Die Tote hingegen war eine kerngesunde fünfzehnjährige Kunstturnerin gewesen. Die Orgelklänge waren nach einer schrägen Kadenz verstummt, die Eltern in Ohnmacht gefallen. Das Ganze erwies sich am Ende als Fehler des Krematoriums, das die Asche des Mädchens mit der eines verstorbenen Feldwebels im Ruhestand verwechselt hatte, der zum Glück auch noch nicht unter der Erde war. Onkel Wolfgang war noch heute erleichtert darüber, dass die Kosten für den Gentest, die Schmerzensgeldklage, all das an seinem Unternehmen vorübergegangen war. Erleichtert war er auch jetzt, dass alles still war.

Nein, hier war ebenfalls niemand. Er war alleine, Herr in seinen Hallen. Gott wusste, wo Viktor sich wieder herumtrieb. Zum ersten Mal war er froh über die Unberechenbarkeit seines Neffen. Viktor und Max Mertens im Gespräch – das wollte er sich nicht einmal vorstellen. Er würde aufpassen müssen. Er würde etwas unternehmen müssen. Zuerst aber wollte er die Asche für die Dreschers fertig machen.

Er holte aus dem Lager die gewünschte Urne und wickelte sie aus ihrer Verpackung. *Nocturno*, nun, die Geschmäcker waren verschieden. Er wischte mit dem Daumen den Staub von den sternförmigen Kupferbeschlägen. Dann ging er an das Fach der Dreschers und nahm den Transportbehälter heraus, schraubte den Verschluss ab und kippte das Ganze sanft. Er kippte fester, klopfte das Gefäß auf den Urnenrand. Nichts. Er hob es an, starrte hinein, ein Auge zugekniffen. Leer. Da konnte er sich auf den Kopf stellen, sich und das Gefäß: Es war und blieb leer. Kein Toter drinnen. Wolfgang Anders' Herz raste schon, als sein Verstand noch mit den Tatsachen haderte. Er ging zurück ans Fach. Da lag ein Stück Draht der Versiegelung, ein Hauch von Schmutz, an dem er nicht schnuppern musste, um zu wissen, dass es Asche war. Er wandte sich um. Das Fenster, dachte er. Das kleine Fenster, nicht größer als das einer Gästetoilette und hoch angebracht, war angelehnt. Er drückte es auf und stellte sich auf Zehenspitzen, um hinauszusehen. Nichts als die Nacht, der Garten, die hohen Kiefern, die im milden Sommerwind ächzten. Diese verdammten Kiefern. Er glaubte zu sehen, wie Max Mertens in ihrem Schatten stand und feixte. Hatte er ihn doch noch gekriegt. Würde er ihn, nach all den Jahren, durch einen zweiten Streich ruinieren?

Wolfgang Anders zog den Kopf zurück und knallte das Fenster zu. »Bestatter verschlampt Asche.« Er sah die Schlagzeile schon vor sich. Man würde ihn verklagen. Die Gewerbeaufsicht würde gegen ihn ermitteln. Gräber würden wieder ausgehoben werden, um sicherzustellen, dass tatsächlich diejenigen darin lagen, die die Grabsteine auszeichneten. Es war eine Katastrophe.

»Hedwig!«, brüllte er. »Hedwig!«

Er rief noch lange, doch sie antwortete nicht. Sie kam auch nicht. Erst nachdem er sie im ganzen Haus gesucht hatte, fand er im Schlafzimmer, neben dem unangetasteten Tablett mit seinem Abendessen, eine Spur von ihr: ihre Schürze, sorgsam auf dem Bett zusammengelegt.

7

»Die kleine Schnecke/ganz langsam steigt sie hinauf/auf den Berg Issa.« Professor Hoffmann kicherte über sich selbst. Vorsichtig balancierte er die beiden Cognacschwenker hinaus zu Viktor auf die Terrasse. Seine Gestalt schien noch hagerer und gebeugter als das letzte Mal.

Dankend nahm Viktor sein Glas entgegen, schwenkte den Inhalt und schnupperte daran. Er machte sich nichts aus Cognac, sehr viel allerdings aus der Gesellschaft des alten Gerichtsmediziners. Es war zunächst die Liebe zum Haiku, die sie verband, einer japanischen Gedichtform. Viktor war auf seiner Reise um die Welt darauf gestoßen, als er auf Hawaii gestrandet war, dort in einer Surferbude gejobbt und am Strand geschlafen hatte. Bis Mori Masajo ihn aufgenommen und aus ihm einen Menschen gemacht hatte. Für Viktor war und blieb der alte Japaner schlicht der »Sensei«.

Für Leute wie Hoffmann war Mori hingegen der bedeutendste lebende Haiku-Dichter. Und da er sich selbst in seiner Freizeit an dieser Gattung versuchte, war er überglücklich gewesen, dass Viktor ihm diese Bekanntschaft vermitteln konnte. Wie glücklich oder unglücklich er mit dem Verlauf von Viktors Affäre mit seiner Nichte Miriam war, darüber schwieg er sich aus, ganz Gentleman.

»Und, wie bekommt Ihnen der Ruhestand?« Viktor deutete ein Prosit an und nahm den ersten Schluck.

»Du meinst, ob mir die Leichen fehlen?«, fragte der Alte.

»So in etwa, ja«, bestätigte Viktor. »Kann nicht einfach sein, plötzlich aufzuhören, wenn man so an seinem Beruf hängt wie Sie.« Viktor wusste, wie leidenschaftlich Hoffmann seiner Arbeit verbunden gewesen und mit welchem Engagement er ihr nachgegangen war. Hoffmann hatte nicht einmal an einen Kollegen abgegeben, als es galt, die Leiche seiner eigenen Frau zu obduzieren. Aber vielleicht war das nicht nur ein Ausdruck von beruflicher Haltung, sondern auch von Zärtlichkeit gewesen. Viktor wollte es nicht ausschließen. Die Welt der Toten war seltsam.

»Ach, weißt du, Junge«, begann Hoffmann, schwieg dann aber. Nach einer Weile fuhr er fort: »Ich habe eine kleine Vereinigung gegründet, die sich der Förderung des deutschsprachigen Haikus widmet. Dein Sensei war so nett, uns ein paar Zeilen für die Homepage zur Verfügung zu stellen. Mal sehen, wie es anläuft. Miriam hat mir da so einen jungen Mann besorgt, der das alles für mich programmiert.«

»Dieser Malte?«, kam es sofort von Viktor.

»Netter Junge, kennst du ihn?« Hoffmann steckte die Nase in den Cognacschwenker.

Viktor ignorierte die Frage. »Und geht es dem Sensei gut?«, wollte er stattdessen wissen.

Hoffmann blinzelte ihn amüsiert an: »Du könntest auch ein paar Verse beisteuern.«

Viktor schüttelte den Kopf. »Mori und Ihnen einen Text von mir zu überlassen, das wäre, als gäbe ich eine Gewebeprobe ab. Sie würden nicht nur die Silben, sondern auch meinen Seelenzustand haarklein analysieren.«

»Deinen Seelenzustand, mein Sohn, kann man auch ohne Hilfe von Lyrik analysieren. Er ist offensichtlich.«

Viktor zuckte zusammen, nicht wegen des Offensichtlichen, sondern wegen der Anrede: Sohn. So hatte ihn seit zehn Jahren niemand mehr genannt. Und davor war das Wort auch nur selten gefallen, wenn er so darüber nachdachte. Auf einmal tat es ihm weh, dass der alte Professor so hinfällig aussah.

»Mir jedenfalls ist das alles nicht so klar«, erwiderte er ablenkend. »Mir fehlt wohl Ihr Scharfblick.«

Hoffmann schlug ihm aufs Knie. »Wenn du das weißt, dann weißt du auch, dass mir längst klar ist, wieso du mich heute mit deinem Besuch beehrst.«

Viktor versuchte es mit einem Lächeln. »Wieso, ich komme doch jeden Mittwoch.«

»Ja, aber heute hattest du Besuch von einer Dame, deren Praxis Mittwochnachmittag geschlossen ist. Und wie es aussieht, hat sie dich rumgekriegt.«

»Sie haben mich durchschaut.« Wie ein schlechter Schauspieler hob Viktor die Hände, verschüttete Cognac und rubbelte an seiner Jeans herum. Dass Miriam aber auch nie ihren Mund halten konnte. Sie musste ihrem Onkel alles brühwarm erzählt haben. Plötzlich fiel ihm etwas ein: »Oder war das alles von Anfang an Ihre Idee? Wollen Sie mich auf der Fährte haben, weil Sie selber raus sind aus dem Spiel?«

»Ich habe durchaus noch meine Kontakte in die Gerichtsmedizin.« Hoffmann winkte ab. »Und zu den Mordkommissionen. Wenn ich wollte …«

»Sie haben die jahrelang gequält mit Ihren Spleens. Von denen verrät Ihnen doch keiner was.« Viktor grinste. Doch er nahm die Botschaft zur Kenntnis. Der Alte hatte immer noch seine Mittel und Wege.

»So, so, gequält. Hat das die kleine Kommissarin behauptet?«

Viktors Grinsen verging. »Sie redet nicht mit mir«, sagte er knapp.

»Die Schlange glitt davon,/doch ihre Augen/blieben im Gras.« Hoffmann nickte weise.

»Ich …«, wollte Viktor gegen die Bezeichnung Karolines als Schlange protestieren, ließ es dann aber bleiben. Er dachte an ihre Augen, so grün wie Bambusgras. »Kyoshi.« Er hatte den Vers schon immer geliebt. Eine Weile schwiegen sie beide.

Endlich neigte Hoffmann sich vor und legte Viktor die Hand aufs Knie, sanft diesmal, und eindringlich. »Das ist kein Fall wie der des toten Japanologen«, sagte er. »Diesmal geht es nicht um Erbschleicherei und ein paar enttäuschte Gefühle. Diese Schlange im Gras ist gefährlich, Viktor, sehr gefährlich. Du musst gut auf dich aufpassen.«

Viktor ertappte sich dabei, dass er sich wünschte, der Alte hätte noch einmal Sohn gesagt.

Doch Hoffmann hatte sich schon wieder zurückgelehnt und richtete seinen Blick hinaus in den sich verdunkelnden Garten. »Sommergras«, rezitierte er, »ist alles, was geblieben ist vom Traum des Kriegers.«

Auf dem Tisch entdeckte Viktor plötzlich einen schmalen Hefter. So gebrechlich der Alte schien, er war immer noch geschickt. Viktor hatte überhaupt nicht mitbekommen, dass er die Papiere dort platziert hatte. Er ahnte, was die Mappe enthielt: die Ergebnisse dreier Obduktionen. Er neigte sich kurz vor, um sie wie zufällig mit den Fingerspitzen zu berühren. Das war sein Zeichen der Zustimmung. Dann lehnte auch er sich in seinem Korbsessel zurück und überließ sich mit einem Seufzen der Nacht. Eine Kirchturmglocke schlug. Es war elf. Die Dunkelheit roch nach Jasmin. Basho hat recht, dachte er: Die Glocke hat den Tag/hinausgeläutet. Der Duft/der Blüten läutet nach.

In der Schnieglinger Straße unter dem Dach eines hohen Altbaus lehnte Miriam sich aus dem Fenster und atmete die Nachtluft ein. Die Bäume auf dem Friedhof gegenüber hatten in der Sonne des Tages ihr Aroma entfaltet. Die frisch gegossene Erde der Gräber roch schwer und frisch. Miriam zählte das Läuten der Glocke. Eigentlich sollte sie ins Bett, es war Zeit. Aber die Idee, die da in ihr bohrte und rumorte, seit sie sich mit Viktor und Isolde unterhalten hatte, ließ ihr keine Ruhe: Bilder. Bilder von Frauen und Blumen.

Miriam hatte ihr Fotostativ herausgeholt und die Ausrüstung im Zimmer aufgebaut. Im Fokus platzierte sie, was ihr als Erstes in den Sinn gekommen war: eine Lilie, die große, schwerfleischige Blüten von makellosem Weiß trug. Miriam hatte noch nie an ihr vorübergehen können, ohne bewundernd über die fein geäderte Haut der Blütenblätter zu streicheln. Doch erst jetzt, da Isolde davon gesprochen hatte, war ihr klar, warum: Die Blüte war die personifizierte Erotik.

Miriam wandte sich dem Spiegel zu. Noch immer war der Anblick ungewohnt, das jetzt kinnkurz geschnittene Haar, die honigfarbenen Strähnen dort, wo die Bleiche ihr Haar verwüstet hatte. Für Platin hatte sie sich nicht entscheiden können. Trotzdem fühlte sie sich beinahe wie eine Blondine. Sie hob ihre Bluse und betrachtete die eigene Haut, milchweiß auch sie, mit Adern von feinem, dünnem Blau. Sie hob die Arme und streifte die Bluse ab, stieg aus der Hose, war nackt, betrachtete sich. Vorsichtig strich sie mit den Fingern über die Linie ihrer Hüfte. War diese Kurve wirklich beneidenswert? Sie drehte sich ein wenig, suchte nach einer Perspektive, sah die Blume im Hintergrund, die im Scheinwerferlicht wartete. »Du und ich«, flüsterte sie, »warum nicht?« Sie ging hinüber, bot sich dem Licht dar, das noch wärmer war als die Nacht, schmiegte sich an die Blume, ließ zu, dass diese sich an sie lehnte. Miriam suchte und fand einen Ausschnitt, der ihrem Schamgefühl entsprach und ihr zugleich gefiel. Man würde Kurven sehen, Formen, ein Spiel von Weiß auf Weiß. Erkennen würde man nichts und doch alles ahnen. Sie drückte auf den Auslöser. Aus ihrem Fenster blitzte es in die Nacht und ließ den einsamen Beobachter zusammenzucken, der sich daraufhin noch tiefer in den Schatten der Friedhofsmauer drückte.

8

Karoline Schneid saß auf dem Bett. Durch das weit geöffnete Fenster drangen die Geräusche des Hinterhofs herein: Musik, die schimpfende Stimme einer gestressten Mutter und Tellerklirren, das ihr verriet, dass es schon gegen Mittag ging. Die Sonne stand so hoch, dass sie nun auch durch die Äste der alten Kiefer drang, die sonst ihr Zimmer beschattete. Auf einem der höher gelegenen Balkone gegenüber hängte eine Frau Bettwäsche auf. Die schwarz-roten Clubfarben flatterten in einer leichten Brise, die den Verkehrslärm als leises Rauschen bis zu ihnen trug.

»Kerstin, bist du noch da?«, rief Karoline und nahm einen Schluck Kaffee aus ihrer großen Tasse. Das Murmeln ihrer Schwester wurde kurz lauter und verriet ihr, dass noch alles in Ordnung war und sie weiterhin im Bett lümmeln durfte, wie sie es an den Wochenenden so gerne tat. Wenn die Sonne erst einmal auf ihr Laken schien, dann konnte ihr die ganze Welt gestohlen bleiben.

Kerstin begann zu singen, was Karoline noch mehr entspannte. Als sie ihre Schwester am Freitagabend für das gemeinsame Wochenende aus dem Heim abgeholt hatte, war ihr von dem mittwöchlichen Ausflug schon nichts mehr anzumerken gewesen. Still und konzentriert hatte sie im Gewächshaus der heimeigenen kleinen Gärtnerei herumgewerkelt. Die feuchte Hitze dort schien ihr wenig auszumachen. Sie hatte trockene Blätter von Petunien gezupft, mit Schweißtropfen auf der blassen Stirn, und nicht einmal aufgesehen, als eine Schwalbe sich durch ein offenes Dachfenster in das Glashaus verirrt hatte. Malte, der junge Mann, der hier abends an einigen Stunden in der Woche bei der Betreuung half, hatte Karoline begrüßt.

»Wir haben hier jede Menge Haustiere«, sagte er, als er bemerkte, wie sie der Schwalbe nachsah. »Sogar einen Fuchs. Kommen Sie mal.« Er winkte ihr. An seiner Seite trat sie hinaus zwischen die Gewächshäuser, auf ein Beet voller Gladiolen und Buchsbaum. Weiter hinten wurde der Buchs ungepflegt und braun. »Dort«, sagte Malte und zeigte mit dem Finger auf eine Öffnung. »Sehen Sie, er kommt gern gegen Abend.« Und tatsächlich sah Karoline den Kopf eines Tieres, nicht Katze, nicht Hund, irgendwo dazwischen. Es witterte und kam dann unbesorgt und leichtfüßig die Furche zwischen den Gladiolen entlanggelaufen. Fasziniert betrachtete sie den länglichen Körper, nicht so rot, wie sie gedacht hatte, eher grau, und den schönen buschigen Schweif. »So nah hab ich noch nie einen gesehen«, flüsterte sie.

Malte lächelte stolz. »Sie dürfen es nicht verraten. Die Heimleitung hat schon mit dem Forstamt telefoniert, damit er abgeschossen wird.«

»Warum das denn?« Ehrlich empört schüttelte sie den Kopf.

»Unser Füchslein ist nicht bei seinen Mäusen geblieben. Es ist in den Anbau geschlüpft, wo die Rollstuhlfahrer-WG wohnt, und hat dort vor die Glastür geschissen.«

Sie mussten beide lachen. »Das geht natürlich gar nicht: Keime in einem Pflegeheim, Tollwut, das ganze Programm. Jetzt soll er weg.« Malte wandte sich wieder dem Tier zu, das sich von ihrer Anwesenheit nicht stören ließ. Es war ein magischer Moment.

»Von mir erfährt keiner was«, versprach Karoline.

Er lächelte sie an.

Kerstin stand auf einmal hinter ihnen. »Traktor«, sagte sie laut. Der Fuchs verschwand. Der Moment war vorüber. Karoline seufzte. »Auf dem Traktor ist sie mitgefahren, als sie vier war und wir Ferien im Allgäu gemacht haben.«

»Sie hat ein Gedächtnis wie ein Elefant«, bestätigte Malte. Er nahm Kerstin um die Schultern und drückte sie. »Behält jeden Blumennamen, den deutschen wie den lateinischen, besser als ich.«

»Traktor«, bestätigte Kerstin. Nur an dem leichten Leuchten auf ihrem Gesicht bemerkte man, dass sie das Lob verstanden hatte.

Da fiel Karoline etwas ein. Sie kommandierte: »Kerstin: Schuhe, Jacke, wir gehen gleich.« An Malte gewandt fuhr sie fort: »Sie kennen sich doch mit Blumen aus: Gibt es da so etwas wie eine verbindliche Sprache?«

Er runzelte die Stirn. Ihr fiel auf, dass sie zu ihm aufsehen musste, selbst mit ihren eins sechsundsiebzig und den hohen Absätzen. Und dass sein blondes Haar im Gegenlicht leuchtete.

»Also, ich bin ja nicht so der Fachmann«, sagte er, »ich studiere VWL und jobbe hier nur.« Er überlegte. »Aber vorne, wo sie die Sträuße binden, da stehen ein paar Bücher. Ich denke schon, dass Sie da eins übers Wochenende ausleihen können.«

Karoline hatte alle Gedanken an blondes Haar verbannt und alle drei Bände mitgenommen. Ein Handbuch für Trauerfloristik, ein Lexikon und eines, das tatsächlich den Titel trug: »Die geheime Sprache der Blumen«. Nun lag es aufgeschlagen vor ihr und verteilte kleine Krümel von Torf, die zwischen seinen Seiten geklebt hatten, auf die Bettdecke. Wenn dieser Kevin Euler glaubte, dort eine Spur finden zu können, dann würde sie ihm auf Augenhöhe begegnen.

Wasserrauschen verriet ihr, dass Kerstin ein Bad nahm. Es war das zweite an diesem Morgen. Kerstin liebte Bäder, manchmal badete sie mit Kleidern. Karoline war es recht. Wer badete, sündigte nicht, und sie hatte eine weitere halbe Stunde ihre Ruhe. »Aber nicht wieder den ganzen Schaum nehmen«, rief sie prophylaktisch und las: »Schon Aristoteles gestand den Pflanzen eine spezifische Seele zu.« Spezifische Seele klang toll. Sie überflog die historische Darstellung: Griechen und Römer liebten Blumen, die frühen Christen nicht, die Araber dagegen sehr. Karl der Große brachte die abendländische Gartenkultur wieder in Schwung und durch seine Bekanntschaft mit Harun-al-Raschid auch gleich exotische Pflanzen nach Europa. Danach ging es steil bergauf bis zum Obi-Markt. Es entwickelte sich eine Symbolsprache aus Blumen, die heidnische und christliche Bedeutungen mischte. Was dazu führte, dass ein Bild von einem Blumenstrauß nicht einfach ein Bild von einem Blumenstrauß war, sondern eine Aussage treffen konnte wie etwa: Bedenke, dass du sterblich bist. Oder: Alle Liebe währet ewig, vor allem die Liebe zu Gott.

Wenn man es genau betrachtete, waren Liebe, Vergänglichkeit, Reinheit und Tod die Hauptthemen aller Blumendialoge, Marientränen und Christusherzen mal abgezogen. So weit entsprach das auch Karolines Kenntnissen. Rote Rosen standen für Liebe, rote Nelken für die Liebe zum Sozialismus, die ihr Vater noch gepflegt hatte, und an Gänseblümchen zupfte man, um herauszufinden, ob man geliebt wurde oder nicht.

»Dann wollen wir doch mal sehen«, murmelte sie, setzte sich in den Schneidersitz und begann, die Akten auf ihrem Nachttisch neu zu sortieren. Mit Zettel und Stift erstellte sie für jeden der drei Todesfälle ein Blumenverzeichnis. Zum Teil waren die Sorten aufgelistet, zum Teil musste sie mühsam die Tatortfotos mit den Abbildungen in dem Lexikon vergleichen. Sie kam zu folgendem Ergebnis: Marion W.: Rosen, Hyazinthen, Narzissen, Schwertlilien, Grünzeug.

Im letzten Punkt kam Karolines Unfähigkeit zum Ausdruck, die Blattpflanzen zu bestimmen. Ach ja, und ein komisches Gewächs, das den Namen Nigella trug, zu Deutsch: Jungfer im Grünen.

Sevil G.: Rosen, Nelken, Kaiserkronen und Lilien. Die meisten waren weiß gewesen, bis sie sich mit Sevils Blut vollgesogen hatten. Dazu reichlich Myrthe.

Birgit L.: Hier dominierten die Rosen, eine Symphonie in Rottönen. Efeu war dazugebunden worden.

»Manchmal«, murmelte Karoline, »ist eine Rose nur eine Rose ist eine Rose.« Sie wusste nicht, woher das Zitat kam, aber es schien ihr auf die dritte Tote zu passen. Liebe und Schönheit, na, die Aussage ging nicht sehr tief. Und der Friedhofsefeu dazu. Sie konnte darin nichts anderes als eine morbide Dekoration erkennen. Sie hob den Kopf, als sie bemerkte, dass das Wasser im Bad noch immer lief.

»Dreh den Hahn zu, Kerstin«, rief sie zerstreut. Sie hatte

keine Lust, den Tag auf allen vieren kriechend und mit Bodenwischen zu beginnen. »Geht's dir gut?« Sie erwartete keine Antwort und erhielt auch keine.

Sevil G. schien ihr ein Experiment in Sachen Umfärben zu sein. Die Blumenbedeutungen variierten zwischen Liebe, Reinheit und Schönheit, das war wenig aussagekräftig. Sevil G. war Mutter gewesen, die Lilien daher mehr als deplatziert. Das alles war Karoline viel zu allgemein. »Er hat genommen, was vor Ort war, sag ich doch«, murmelte sie.

Allein Marion W. gab ihr zu denken. Sie war das erste Opfer gewesen, noch im Frühsommer, daher dominierten bei ihr noch Frühlingsblumen. Auffallend schien Karoline aber vor allem, dass gleich zwei der Blüten, nämlich Schwertlilie und Nigella, eine abweichende Bedeutung hatten: Sie standen für Untreue, für endende Liebe und Zurückweisung. Die Nigella, diese struppige Jungfer, erhielt man früher tatsächlich in einem Deckelkorb überreicht, wenn es hieß: Hau ab, du interessierst mich nicht! Daher stammte auch der Ausdruck »jemandem einen Korb geben«.

Vielleicht sollte ich mir davon ein paar für die Fensterbank besorgen, überlegte Karoline. Gelegenheiten zum Überreichen gab es mehr als genug. Aber woher bekam man sie? Das brachte sie auf eine andere Frage: Stammte die Nigella aus dem Laden wie die anderen Blumen auch? Karoline spürte, wie ihr Puls schneller schlug. Falls nicht, hieße das, der Mörder hätte sie mitgebracht. »Das wäre dann wirklich eine Aussage.«

Es krachte. Karoline blickte auf. Sie brauchte nur Sekunden, um zu realisieren, dass das Geräusch aus der Küche kam. Und um zu begreifen, was es bedeutete. »Verdammt!« Sie sprang aus dem Bett. Kerstin hatte das Wasser nur aufgedreht, um sie abzulenken, und sich dann ihrer Lieblingsspielwiese zugewandt, der Küche. Vermutlich hatte sie inzwischen schon den halben Vorratsschrank geleert. Wieso hatte sie sich so leicht reinlegen lassen? Als Karoline am Bad vorbeikam, hielt sie kurz inne, um das Wasser abzudrehen. Die fast schon überlaufende Wanne war verwaist, kein Schaum, keine Spur, dass hier jemals jemand gebadet hätte.

»Kerstin!«, rief sie. »Wehe du hast wieder das Ketchup überall verspritzt.« Unter ihren Füßen knirschte es. Natürlich, die Cornflakes, in hohem Bogen verschüttet bei dem Versuch, eine ganze Jumbo-Familienpackung auf einmal in ein Dessertschüsselchen zu füllen. Knackend und knirschend tastete Karoline sich über den Maisteppich auf ihre Schwester zu, die mit dem Rücken zu ihr vor dem Herd stand, um dort wer weiß was anzurühren. Erleichtert stellte Karoline fest, dass wenigstens keine der Platten glühte.

»Kerstin, komm, lass das«, fuhr sie ruhiger fort. Doch als ihre Schwester sich umdrehte, erstarrte sie. Karoline Schneid hatte schon viel gesehen, zerfetzte Leichen, blutüberströmte Menschen, die Mündungen von Waffen. Sie galt als kaltblütig, wenn es die Situation erforderte. Aber das hier war Kerstin. Und in der Hand hielt sie die Fläschchen, die Karoline hinter den Gewürzen versteckt hatte, auf dem obersten Bord, gleich bei Lorbeer und Nelken, die man so selten brauchte. Und doch: Was für ein dummes, dummes Versteck.

»Kerstin, nein!« Sie riss ihrer Schwester die unschuldigen Behälter aus der Hand: leer. Keine einzige Ritalin-Tablette mehr, nichts mehr von den Barbituraten. Sie schmiss die Dinger weg und sah sich um: Konnten sie auf dem Boden liegen, in der Schüssel? Mit einer hastigen Bewegung schüttete sie die restlichen Flakes aus dem Schälchen: keine kleinen weißen Pillen. Karoline trat der Schweiß auf die Stirn. Sie packte Kerstin und versuchte, ihr den Mund aufzudrücken. Ihre Schwester stieß protestierende Laute aus und schlug nach ihr. Doch Karoline gab nicht nach.

»Au!« Sie zog ihre Finger aus Kerstins Mund zurück und starrte sie an. Sie schmerzten, Blut tropfte, wo Kerstins Schneidezähne sich durch die Haut gebohrt hatten. Aber das war jetzt nicht wichtig. »Hast du sie geschluckt, Kerstin?« Sie packte ihre Schwester bei den Schultern und schüttelte sie. »Hast du die verdammten Dinger geschluckt? Antworte mir!« Hatte Kerstin ihr je eine Antwort gegeben? Geben können? Hatten Rütteln, Schreien, Drohen je geholfen?

»Traktor«, würgte Kerstin.

»Ob du das Zeug geschluckt hast, will ich wissen!« Karoline starrte ihrer Schwester in die Augen. Ihre Pupillen wirkten riesenhaft vergrößert. Oh mein Gott, oh mein Gott, war das einer ihrer Zustände, der sich da ankündigte? Oder wirkten die Drogen schon?

»Kerstin, bitte …«, begann sie mit vor Aufregung rauer Stimme.

Statt eine Antwort zu geben, sackte die Schwester ihr unter den Händen weg und schlug hart auf dem Boden auf. Ihre langen blonden Haare legten sich wie ein Fächer auf das Linoleum, ihre Hände begannen, über den Boden zu fahren, flatternd, zitternd, wühlten in den Cornflakes. Ihre Beine strampelten, zuckten, die Fersen quietschten über den Boden, wenn sie sich krampfhaft streckte, Bahnen in die Flakes ziehend. Flakes in den Haaren, Flakes im Gesicht, auf den Lippen, über die jetzt der Schaum trat.

Karoline starrte auf ihre Schwester hinunter. Viele Autisten litten unter epileptischen Anfällen. Manchmal schon als Kinder, manchmal kam es nach der Pubertät. Aber dass jemand in Kerstins Alter noch den ersten Anfall bekommen sollte, davon hatte sie noch nie gehört. Noch immer klammerte sie sich an die leise Hoffnung, dass Kerstin die Schlaf- und Aufputschmittel gar nicht genommen haben könnte. Dass sie sie nur fröhlich irgendwohin geschüttet hatte wie so viele Dinge. Und dass sie beim Aufräumen alle Pillen hinter der Heizung oder in der Besteckschublade finden würde. Mein Gott, mein Gott, dachte sie immer wieder. Die Aufputschmittel und die Downer zusammen, was würde das anrichten?

Mit nervtötender Gleichmäßigkeit schlug Kerstins linkes Handgelenk gegen den Spülunterschrank.

Karoline besann sich und zog ihre Schwester hinüber in das Wohnzimmer, wo sie sie so lagerte, dass sie sich nicht verletzen konnte. Sie überlegte noch, ob sie etwas suchen sollte, dass sie Kerstin zwischen die Zähne klemmen könnte, da wurde es plötzlich still: ein letztes Röcheln, ein Zucken, dann lag ihre Schwester da, stumm, mit weit aufgerissenen Augen, Schweißtropfen auf der blassen Stirn und einem Blutfaden im Mundwinkel. Es gab nichts mehr zu überlegen. Sie wählte den Notruf.

9

Viktor gab den Versuch, in aller Ruhe zu frühstücken, auf. Onkel Wolfgang hämmerte, und jeden Hammerschlag quittierte Tobias mit einem Schrei. Plock, Schrei, Plock, Schrei. Viktor zuckte zusammen und verschüttete dabei seinen Kaffee. Im Übrigen ein grässlicher Kaffee, Tante Hedwig kochte besseren. Aber Hedwig war nicht da.

Das war wohl auch der Grund, warum Tobi seit sechs Uhr im Schlafanzug durch das Haus irrte. Und was tat Wolfgang? Er hämmerte.

»Alarmanlage«, hatte er nur geknurrt, als Viktor ihn durch den Lärm hindurch gefragt hatte, wo Hedwig sei, wie man den Eierkocher bediene und was zum Teufel das alles solle.

Wozu sie eine Alarmanlage benötigten, darüber schwieg er sich aus. »Deine Tante hat es vorgezogen, sich ihren Pflichten zu entziehen«, sagte er stattdessen zwischen zwei Schlägen. Sehr würdevoll griff er nach einem Schraubendreher und neigte den Kopf, um sein bisheriges Werk zu betrachten.

»Woher weißt du, dass ihr nichts zugestoßen ist?«, erkundigte Viktor sich und hielt Tobias davon ab, das Nutellaglas leer zu löffeln. Er schmierte ihm ein Brot und schickte ihn auf das Trampolin.

»Weil sie angerufen hat, deshalb. Aus einer Kurklinik.«

»Tante Hedwig ist in Kur? Das wusste ich ja gar nicht. Wann hat sie die denn beantragt?«

Wolfgang ließ den elektrischen Schraubendreher aufjaulen. »Wie es aussieht, teilt deine Tante ihre Gedanken nicht mit jedem.«

Viktor betrachtete Wolfgangs Bastelarbeit. Offenbar war er dabei, das gesamte Grundstück mit etwas zu verkabeln, das blinkte und jaulte und Tobi vermutlich in den Wahnsinn treiben würde.

»Ich muss dann mal los«, verkündete er und stellte seine Tasse ab.

»Du nimmst Tobi mit.« Sein Onkel suchte mit den Augen den nächsten Punkt, der nach einem Dübel verlangte. »Er ist mir hier im Weg.«

»Aber ich muss arbeiten«, wandte Viktor ein, der sich für den Vormittag vorgenommen hatte, mit seiner Observation zu beginnen.

»Auf deiner Liste steht die Apotheke, wegen Peroxid, und das Standesamt, ich habe nachgesehen. Und dann kannst du noch bei der Gärtnerei vorbeifahren wegen der Blumen für die Floristin.« Die Stimme des Onkels war unnachgiebig.

»Blumen für die Floristin? Ist das nicht geschmacklos, nachdem sie quasi mit Blumen getötet wurde?«, fragte Viktor. »Und übrigens: Wann wolltest du mir erzählen, dass wir ein Mordopfer unter unseren Kunden haben?«

Wolfgang Anders hielt inne und dachte an Max Mertens. Der vielleicht nie mehr aus der Versenkung der Vergangenheit aufgetaucht wäre, wenn Viktor nicht mit beiden Armen bis zum Anschlag darin herumgewühlt hätte mit seiner Detektivspielerei. Wut stieg in ihm auf. Aber er war ein christlicher Mensch. Er griff zur Bohrmaschine und setzte an. Stahl quälte sich durch Stein. Zurück blieb ein Loch. Er blies den Staub fort. »Du nimmst Tobi mit.«

»Na großartig.« Viktor sah aus dem Fenster in den Garten, wo Tobias jetzt Trampolin sprang. Irgendwie hatte er es geschafft, Thekla mit auf das Gerät zu packen. Die Katze taumelte hilflos um seine Füße und wurde immer wieder hochgeschleudert, wenn Tobias auf dem Sprungtuch auftraf. Etwas schien auf ihr zu kleben. Viktor hoffte, dass es nicht das Nutellabrot war. »Das wird ganz großes Kino.«

Observation, das hieß absolute Unauffälligkeit. Unauffällig mit Tobias, das war ein Widerspruch in sich. »Contradictio in adjecto«, sagte Viktor wieder einmal, drehte den Zündschlüssel ab und starrte auf die Werkstatt von Holger Schreitz auf der anderen Straßenseite. Er überlegte noch, wie sie es angehen sollten.

»Wusstest du, dass ich mal in Santa Fé als Latein-Nachhilfelehrer gearbeitete habe?«, fragte er seinen Cousin. »He, Tobi!«

Tobias hatte bereits die Autotür geöffnet und stürmte über die Straße. Viktor hastete hinterher. Doch er kam zu spät. Hilflos musste er mit ansehen, wie Tobias in die Werkstatt stürmte, die er hatte observieren wollen. Mit flatternden Händen tanzte er um eine Harley herum, bis ein Mann dazukam, der ihn zur Rede stellte. Holger Schreitz, dachte Viktor und beschleunigte. Das fehlte noch, dass ein sadistischer Mörder sich auf seinen Cousin stürzte. Er kam gerade an, als Tobias den Mann umarmte und ihm einen kräftigen Kuss auf die verschwitzte Stirn drückte.

»He, he«, sagte Schreitz und trat einen Schritt zurück und lachte. »So gut kennen wir uns doch noch gar nicht.«

Außer Atem hielt Viktor an. »Tschuldigung, mein Cousin

ist Autist«, sagte er. Da stand er nun seinem Observationsobjekt Auge in Auge gegenüber, streckte die Hand aus und stellte sich vor. Klasse, danke, Tobi, dachte er. Die einzige Tarnung, die ihnen jetzt noch blieb, war ihre absolute Auffälligkeit. Dem Sensei, dachte er flüchtig, hätte dieses Paradoxon gefallen. »Er steht auf Motorräder«, fügte Viktor hinzu. »Wenn er welche sieht, gibt es kein Halten mehr.« Noch ehe er fertig gesprochen hatte, sah er, dass das keine Lüge war. Tobias ging auf Zehenspitzen durch die Werkstatt, wedelte und juchzte und schien vollkommen glücklich zu sein. Er stand tatsächlich auf Motorräder. Zumindest in diesem Moment.

»Und auf ehrlichen Männerschweiß, wie es aussieht«, meinte Holger Schreitz, wischte sich über die Stirn und hinterließ dort einen Schmierölstreifen.

»Na ja, manchmal faszinieren ihn die seltsamsten Sachen.«

»Das sollten Sie mal meiner Freundin erzählen.« Schreitz' Gesicht verriet, dass die Dame eher nicht auf Verschwitztes stand. Dann grinste er und deutete auf Tobi, der versuchte, auf eine alte Maschine zu klettern. »Er hat keinen schlechten Geschmack, was? Das ist eine Harley Davidson Hummer von 1960. Die Baupläne dafür haben die Amis nach dem Krieg als Reparationsleistung mitgehen lassen. Der Besitzer hat sie von seinem Opa. Tolles Teil.« Er winkte seinem ratlosen Handlanger, dass er Tobi in Ruhe lassen solle, und ging zu ihm hinein. »Magst du mal mitfahren?«, fragte er.

»Mitfahren«, wiederholte Tobias, was Schreitz als Ja verstand.

Ehe Viktor hinterherkam und ihm erklären konnte, dass

Tobias fast immer die zuletzt gesagten Worte wiederholte und dass das keinen Aussagewert besaß, hatte Schreitz die Maschine schon angelassen. »Wir drehen nur ’ne kleine Runde«, rief er Viktor zu, während er Tobias fürsorglich einen Helm aufsetzte. Gegen seine sonstigen Gewohnheiten ließ der das ohne Gegenwehr geschehen. »Sind bald wieder da.« Damit brausten sie aus der Garage.

»Ja, also, äh …«, brachte Viktor heraus, als es längst wieder still war. Der Gehilfe warf ihm einen Seitenblick zu und hielt ihm ein Päckchen Zigaretten hin.

10

»Die sehen geil aus, ich meine, toll. Richtig ästhetisch.«

»Wirklich?« Miriam wurde rot, konnte die Befriedigung in ihrer Stimme doch auch nicht ganz verbergen. Liebevoll sortierte sie die Postkarten in einen Drehständer auf der Theke. Ja, die Bilder sahen tatsächlich gut aus, da musste sie Malte recht geben: der Schwung einer Hüfte, durchschnitten vom geraden Stängel einer Lilie, die Blüten dort, wo man die Brust erwartet hätte, alles in ein verschwommenes Weiß gehüllt. Eine Schulter, die Linie eines Schlüsselbeines, an das sich der zarte Trieb eines Geißblattes nahezu liebevoll anschmiegte. Ein Nabel, der erahnen ließ, dass das Dreieck aus Rosen darunter einen Schoß verbarg. Ja, sie war zufrieden mit dem Ergebnis ihrer nächtlichen Bemühungen. Zum ersten Mal in ihrem Leben fühlte sie sich schön, sinnlich und sexy. Schon verrückt, dass sie das Isolde und einem perversen Mörder verdankte. »Ich dachte, ich biete die Bilder als Postkarten an«, sagte sie. »Sie passen ja recht gut zu den Pflanzen.«

»*Du* hast die gemacht?« Malte hatte eine der Karten herausgenommen, umgedreht und begutachtete nun die Rückseite, auf der Miriam sich selbst als Copyright-Inhaberin genannt hatte. Dazu die Zeilen für die Adresse, ein schöner grafischer Rahmen für Textbotschaften. Schon toll, was einem heute ein Copyshop so alles über Nacht drucken konnte.

»Ich dachte, wir verlangen zwei Euro pro Motiv, was meinst du?«, sagte sie, ohne auf seine Frage einzugehen.

Malte musterte das Bild so lange, dass es Miriam ganz warm wurde. Sein Blick wanderte zu ihr. Sie wurde rot. Ahnte er es? Wusste er es? Aber er sagte nichts.

»Zwei fünfzig fände ich angemessen«, sagte er. Und schwieg dann nachdenklich.

»Was ist?«, fragte Miriam.

Er steckte die Karte weg. »Ach, ich überlege nur, ob wir so was auch bei uns in der Gärtnerei anbieten könnten.«

»Du arbeitest in einer Gärtnerei? Aber …« Miriam hob ratlos die Hände. »Ich dachte, du studierst?«

»Tu ich auch. Aber die Gebühren sind teuer. An zwei Abenden betreue ich Behinderte, da bin ich in der Heimgärtnerei. Und Samstagnacht fahre ich Pizza aus. Heutzutage muss man flexibel sein.«

»Ach so.«

Malte starrte noch immer auf die Bilder. »Andererseits«, er zuckte mit den Schultern, »der Träger des Heims ist kirchlich. Haus Feldheide. Kennst du vielleicht.«

»Feldheide.« Miriam wusste nicht, was sie sagen sollte. Es war die Einrichtung, in der Christine Stern arbeitete. Die Frau, an der der Blumenkiller, wie sie annahm, experimentiert hatte, bevor er die drei jungen Frauen kaltblütig ermordet hatte.

»Andererseits sind die Bilder ja nicht wirklich anzüglich.« Er strich über die Hüfte auf dem Foto.

»Kennst du eine Frau Stern?« Miriam konnte nicht anders, es platzte einfach aus ihr heraus.

Malte runzelte die Stirn. »Heißt die Christine? Leitet den

Wohnbereich?« Er überlegte. »Kennen wäre zu viel. Aber sie hat bei meiner Einstellung eine kurze Ansprache gehalten. Recht martialisch, die Dame.« Er hob die Hände, als er Miriams Gesicht sah. »Nicht bös gemeint. Ich arbeite mit dem Axel. Da geht es gemütlicher zu.«

»Mit dem Axel«, echote Miriam, die erst noch verstoffwechseln musste, dass ein Wesen, das sie bislang nur als hilfloses Opfer gesehen hatte, von anderen als martialisch eingestuft wurde.

»Klar, Axel ist cool.«

Miriam hörte nur mit einem Ohr zu, während Malte ihr von seinem launigen Arbeitsalltag im Behindertenheim erzählte.

»Diese Frau Stern«, begann sie noch einmal.

»Tut mir echt leid«, meinte Malte. »Sie ist halt die Chefin. Und ja auch schon über dreißig. Da werden die Frauen spröder. Oder?« Er hielt inne, als er ihren Gesichtsausdruck bemerkte. »Äh, ich geh dann mal. Die Milchaufschäumdüse muss gereinigt werden.«

Miriam, die gerade wohlverschwiegene dreiunddreißig geworden war, betrachtete die Karten. Dieser Hüftschwung, sagte sie sich trotzig, war auf jeden Fall zeitlos. Ein Evergreen. Evergreen, Evergreen … Ob sie es mal mit Efeu versuchen sollte?

Wolfgang Anders saß hinter seinem Schreibtisch im Empfangszimmer, umgeben von Engel-Statuetten und vergilbenden Landschaftsbildern. Hinter ihm warb ein unangemessen modern wirkendes Poster dafür, die Asche des lieben Hinterbliebenen in den Weltraum zu schießen. *Eins mit dem*

Universum stand auf dem Plakat. Vor Wolfgangs geistigem Auge allerdings stand eine Eins mit fünf Nullen, galaktische Schmerzensgeldsummen, die von ihm gefordert wurden, wenn er die Asche des verstorbenen Drescher nicht wieder auftrieb. Es kam alles darauf an, dass die Tochter des verblichenen Herrn Drescher jetzt erst einmal seine Ausrede schluckte. Er brauchte Zeit, um eine Lösung für den Fall zu finden. Er hielt den Telefonhörer und lauschte ihren ratlosen Ausführungen.

»Ja«, unterbrach er sie dann und wischte sich über die Stirn, auf der Schweißtropfen standen. »Aber Sie haben sich wirklich *sehr* kurzfristig für ein anderes Urnenmodell entschieden. Und daher ist es jetzt so, dass im Krematorium die Asche schon in die andere Urne eingefüllt wurde, also in die, die Sie zuerst bestellt haben.« Er hielt inne, um einen Schluck Wasser zu trinken, und hoffte, dass man ihm die Lüge nicht anhörte. »Und da Urnen amtlich versiegelt werden, kann ich jetzt nicht einfach die Urne aufmachen, in der Ihr … äh … Ihr geliebter Vater ruht, und ihn umschütten, quasi. Es geht ja nicht um *irgendeinen* Inhalt. Da benötigt man eine amtliche Erlaubnis.«

Er wurde unterbrochen und lauschte. »Selbstverständlich. Selbstverständlich ist es unser Verschulden, dass die neue Bestellung nicht rechtzeitig an das Krematorium weitergeleitet wurde. Und natürlich werden Ihnen keinerlei Zusatzkosten entstehen. Im Gegenteil, das neue Modell ist ja günstiger. Es ist nur so, dass wir jetzt einen amtlichen Beschluss brauchen, um die Urne noch einmal zu öffnen. Und einen Mitarbeiter der Friedhofsverwaltung, eventuell noch eine polizeiliche Aufsicht – da muss ich mich erkundigen, wir hatten den Fall noch nicht. Wir arbeiten immer sehr zuverlässig.«

Wieder wurde er unterbrochen. Er räusperte sich. »Wie gesagt. Alles ist in bester Ordnung. Nur wird es noch einen Moment dauern. Wir müssen den Beschluss abwarten, reine Formsache, nur ein Zeitfaktor, ich versichere Ihnen, die Ämter eben, ja, wie gesagt … ja, Frau Drescher, ja, ja.«

Als er endlich auflegen konnte, war er klitschnass. Er sollte sich ein neues Hemd anziehen. Aber immerhin. Er hatte eine weitere Woche Aufschub, ehe ihm der Himmel auf den Kopf fallen würde. Seine Frau hatte ihn verlassen, sein Neffe Viktor war ohnehin zu nichts zu gebrauchen, und sein Sohn – er wollte nicht einmal daran denken. Doch Wolfgang Anders stand noch. Noch kämpfte er. Und wartete auf Max Mertens. Verdammt, wie hatte der Junge es nur herausbekommen? Was damals geschehen war, das hatte er so tief in seiner Erinnerung vergraben, dass er selbst nicht mehr glauben konnte, dass es je wahr gewesen war.

Das Telefon klingelte. Wolfgang Anders zuckte zusammen. Seine Stimme klang kurzatmig, als er sich meldete. »Ach, du bist es, Hedwig.« Erleichterung und Enttäuschung überfluteten ihn gleichermaßen. »Nein, nein, alles läuft bestens.« Er hielt inne, lauschte. »Nun sei nicht albern, Hedwig, natürlich vermisst dich keiner.« Wieder lauschte er. »Ja«, bestätigte er, »ja, das finde ich auch schön. Wir …« Doch da hatte sie schon aufgelegt.

Ratlos starrte Wolfgang Anders auf den Hörer. Was hatte sie denn nun schon wieder? Nie konnte er voraussehen, was sie dachte. Und dann plötzlich, von Zeit zu Zeit, diese Explosionen. Seine Gedanken wanderten zurück in die Vergangenheit, zu den ersten Jahren ihrer Ehe. Als alles noch rundlief, als alle noch da waren: sein Bruder Otto mit seiner Frau Lisbeth. Als ihr Auto noch nicht unter einen Laster geraten, Viktor den beiden noch nicht weggelaufen war. Seine eigenen Kinder waren damals noch wilde Teenager gewesen. Und Tobias noch zu jung, als dass man hätte erahnen können, wie er sich entwickeln würde. Und Hannah hatte damals noch gelebt. Otto hatte die wildesten Pläne für die Firma gehabt, und Lisbeth, die sang immer bei der Arbeit. Man hatte sie im ganzen Haus hören können. Jung waren sie alle gewesen, unfassbar jung und voller Energie. Es gab ein Foto von ihnen allen aus dieser Zeit, es stand auf seinem Schreibtisch, und er starrte schon seit fünf Minuten darauf, während aus dem Hörer das Freizeichen tutete.

11

»Wissen Sie, was sie genommen hat?« Der Satz hallte in Karoline Schneids Kopf nach, ein böses Echo, das sich nicht abstellen ließ, egal wie heftig sie an ihrer Zigarette zog.

»Wenn wir nicht genau wissen, was sie genommen hat, und mit den falschen Maßnahmen beginnen, könnte es für Ihre Schwester zu spät sein, Frau Schneid.«

Wieso hatte der Arzt sie so angesehen? Sie hatte geschwitzt und gezittert. Sicher hatte sie gezittert. Aber war das nicht normal in ihrer Situation? Sie hatte nachdenken müssen, schnell nachdenken, gut nachdenken. Es ging schließlich um ihr ganzes Leben.

Er hatte noch mal gefragt, und sie hatte »Nein« gesagt. Zu langsam, zu leise. Sie war keine gute Lügnerin, heute nicht. Das hier war nicht nur eine Frage verletzter Aufsichtspflicht. Jede einzelne Substanz, die Kerstin geschluckt hatte, war illegal. Und sie hatte noch mehr davon in ihrer Wohnung. Wenn sie das dem Arzt sagte, würde er es melden. Auf dem Revier würde man davon erfahren, und dann … Was, wenn er bluffte? Wenn er sie nur einschüchtern und sich Arbeit sparen wollte? Er war Arzt, er musste Kerstin doch in jedem Fall helfen können. »Können Sie ihr nicht einfach den Magen auspumpen?«, hatte sie gefragt.

Er hatte sie nur angesehen. Und da hatte sie angefangen zu reden. Hatte alles aufgezählt, während er mitkritzelte, und dann war er davongestürmt, mit flatterndem Kittel, Kommandos rufend, Verachtung im Schritt. Davon wartete nun reichlich auf sie.

Karoline war eigentlich keine Raucherin, von einem gelegentlichen Joint abgesehen. Ihre Drogen waren chemisch, sauber, und sie hatte alles im Griff. Sie arbeitete leistungsoptimierend damit, nicht um sich mit einer Sucht die Lunge zu verkleben.

Doch jetzt brauchte sie unbedingt eine Zigarette. Sie stand in einem Hinterhof, in einer offenen Tür, die eigentlich gar keine war, mehr ein Durchschlupf für illegale Putzkräfte, und hatte sich von dem Mann neben ihr eine Marlboro geschnorrt. Aus den Müllcontainern neben ihr stank es nach Verwesung, und das Personal, das hier und da herauskam, die nackten Arme in den blauen Kitteln trotzig verschränkt und paffend, was das Zeug hielt, blickte überarbeitet und trübsinnig. Rauchen war nichts für Feiglinge, stellte Karoline fest.

»Ihr Kind?«, fragte der Mann neben ihr und wies mit dem Daumen hinter sie beide, dorthin, wo die Operationsräume lagen.

Karoline schüttelte ihre blonden Haare. Sie war noch nicht dazu gekommen, sich zu kämmen. Über der Jeans, unter der Jacke trug sie ihr Schlafanzugoberteil. »Meine Schwester. Kann ich noch eine?« Sie spreizte auffordernd Zeige- und Mittelfinger.

Er hielt ihr die Schachtel hin, die so zitterte, dass sie es kaum schaffte, sich eine Zigarette herauszuziehen. »Motorradunfall«, sagte er. Es klang verzweifelt.

Karoline bat ihn um Feuer. Er versengte beinahe ihre Strähnen. »Entschuldigung.« Es schien ihm nicht aufzufallen, dass sie nicht antwortete. »Der Arzt meint…«, begann er.

Da trat ein Beamter auf sie zu. Karoline ließ die Zigarette fallen und trat sie nicht einmal halb geraucht aus. »Karoline Schneid?«, fragte er.

»Kriminalhauptkommissarin Karoline Schneid«, präzisierte sie. Der Mann neben ihr zuckte zusammen.

Der Beamte nickte. »Vielleicht gehen wir besser hinein«, schlug er vor und dirigierte sie zu einer Reihe verschraubter Plastiksessel neben einem Kaffeeautomaten. Dort nahm er akribisch ihre Personalien auf. Wie ein Grundschüler malte er Buchstabe für Buchstabe in die Formulare, die er auf seinen Knien gepresst hielt. Am liebsten hätte sie ihm die Papiere aus der Hand genommen und sie selbst ausgefüllt. Damit sie endlich zum Punkt kamen.

»Frau Schneid«, sagte er bedeutungsvoll. Endlich war es so weit. »Bei den Medikamenten, die ihre Schwester eingenommen hat, ist Ihnen doch klar, dass es sich um illegale Substanzen handelt, in einer Menge« – er zog einen Zettel zu Rate – »die den Verdacht aufkommen lässt, dass sie nicht nur für den Eigengebrauch gedacht war.«

Karoline schnappte nach Luft. »Also halten Sie mich jetzt für einen Dealer, oder was?«

»Das haben Sie gesagt, Frau Schneid.«

Wenn er noch einmal ihren Namen nannte, würde sie ausrasten. Eine Schwester kam den Gang hinunter. Karoline versuchte, sie mit Blicken festzuhalten, anzusaugen. Doch sie wollte nicht zu ihnen und verschwand hinter einer Tür, ohne etwas zu sagen. Wie es Kerstin wohl ging?

»Hören Sie«, begann Karoline erneut. »Ich bin Kriminalbeamtin, meine Schwester liegt hier und ringt mit dem Tod, und Sie wollen ernsthaft…«

»Ich muss Sie darauf aufmerksam machen, dass wir Ihre Wohnung durchsuchen müssen. Und Sie müssen uns die Kontakte nennen, über die Sie die Drogen erworben haben.«

»Den Teufel muss ich.« Karoline würde in keinem Fall dem netten russischen Arzt Ärger bereiten, der ihre Rezepte ausstellte, oder ihren Informanten ans Messer liefern, damit er den Kollegen von ihren Koks-Geschäftchen erzählte. »Und in meine Wohnung kommen Sie nicht ohne richterlichen Durchsuchungsbefehl.« Sie musste hier weg, sie musste nach Hause und aufräumen, das Schlimmste verhindern. Aber sie konnte nicht gehen. Kerstin war noch hier, durch ihre Schuld. Wie ging es Kerstin?

Wieder wurden Schritte laut, quietschend auf dem Linoleum, ohrenbetäubend und an ihren Nerven zerrend. War das der Arzt? Die OP-Schwester? Karoline sprang auf.

»Euler?« Sie glaubte es nicht. Der Münchner Kollege zückte seinen Dienstausweis. Er komplimentierte den Wachtmeister hinaus. Die Unterlagen behielt er da. Er ordnete sie, faltete sie, zerriss sie.

»Die Soko Ophelia leite ich«, sagte er. »Ohne Wenn und Aber. Wenn ich sage ›spring‹, dann springen Sie. Wenn ich eine Auskunft will, besorgen Sie sie.«

»Und wenn Sie Scheiße bauen«, ergänzte Karoline, »werde ich den Kopf für Sie hinhalten, meinen Sie das?«

Er lächelte säuerlich. »Ich meine, wenn das hier hochkocht«, er hielt die Papierfetzen hoch und ließ sie demonstrativ in einen Papierkorb fallen, »können Sie froh sein, wenn Sie noch Streife fahren dürfen.« Sein Lächeln wurde breiter.

»Seien wir ehrlich, nicht mal McDonald's würde Sie danach noch einstellen.«

Er wartete ihren Kommentar nicht ab. Das musste er auch nicht. Karoline wusste, wann sie verloren hatte. Langsam sank sie auf ihren Plastiksitz zurück.

Während Viktor mit siebzig durch die Innenstadt Richtung Krankenhaus heizte, versuchte er Miriam am Handy davon zu überzeugen, dass Holger Schreitz nicht der Mann war, den sie suchten. Einen Moment lang, als der Biker mit Tobias im Schlepptau in einer Auspuffgaswolke verschwunden war, hatte ihn selbst die Panik erfasst. Was, wenn er seinen hilflosen Cousin mit einem soziopathischen Killer alleine gelassen hatte? Was, wenn Tobias nun eine Geisel war, oder schon tot? Wenn er Tobias nie wiedersehen würde?

Doch nach etwa einer halben Stunde – einer Ewigkeit, in der Viktor seine Nervosität vor dem Lehrling zu verbergen versucht hatte – waren die beiden wieder die Straße herangeknattert, vom Wind durchgeblasen und glücklich. Viktor hatte jeden Kommentar hinuntergeschluckt, als er Tobis seliges Gesicht gesehen hatte.

»Der Mann würde nie jemandem etwas antun«, sagte er nun in sein Telefon. Hinter ihm hupte es. Er ließ das Steuer los, um den Stinkefinger zu zeigen.

»Weil er nett zu Tieren und Kindern ist?«, rauschte Miriams Stimme aus dem Lautsprecher. »Mensch, Viktor, sogar Hitler hat Kindern über den Kopf gestreichelt.«

»Hitler, hast du sie noch?« Viktor musste absetzen, um mit aller Gewalt die Spur zu wechseln. Tobi neben ihm kippte fast aus dem Sitz. Entgegen seiner Gewohnheit schrie er nicht. Sagte nichts. Wedelte nicht. Saß ganz versonnen da.

»Ja«, wurde Viktor lauter, als es wieder ein Stück geradeaus ging. »Weil er nett zu Tobias ist. Schon mal erstens. Er will nächste Woche wieder mit ihm fahren.« Viktor bog nach Johannis ein, Menschen kreuzten die Fahrbahn. »Und weil er zweitens nicht der Typ für Blumen ist, verstehst du? Wenn Holger Schreitz auf einer Frau beim Sex Spuren hinterlässt, dann welche aus Schmieröl.«

Er lauschte Miriams Gegenargumenten. »Im Übrigen«, fuhr er dann fort, ohne auf das einzugehen, was sie gesagt hatte, »hat er ein gutes Verhältnis zu Christine Stern. Sie sind inzwischen getrennt, aber Freunde, sagt er. Er hat mir sogar ihre Adresse gegeben und gemeint, sie könne mir helfen, Tobias in ihrem Heim zur Verhinderungspflege unterzubringen. Klingt das für dich, als stünde eine Vergewaltigung zwischen ihnen?«

Endlich, nach einer letzten Ampel, die er bei Rot überfuhr, kam das Nordklinikum in Sicht. »Ich weiß auch nicht, was Verhinderungspflege ist. Aber du wirst es für mich herausfinden und Tobias dort anmelden. Warum?« Er bremste, um am Pförtner vorbeizugleiten. »Notaufnahme«, rief er durch das heruntergelassene Fenster und folgte der Armbewegung des Pförtners. »Weil ich die Nase voll habe, darum.« Er warf einen Blick auf die Brandwunde an Tobias' Fußgelenk, die so tief war, dass man den Knochen sehen konnte.

Es war alles schon vorbei gewesen, Tobi abgestiegen, der Helm zurückgegeben. Er hatte gerade erleichtert Holger gelauscht, der von der Maschine geschwärmt hatte, auf der er Tobias nächste Woche mitnehmen wollte. Es war laut

Schreitz dasselbe Modell, auf dem Evil Knevel einst seinen Rekordsprung gewagt hatte. Da war es passiert: Sein Cousin wollte noch ein letztes Mal das Motorrad streicheln, war mit dem Fuß an das heiße Auspuffrohr geraten, und plötzlich begann das Fleisch an seinem rechten Fußgelenk zu qualmen. Doch Tobias hatte den Fuß nicht zurückgezogen. So als spüre er gar nicht, was da vorging. Viktor war es, der ihn endlich mit einem Schrei von dem heißen Metall wegzerrte.

Holger schüttelte entsetzt den Kopf. »Merkt der das nicht?«, fragte er fassungslos. »Das muss doch höllisch weh tun. Scheiße, Mann.« Wieder und wieder streichelte er Tobias über den Kopf.

»Ich weiß es nicht«, antwortete Viktor. »Entweder das, oder er kann nicht reagieren.«

»Scheißkrankheit«, sagte Holger und trug Tobi zum Auto, setzte ihn vorsichtig hinein, wie eine Mutter ihr Kind, und wünschte ihnen alles Gute. »Bis nächste Woche.«

Viktor schluckte. Er hätte sich gerne übergeben, das versengte Fleisch stank widerlich, und er war hin- und hergerissen zwischen Mitleid und Ekel. »Ich pack das einfach nicht mehr«, flüsterte er in den Hörer. »Also mach dich dran. Du hast es versprochen.«

Ganz stimmte das nicht, doch das war Viktor egal. Zu seiner Erleichterung kamen ihm bereits zwei Rettungskräfte entgegen, als er vor dem Gebäude hielt. »Mein Cousin ist Autist«, rief er, noch ehe er ganz aus dem Auto war, und hob die Hände. So wie einer, der rief: »Ich bin unbewaffnet.«

»Ja, haben wir denn heute Autistentag?«, fragte der eine Sanitäter, während der andere Viktor auf die Schulter klopfte und ihn, als sei *er* der Problemfall, zu einer Reihe Plastikbänke neben einem Kaffeeautomaten führte. »Wir machen das nicht zum ersten Mal«, sagte er.

Von ferne hörte er Tobias schreien, dann klappte eine Tür zu und schnitt den Lärm ab. Viktor lehnte den Kopf an die Wand und beschloss, dass der Rest nicht sein Problem war.

»Sie?«, fragte eine Stimme neben ihm.

Viktor hob den Kopf. Karoline Schneid saß neben ihm.

Er wurde rot, als er daran dachte, was für Dummheiten er auf ihren Anrufbeantworter gesprochen hatte. Was hatte diese Frau nur, dass er sich immer für sie zum Narren machte? Dann fiel ihm auf, dass sie ein Schlafanzugoberteil trug, blau-weiß gestreift.

12

Viktor rief noch einmal bei Miriam an, damit sie kam und sich um Tobias kümmerte. Dann legte er Karoline Schneid den Arm um die Schultern und führte sie zu seinem Auto. Von der aggressiven Energie der Kommissarin, die er von ihren anderen Begegnungen kannte, war nichts übrig geblieben.

»Sie haben mir nie gesagt, dass Sie eine Schwester haben«, versuchte er irgendwann ein Gespräch in Gang zu bringen. Aber sie hatte den Kopf gegen die Stütze gelehnt und starrte hinaus auf den Verkehr.

Viktor betrachtete ihr Profil, klassisch schön wie immer. Doch ihr Pferdeschwanz war zerzaust und ihre Haut grau. Und er dachte, während er die wenigen Sätze, die der Arzt noch gesprochen hatte, Revue passieren ließ, dass sie ihm wohl eine ganze Menge nicht gesagt hatte. Andererseits: Hatten sie je ein persönliches Gespräch miteinander geführt?

»Mein Cousin ist auch im Krankenhaus«, begann er schließlich, weil er das Schweigen nicht länger ertrug. Sie standen im Berufsverkehr, die nächste Ampel noch nicht einmal in Sicht. »Er hatte einen Unfall, aber es geht ihm gut.«

Zunächst schien sie auch darauf nicht antworten zu wollen. Dann beugte sie sich überraschend zu ihm hinüber. Unvorbereitet sah sie ihm direkt in die Augen. »Hast du schon einmal gedacht: Warum nicht? Ein Unfall, und dann ist es vorbei?« Sie wandte den Kopf heftig wieder weg. Ihr Pferdeschwanz streifte knapp sein Gesicht. Er roch den Duft ihres Haares. Shampoo und Schweiß. Und noch etwas anderes.

»Wie? Was? Wie meinst du das?«, fragte er, vor Verwirrung ebenfalls ins Du verfallend. »Ein Unfall und Schluss?«

Sie machte eine vage Geste, ohne ihn noch einmal anzusehen. »Na, mit deinem Cousin. Dass etwas passiert. Und es dann vorbei ist. Es gibt so viele Unfälle. Jeden Tag sehe ich welche.« Sie starrte auf die Stadtlandschaft draußen.

Heftig schüttelte Viktor den Kopf. »Nein, nie«, sagte er, im Brustton der Überzeugung.

»Schön für dich.« Sie seufzte. »Aber irgendwann wirst du es denken. Und dann, glaub mir, wirst du es bedauern. Du wirst dich schämen für den Rest deines Lebens.«

Danach blieb es still. Viktor wagte nicht, das Gespräch fortzusetzen. Erlenstegen begann, die Fassaden wurden breiter, Sandstein ersetzte den Beton. Hohe Bäume hinter hohen Gartenmauern verdeckten die Häuser.

»Onkel Wolfgang?« Er winkte kurz zu seinem Onkel hinauf, der auf einer Trittleiter stand und begonnen hatte, Stacheldraht auf der Mauer zu entrollen, die ihr Grundstück umgab.

Wolfgang Anders erkannte erst eine unpassend gekleidete Frau in den Armen seines Neffen. Dann beim zweiten Hinsehen die Kriminalhauptkommissarin, die ihm so viel Ärger bereitet hatte. Polizei im Haus, das war das Letzte, was er im Moment gebrauchen konnte. Solange die Asche der Dreschers nicht wieder aufgetaucht und die Sache mit Mertens geklärt war.

»Was…«, begann er und beeilte sich, von der Leiter zu

steigen. »Was ist da los? Hab ich dir nicht gesagt, du sollst dich nicht mehr in die Angelegenheiten der Polizei mischen? Was zum Henker hast du jetzt schon wieder ...«

Doch Viktor kam ihm zuvor. »Frau Schneid ist privat hier«, erklärte er. Ohne eine weitere Erläuterung brachte er Karoline ins Haus, verfolgt von den Blicken eines völlig verdutzten Wolfgang Anders.

Er half ihr die Treppe hinauf, setzte sie in seinem Wohnzimmer auf das Sofa, das er neu gekauft hatte, und ging in seine kleine, meist verwaiste Küche, um einen Teebeutel aufzustöbern.

Als er wiederkam, saß sie noch immer genau so da, wie er sie hingesetzt hatte. Einen Moment betrachtete er sie einfach nur. Die wirren Haare auf dem Kragen ihres Pyjamas, die schmalen Schultern und die straffe Haltung, die sie nicht einmal jetzt verlor. Sie besaß immer noch diese innere Spannung, wie eine Kunstturnerin vor dem finalen Auftritt. Jetzt wandte sie den Kopf, und er konnte ihr Profil sehen. Sie war tatsächlich hier, in seiner Wohnung. Was hätte er bis vor kurzem nicht alles dafür gegeben.

Sie ignorierte die Tasse, die er ihr hinhielt. Stattdessen sah sie ihn nur an. Was er in ihren Augen sah, machte ihm Angst. »He, wusstest du, dass ich mal in Cincinnati bei der Telefongesellschaft gearbeitet habe und ...«

»Halt den Mund«, sagte sie. Sie schien zu überlegen. Doch ehe er noch etwas sagen konnte, hatte sie die Arme um seinen Hals geschlungen und küsste ihn. Er spürte ihre Zähne auf seinen und die verzweifelte Kraft, mit der sie ihn zu sich zog.

Irgendwann wechselten Viktor und Karoline vom Sofa auf den Flokati, irgendwann kam eine Flasche Whisky dazu, dann eine zweite, später Musik, laut und hart, lauter als ihre Schreie. Irgendwann schlief er ein, schweißüberströmt, erschöpft, zerschlagen. Fest mit Karoline verschlungen.

Als Viktor mitten in der Nacht aufwachte, dauerte es eine Weile, bis er begriff, was ihn geweckt hatte. Er war allein. Durch das offene Fenster drang ein regelmäßiges, rhythmisches Geräusch. Über Flaschen stolpernd, vorbei am Plattenspieler, dessen Nadel leise über der Auslaufspur knisterte, tastete er sich zum Fenster und blinzelte in den Garten. Er war noch ziemlich betrunken, und ihm war schwindelig. Doch dann sah er Tobias, der auf seinem Trampolin sprang, dass die Federn quietschten.

Tobias trug seinen Pyjama, und am linken Knöchel konnte Viktor einen Verband erkennen.

Er wollte schon das Fenster öffnen und Tobi hereinrufen. Das konnte doch nicht gesund sein, mit der frischen Wunde zu springen. Er hätte nicht einmal geglaubt, dass es überhaupt möglich war. Da bemerkte er die zweite Gestalt. Am Himmel stand nur ein fingernageldünner Mond. Doch das Licht dieser lauen Nacht genügte, dass er Karoline erkennen konnte. Ihre Arme holten kraftvoll aus, das Haar flog um ihren Kopf. Ihre blassen Brüste wippten. Sie war vollständig nackt, und sie sprang so wild und gierig, wie sie ihn zuvor geliebt hatte. Viktor zog die Hand vom Fenstergriff zurück. Etwas an den beiden verlorenen, dunklen Gestalten dort draußen war so intim, dass er es nicht mit einem Ruf zu stören wagte.

Ratlos strich er sich über die feuchte Brust. Dann wankte er zurück zum Sofa, nahm eines der Kissen, drehte es dreimal um und legte sich wieder hin. Er schlief umgehend ein.

13

»Na«, fragte sein Onkel am nächsten Tag, als Viktor schwungvoll die Küche betrat. Sein Blick wanderte über die Kratzer und Knutschflecken an Viktors Hals. Doch mehr sagte er nicht. Schließlich, da Viktor nicht bereit schien, von sich aus etwas preiszugeben, stupste er einen Zettel an, der auf dem Küchentisch lag.

Viktor grunzte, fuhr sich durch das von der Dusche noch feuchte Haar und griff dann nach dem kreiselnden Stück Papier. *Falls es zum Äußersten kommt, wünsche ich für Kerstin eine Körperbestattung*, stand dort. *Das Familiengrab befindet sich auf dem Westfriedhof.*

»Sie ist wohl schon gegangen«, stellte Wolfgang Anders fest.

Viktor ließ den Zettel sinken. Gestern hatte sie noch geklagt, sie könne unmöglich in die Wohnung zurück. Wo noch Kerstins Umriss inmitten der Cornflakes auf dem Küchenboden zu erkennen war. Er hatte davon geträumt, sie bei sich aufzunehmen wie eine Schiffbrüchige, sie zu baden und zu streicheln, ihr Haar zu kämmen, ihr ein Zimmer einzurichten und ihr Einschlafgeschichten gegen ihre Alpträume zu erzählen. Irgendwann in dieser Nacht, in der nicht viel gesprochen worden war, hatte er wohl von so etwas fantasiert, und sie hatte ihm den Mund mit Küssen verschlossen, die so heftig waren, dass seine Lippen sich immer noch geschwollen anfühlten.

Sein Onkel nahm einen großzügigen Schluck aus seiner Tasse. »Scheint in Schwierigkeiten zu sein, deine Kommissarin.«

Viktor schenkte sich Kaffee ein. Er trat ans Fenster und betrachtete das verwaiste Trampolin. Dahinter, links und rechts davon spannte sich ein undurchdringlicher Wall von Stacheldraht um den Garten. Fast so stachelig wie das Wesen von Karoline Schneid, dachte er. Wo sie jetzt wohl war? Ob sie in der Wohnung auf dem Boden kniete und saubermachte? Oder im Revier sich hinter ihrem verdammten Schreibtisch verkroch, arrogant wie eh und je, und ihn siezen würde, wenn er sie anrief? Doch nichts davon gedachte er, mit seinem Onkel zu diskutieren.

»Was Tante Hedwig wohl dazu sagen wird, wenn sie von der Kur zurückkommt?«, meinte er. »Zu dem Zaun. Was soll das überhaupt?«

Wolfgang Anders trank aus und stellte seine Tasse ab, einen Tick zu geräuschvoll. Viktor zuckte zusammen und wartete auf das Donnerwetter. Als es ausblieb, drehte er sich um. Sein Onkel sah mit einem Mal müde aus. Beinahe war Viktor versucht, ihn zu fragen, ob es ihm gut ginge. In der Küche war es still. So still, dass man die Uhr über der Tür ticken hörte. Der Wasserhahn tropfte. Das hatte er noch nie bemerkt. Dass ihm das erst jetzt auffiel: kein Kreischen, kein Radio, keine Hektik. »Wo ist Tobias?«, fragte er.

»Miriam war da.« Onkel Wolfgang stemmte sich hoch und zog die Weste unter der Anzugjacke zurecht. »Sie hat einen Platz für ihn in einem Heim gefunden. Verhinderungspflege nennt sich das wohl. Nur bis Hedwig wieder da ist«, beeilte er sich hinzuzufügen. »Heute ist Besichtigung. Montag fangen sie an.«

Es war schwer zu sagen, was in Viktors Onkel vorging, auch wenn sein Gesicht heute mehr verriet als an anderen Tagen. Er sah traurig aus, fand Viktor. Verunsichert, zum ersten Mal, seit er ihn kannte. Irgendetwas schien den Panzer seines Onkels gerade aufzuknacken. Ob es an Tobias' Weggang lag? Oder doch an Hedwigs Flucht?

»Sie hat das Angebot ganz überraschend bekommen. Offenbar ist in dem Heim gerade erst ein Platz frei geworden.«

»Aha.«

»Kannst du ihm ein paar Sachen packen und hinbringen? Ich habe hier eine Liste gemacht. Ich selber muss noch …«

»Kein Problem.« Viktor schnappte sich die Liste, um die Diskussion zu beenden. Es interessierte ihn nicht, was sein Onkel noch musste.

Aber Wolfgang schien noch etwas auf dem Herzen zu haben. »Weißt du«, begann er. »Als ihr Kinder alle noch nicht auf der Welt wart, da haben wir Erwachsenen, also deine Eltern, Hedwig und ich, also wir haben eine Reise nach Italien gemacht. Im Sommer, alle zusammen in einem winzigen Fiat Panda. Mehr konnten wir uns damals nicht leisten.«

»Echt?«, fragte Viktor uninteressiert und ging im Geiste durch, was er Tobi mitbringen wollte: Kleider, ein Radio, seine Schere und das Klebealbum, die Waschsachen. Zwischendurch würde er versuchen, Karoline zu erreichen. Erst verschaffte sie ihm die wildeste und zugleich beängstigendste Liebesnacht seines Lebens, und dann hinterließ sie nichts als einen Zettel in der Familienküche. Erst der nächste Satz drang zu ihm durch.

»Deine Mutter war schon schwanger.« Wolfgang Anders sagte nicht: mit Hannah. Der Name von Viktors toter Schwester wurde nicht genannt in diesem Haus. Aber er war da. Viktor dachte ihn so laut, dass seine Ohren dröhnten.

»Ihr war dauernd schlecht. Ich schätze, sie hat sich hinter jedem dritten Oleander übergeben.«

»Prost«, sagte Viktor und trank den Kaffee aus. Er wollte plötzlich nichts als weg hier. »Ich muss los.«

»Wir waren jung, hörst du?« Wolfgang Anders hielt sich mit beiden Händen an der Lehne des Küchenstuhles fest, als könnte er seinen Neffen damit zum Zuhören zwingen. »Viktor!«

Viktor rannte fast zur Tür. »Kann jedem passieren«, sagte er. »Ciao.« Und er atmete auf, als er draußen stand.

14

Karoline ging nicht an ihr Handy und nicht an den Privatanschluss. Im Grunde war es das, was Viktor erwartet hatte. Und wenn er ganz ehrlich mit sich selbst war, fühlte er sich sogar ein wenig erleichtert. Beleidigt, aber erleichtert. Es war schon eine verdammt seltsame Nacht gewesen.

Viktor erwog gerade, in den sauren Apfel zu beißen und bei ihr im Revier anzurufen, als er vor Miriams Café einen Parkplatz fand. Drinnen allerdings stand nur Malte, was Viktors Laune nicht hob.

»Sie ist im Heim.« Malte war nicht so gesprächig wie sonst. Er sah blass aus, als hätte er nicht gut geschlafen. Als das Telefon klingelte, ging er hastig ran. »Ja, Axel? Ja, ich hab's schon gehört. Gestern. Du, weshalb ich dir gesimst habe: Haben wir noch Nigella im Treibhaus? Du weißt schon. Die mag sie am liebsten.« Er lauschte. »Nein, wir wissen nicht, ob und wann sie zurückkommt. Es gibt schon einen Neuen.« Er redete noch ein wenig und legte dann mit einem schuldbewussten Blick zu Viktor auf.

Der starrte inzwischen gebannt auf den Drehständer mit den Postkarten.

»Tut mir leid«, sagte Malte. »Ich weiß ja, dass der neue Bewohner dein Cousin ist. Trotzdem …« Er schnäuzte sich. »Ich mag die Kerstin halt sehr gern. Und jetzt nicht zu wissen, ob sie …« Er verstummte.

»Ist das Miriam?«, fragte Viktor entgeistert. Er hielt die

Karte in der Hand, die einen Schoß voll blutroter Rosen zeigte.

»Sie hat sie gemacht, ja. Wieso?«

Viktor starrte auf ein Muttermal, das er nur zu gut kannte. Von wegen gemacht: Fotograf und Modell in einem, das war Miriam gewesen. Und wie weich ihr Fleisch aussah, wie einladend und lustvoll geschwungen! Ihm blieb die Spucke weg. »Erstaunlich«, murmelte er.

»Ja, die sind schön. Ich hab schon überlegt, ob man die in der Gärtnerei anbieten könnte.« Die Türglocke ging, und Malte wandte sich der älteren Dame zu, die eingetreten war und einen Darjeeling bestellte.

Gärtnerei! Viktor überlegte. »Du …«, setzte er an, musste dann aber feststellen, dass Malte mit der Kundin beschäftigt war. Sei's drum, dachte er. Malte war ohnehin nicht derjenige, mit dem er seinen neuesten Geistesblitz besprechen sollte. »Ich nehm mir mal ein paar mit«, rief er, bediente sich großzügig am Ständer und war draußen, ehe Malte etwas dazu sagen konnte.

Es dauerte eine Weile, bis er seinem Navi die Adresse von Tobias' neuer Bleibe erläutert hatte. Als das Gerät zum siebten Mal von ihm verlangte, nach Möglichkeit zu wenden, wo er sich doch genau auf dem richtigen Weg befand, riss er es von der Windschutzscheibe, packte es ins Handschuhfach und kurvte, das Gemurmel hinter der Lade ignorierend, durch den Nürnberger Innenstadtverkehr. Autos, die mit einem redeten. Da ging man mal zehn Jahre weg, und dann erfanden die so etwas.

Das Heim lag im Grünen wie so viele Behinderteneinrichtungen. Fern der Innenstädte, wo die Leute sie in der Regel nicht zu sehen bekamen. Und dass das Tierheim sich gleich nebenan befand, war sicher auch nur ein Zufall. Viktor war erstaunt, wie viele sich einander widersprechende Gefühle ihn bewegten, als er über die Anlage ging. Das schwankte zwischen: He, ist doch hübsch hier! Und: Alles nur für das schlechte Gewissen. Oder: So gut möchte ich es auch mal haben. Und: Endstation für die armen Schweine. Er sah all die Fensterbilder und Werkstätten und Gartenprojekte und Spielplätze. Die Reitställe und Therapiegruppen und lustigen Namen an den Türen und wusste nicht, ob er lachen oder weinen, heulen oder hoffen sollte. Als er Tobi sah, klopfte sein Herz schneller.

Miriam stand auf und kam ihm entgegen. »Er nimmt es gut«, flüsterte sie hastig. »Er hat mit den anderen im Morgenkreis gesungen und ist bisher ganz ruhig. In der Gruppe sagen sie… Hallo, Tobi«, unterbrach sie sich, da der junge Mann aufgestanden war, um zu Viktor zu laufen und sich an seinen Arm zu hängen. »Gehen wir heim?«, fragte er.

Miriam drückte sich die Hand vor den Mund. Ihre Augen wurden feucht.

Auch Viktor spürte einen Kloß in seinem Hals. »Nein«, sagte er, nachdem er tief Luft geholt hatte. »Du wohnst jetzt für vierzehn Tage hier. Zwei Wochen, Tobi, verstehst du das? Bis Mama wieder da ist.« Seine Knie zitterten, als er es sagte. Aber was hatte es für einen Zweck zu lügen? Er sah Miriam an, die sich ein wenig gefangen hatte, aber nicht mehr zustande brachte, als mechanisch immer wieder Tobis Schulter zu kneten.

Tobias selbst äußerte sich nicht. Er trabte ohne Abschied los zu einem Spielplatz, wo ein großes Trampolin sein Interesse fand. Der Betreuer, der dort mit einer Gruppe jüngerer Kinder zugange war, signalisierte ihnen, dass es in Ordnung sei. Wenige Minuten später hatte Tobias sie scheinbar vergessen und lachte.

»Ich weiß nie, ob das hier alles Idealisten sind oder Pädophile«, fasste Viktor seine schräge Gefühlslage zusammen.

Miriam blickte ihn böse an. »Viktor!«

»Schon gut. Ich komm mir nur wie ein Schwein vor.«

»Sie sind hier alle unglaublich nett zu uns.« Miriam breitete die Arme aus, als wollte sie die ganze Einrichtung umfassen. »Ich hätte nie gedacht, dass ein Heim so ein, so ein ...«, sie suchte nach Worten. »So ein positiver Ort sein kann. Vorhin hat sich ein Logopäde mit Tobias beschäftigt.« Sie lächelte bei der Erinnerung daran. »Er hat von Anfang an wie mit einem Erwachsenen mit Tobi geredet. So offen und freundlich. Tobias ist währenddessen nicht sitzen geblieben, sondern zum Fenster gegangen. Er hat nur im Vorbeigehen mit den Fingern über den Schreibtisch gestrichen. Und der Logopäde hat daraufhin gesagt: ›Haben Sie es gesehen? Er hat die Akte berührt. Nur leicht mit den Fingern. Ohne hinzusehen. Das heißt, es interessiert ihn, was ich hier habe, was drinsteht und was das für ihn bedeutet.‹ Oh Viktor, ich hätte es gar nicht bemerkt, verstehst du? Da musste erst dieser Fremde kommen und mich darauf aufmerksam machen. Und er hatte recht, Viktor. Tobias am Fenster, mit dem Rücken zu uns, hat die Ohren gespitzt wie nur was, als der Logopäde ihm erklärte, dass das seine Patientenakte sei und was darin stünde.«

Sie musste Luft holen. Vor Begeisterung hätte sie fast das

Atmen vergessen. »Wir müssen viel genauer auf die kleinen Zeichen achten.« Sie hielt inne. »Was sind das für Flecken an deinem Hals?«

Viktor wurde rot.

»Die Kommissarin?« Sie verschränkte die Arme. »Dein Onkel hat's mir erzählt.«

»Na, dann weißt du ja schon alles«, brummte er missmutig.

Sie neigte den Kopf. »Und, wie war's?«

Es war verhext. Miriam war und blieb der einzige Mensch, mit dem er über solche, nein, über alle Dinge reden konnte und wollte. Hätte er nur nie mit ihr geschlafen.

»Erst dachte ich: wow«, sagte er schließlich. »Aber dann, irgendwie.« Ihm fehlten die Worte. »Dann ist sie sofort abgehauen.«

»Kommt mir bekannt vor«, stellte Miriam trocken fest.

»Weißt du«, fuhr Viktor fort, »in zehn Jahren werde ich vermutlich sagen, das war die Nacht meines Lebens. Aber ob ich sie morgen noch mal wiederholen möchte, weiß ich nicht. Ist das nicht verrückt? Ich komm mir vor, als stünde ich total neben mir.«

Sie musterte ihn eingehend. Dann sagte sie: »Willkommen in der Hölle der erfüllten Wünsche.«

Vom Spielplatz herüber drang ein Schrei. Tobias hatte angefangen, sich auf den Kopf zu schlagen. Miriam rannte zu ihm, um ihn zu beruhigen.

Viktor sah ihr nach, versuchte, seine Erinnerung an die Nacht mit ihr, an die Nacht mit Karoline, an die Postkarten und überhaupt alles, was in den letzten Tagen auf ihn eingestürmt war, unter einen Hut zu bringen. Und scheiterte.

»Sie müssen der Cousin sein.« Die Frau, die ihn angesprochen hatte, streckte ihm die Hand entgegen. »Ich leite den Bereich, in dem ihr Verwandter die nächsten zwei Wochen leben wird. Christine Stern.«

15

Viktor schüttelte verlegen die angebotene Hand von Christine Stern. Sie fühlte sich kalt an und feucht. Viktor dachte an Isolde Schellenbaum und daran, dass er schon viel zu viel über Christine Stern wusste. Mehr, als er ihr je würde gestehen können. Er wurde rot.

Christine Stern dagegen strahlte ungetrübte Ruhe und Autorität aus. Nicht unangenehm, aber ohne jede Einschränkung. Was bist du für einer?, diese Frage drückte ihre ganze Haltung aus. Sportlich gekleidet und mit praktischem Kurzhaarschnitt schien sie nicht allzu viel Aufmerksamkeit auf ihr Äußeres zu verschwenden. Dabei war sie nicht unattraktiv, im Gegenteil. Sie hatte honigfarbenes Haar und Augen von fast derselben Farbe, wie manche Katzen. Sie hätte sehr apart wirken können, wenn ihr das wichtig gewesen wäre. Ihr Gesicht und die Hände waren übersät mit Sommersprossen. Der Druck dieser Hände war selbstsicher. Wer Halt suchte, der würde ihn hier finden. Viktor verspürte einen Fluchtreflex.

»Wir werden uns gut um Ihren Cousin kümmern«, versprach sie.

Viktor nickte. Richtig, er war wegen Tobi hier. »Es ist nicht so, dass wir ihn abschieben wollten«, begann er.

Sie unterbrach ihn sofort. »Sie brauchen eine Auszeit, das ist völlig normal.«

Viktor stutzte. Es war eine Floskel, aber aus ihrem Mund

klang sie vollkommen überzeugend. »Ja«, sagte er und dachte an seine Tante, »das ist es wohl, oder?«

Miriam kam mit Tobias dazu, und sie unterhielten sich ein paar Minuten über das, was in den nächsten beiden Wochen auf sie zukam. Die Wohnbereichsleiterin war freundlich, aber bestimmt. Als sie Miriams Zweifel spürte, lächelte sie. »Ich habe es schon Ihrem Freund gesagt: Wir werden uns sehr gut um Ihren Tobi kümmern. Vielleicht gelingt es uns mit den Möglichkeiten, die wir hier haben, sogar besser als Ihnen.«

Miriams Augen wurden groß. Die Gruppenleiterin richtete den Blick auf sie, ohne auszuweichen. Es war Miriam, die schließlich errötete und den Blick abwandte. Sie suchte Tobias, der inzwischen vor einer Hecke stand und mit den Fingern immer wieder durch das Blattwerk fuhr. Viktor war zu ihm getreten. Doch Tobias schien seinen Cousin gar nicht wahrzunehmen. Der Anblick bedrückte Miriam. »Besser als wir? Wie könnten sie«, sagte sie leise.

»Sie meinen, weil wir ihn nicht lieben, wie Sie es tun?«

Miriam nickte nur stumm. Sie musste sich auf die Lippen beißen, um nicht in Tränen auszubrechen.

»Die Liebe ist nicht immer frei.« Christine Stern war ebenfalls leiser geworden. Und etwas in ihrer Stimme ließ Miriam aufblicken. »Sie verlangt vieles, manchmal mehr, als man geben kann. Sie kann Halt sein und Fallstrick. Und man verheddert sich.«

Miriam dachte an das, was Isolde Schellenbaum über Christine Sterns Wunden gesagt hatte. Die Frau, die jetzt vor ihr stand, war sie diejenige, von der zu viel verlangt worden war? Zeigte sich gerade ein Stück der wahren, verletzten Christine Stern?

Als hätte sie ihre Gedanken erraten, fügte die Erzieherin hinzu: »Die Welt ist nicht nur für Behinderte ein gefährlicher Ort.« Ihre Stimme war noch immer leise. »Passen Sie gut auf sich auf, ja?« Sie nickte Miriam zu. Dann, ehe Miriam etwas erwidern konnte, fuhr sie mit ihrer gewohnten festen Stimme fort. »Tobias wird hier Halt und Struktur finden. Und das ist es, was ein Autist vor allem braucht. Verlassen Sie sich auf mich.«

Dann verabschiedete Christine Stern sich und nahm Tobias mit in die Gruppe, in der das Mittagessen auf dem Programm stand. »Wir sehen uns morgen«, rief sie Miriam zu. Ihr Arm lag fest um Tobias' Schultern, der an ihrem Haar schnupperte.

»Sie ist toll«, meinte Miriam, die ihnen nachsah.

»Ich kann sie nicht leiden.«

Er erntete einen erstaunten Blick von Miriam.

Er winkte ab. »Ja, ja, ich weiß, sie ist ein Opfer. Opfer muss man mögen. Und sie hat einen tollen Beruf, idealistisch und so. Aber …« Er suchte nach einer Rechtfertigung, fand keine und verfiel auf das nächste Thema. »Du musst doch selber zugeben, dass es schwer vorstellbar ist, dass einer wie Holger Schreitz sich an ihr vergreift, oder? Klar sieht er wie ein Rocker aus, aber innen ist Holger butterweich, glaub mir.«

»Jetzt ist er also schon Holger.«

Miriam hängte sich bei ihm ein, und sie wanderten langsam vom Grundstück, während sie das Thema noch einmal durchkauten. Vor dem Tor standen sie einen Moment ratlos, bis Miriam einfiel, dass es im Tierheim gegenüber ein kleines Café gab, wo sie weiterreden und zugleich etwas für den guten Zweck tun konnten.

Das Café war gepflastert mit Tierkalendern, Tierpostkarten und Tierspielzeug, alles zu erwerben als Spende für das Heim. Es war Besuchsnachmittag, um sie herum Familien, erwartungsvolle Kinder und Väter mit Transportkörben. In der Einrichtung nebenan gab es ebenfalls einen Shop, mit Produkten der hauseigenen Werkstätten, doch er war lange nicht so gut besucht. Viktor wollte gerade etwas Bissiges dazu sagen, als ihm sein eigenes Anliegen einfiel.

»Mein Entschluss steht jedenfalls fest«, sagte er. »Ich gebe die Observierung auf und konzentriere mich stattdessen auf die Blumenläden. Schließlich wird er da mit Sicherheit wieder zuschlagen.«

»Und wie willst du das machen?«, fragte Miriam. »Hast du vor, Tobias diesmal auf die Floristinnen loszulassen? Er isst ein paar Nelken, und du machst den Damen dazu schöne Augen?«

»Ich gehe inkognito hin«, erwiderte er, »als Anbieter von Postkarten für den Verkauf.« Damit legte er die Exemplare auf den Tisch, die er aus Miriams Laden mitgenommen hatte.

Sie schnappte hörbar nach Luft. Schließlich verzichtete sie aber auf einen Kommentar und setzte sich nur sehr gerade hin.

»Sind das Ihre Möpse?«, fragte ein Mann.

Miriam erstarrte. Bis sie das Modehündchen-Gespann entdeckte, in dessen Leinen sich der Mann, der angespannt seine Kaffeetasse balancierte, komplett verheddert hatte. Das zugehörige Frauchen stand gerade am Kuchenbuffet mit den selbstgebackenen Spenden an.

»Wie reden Sie denn mit einer Dame?«, blaffte Viktor gespielt empört. Miriam und er sahen sich an und mussten lachen. Erleichtert fuhr er fort: »Hab ich dir mal erzählt, dass ich in Rouen in einem Hundesalon gearbeitete habe?«

»Dutzendfach«, erwiderte sie. Aber das Lächeln in ihrem Gesicht blieb. Viktor nutzte die Gunst der Stunde, um ihr seinen frisch gefassten Plan zu erläutern. Er würde mit den Postkarten im Gepäck bei diversen Blumenläden vorsprechen und vorgeben, sie in Kommission für den Verkauf anzubieten. Dabei würde er versuchen, mit dem Personal ins Gespräch zu kommen, zu erfahren, ob sie etwas Verdächtiges bemerkt hätten, ob es merkwürdige Kunden gab. Und sich auch selbst umsehen. »Er ist doch sicher dort draußen, um sich sein nächstes Opfer zu suchen«, argumentierte Viktor. »Und ich werde dicht an ihm dran sein.«

»Und wenn es doch Schreitz ist?«, fragte Miriam.

Er schüttelte den Kopf. »Denk an die Stern«, sagte er. »Es braucht einen verdammt starken Mann, um dieser Frau weh zu tun.«

»Oder einen, der es satthat, ständig die eigene Schwäche zu spüren«, konterte sie.

»Wenn ich Holger in einem der Läden sehe, weiß ich sofort Bescheid«, entschied Viktor. Und nach einer Pause. »Wie viele Karten kannst du mir überlassen?«

»Mal sehen.« Miriam musste nachrechnen. »Die Dinger verkaufen sich nicht schlecht, weißt du?«, konnte sie sich nicht verkneifen anzumerken. »Und der Copyshop kann die zweite Auflage erst am Montag liefern. Aber für eine Aktentasche voll sollte es reichen.«

Viktor nickte. Er würde die Tasche nehmen, in der sein Onkel üblicherweise die Kataloge mit den Sargmodellen präsentierte. Da war auch irgendein floraler Aufdruck dabei, das würde also passen. Reden konnte er ja. Und sein Produkt war in der Tat nicht übel. Er betrachtete noch einmal alle Motive, während am Nebentisch die Herrin der Möpse noch mit dem Mann stritt, wer seinen verschütteten Kaffee nun zahlen solle.

»Tolle Bilder«, sagte Viktor plötzlich. »Da ist mir wohl einiges entgangen seinerzeit.«

Miriam, deren Blicke über Katzenbilder und Hundejäckchen gewandert waren, wandte ihm das Gesicht zu. »Scheint mir auch so«, sagte sie. Da war etwas in ihrer Stimme, das ihn veranlasste, die Hand nach ihrer auszustrecken.

»Warum ist das wohl so?«, philosophierte er in gurrendem Ton.

Miriam zog ihre Hand zurück. »Darüber habe ich lange nachgedacht«, sie stand auf. »Und ich bin zu dem Schluss gekommen, dass es daran liegt, dass du ein Idiot bist.«

Sie nahm ihre Handtasche und verließ das Café.

Was war denn jetzt wieder passiert? Viktor beeilte sich, Geld auf den Tisch zu legen, um ihr nachzukommen.

Auf dem Parkplatz holte er Miriam ein. Sie und Tobias waren mit dem Bus gefahren, weil Tobias das so mochte, und jetzt studierte sie ein wenig ratlos die Abfahrtspläne. Er bot ihr an, sie im Wagen mit zurück in die Innenstadt zu nehmen. Widerwillig nahm sie an. »Ich muss Malte um zwei ablösen. Mit dem Bus schaffe ich das nicht.«

Die Fahrt verlief schweigend. Der Verkehr floss zäh. Schließlich kam er ganz zum Stehen. Sie richteten sich gerade auf eine ungemütliche Wartezeit ein, als sie die Sirene hörten. Hinter ihnen pflügte sich durch die Blechmassen ein Krankenwagen heran, und nun konnten sie vor ihnen auch die stumm rotierenden Blaulichter von mindestens drei Polizeiwagen erkennen. Ein neutral aussehender Van schob sich hinter der Ambulanz her. Gelb-schwarzes Band flatterte über den Gehsteig, wo sich die Fußgänger ebenso stauten wie die Autos auf der Straße. Ein Helikopter presste alles mit seinem knatternden Lärm nieder.

Viktor und Miriam ließen trotzdem die Fenster heruntergleiten und steckten die Köpfe so weit hinaus, wie sie konnten. Sie sahen es gleichzeitig: das Schild mit der Aufschrift: Blumenhaus. Der Name wurde jetzt von der Ambulanz, die davor hielt, verdeckt.

Miriam war leichenblass geworden. »Die Nächste.«

16

»Ah, der Kaffee.« Kevin Euler nahm Karoline einen der Pappbecher ab, die sie in seinem Auftrag beim Bäcker gegenüber dem Blumenladen gekauft hatte. Sie kniff die Lippen zusammen und bot auch den anderen an. Wenn sie sich schon zur Bedienung machen lassen musste, dann spielte sie auch den guten Teamplayer, brachte lieber für alle Kaffee mit, statt als Eulers persönliche Dienstmagd dazustehen. Ihr Team bedankte sich, teils erfreut, teils verwundert. So kannte man die strenge Kommissarin nicht. Nur die drei Münchner, die Euler mitgebracht hatte, bedienten sich ungeniert.

»Und jetzt können Sie draußen die Namen der Passanten aufnehmen.« Euler leckte sich den Milchschaum von der Oberlippe. »Und seien Sie sorgfältig. Sie wissen ja: Zahlreiche Serienkiller beobachten die Arbeit der Polizei ganz genau. Also immer schön die Augen auf.« Sein Ton war so gut gelaunt und gönnerhaft, dass Karoline ihn am liebsten erwürgt hätte.

Ehe sie ging, warf sie einen Blick zurück. Die Leiche der jungen Frau lag im hinteren Teil des Ladens, wo auf gekachelten Säulen große Vasen mit Schnittblumen standen. Gazevorhänge schmückten den Raum zusätzlich, und aus einigen Ampeln quollen üppige Hängegewächse. Es war warm und feucht wie in einem Gewächshaus, und in der Luft hing der typische grünlich-süße Geruch nach Gießwasser, Erde und Blüten, den Karoline aus ihrer Kindheit kannte.

In Forchheim, wo sie ihre Kindheit verbracht hatte, war der Blumenladen in der Nachbarschaft nicht mehr gewesen als ein wackliger Anbau an die Glashäuser und Felder der Gärtnerei, in dem es zog. Und wo sich mit dem Geruch nach Farn und Rosen noch das erdige Aroma der Kartoffeln mischte. Dazu Salat und Lauch in Sperrholzkisten. Die alte Gärtnersfrau hatte raue Hände, bei denen der Schmutz in allen Falten saß, und was man auch kaufte, sie band es mit viel Aspidistra, das Karolines Mutter zu Hause dann seufzend aus dem Strauß zupfte.

Karoline hatte viel Zeit dort verbracht. Sie hatte den Schuppen geliebt, seinen Duft, die kleinen Kätzchen, die dort im Frühjahr und Herbst herumtollten und irgendwann wieder verschwanden. Selbst die zerarbeiteten Hände der alten Frau hatten sie fasziniert.

In diesem Blumenladen hier war es anders: voll modischen Schnickschnacks und Zierrats, mit Spiegeln und Designervasen. Doch der Geruch war noch immer derselbe. Und noch immer hätte sie die Blumen in den großen Vasen umarmen mögen. Wie als Kind hätte sie beide Arme gebraucht, um die Menge zu umfassen.

Die Arme der Toten waren ausgebreitet, als hätte auch sie etwas umschlingen wollen. Stattdessen war sie umschlungen worden: von Efeu, das sich ihre Arme und Beine hinaufwand. Um ihre Stirn bildete es einen antik aussehenden Kranz. Dazu war sie mit Orchideen geschmückt, sparsam, aber kostbar. Sie rankten sich um ihre Brüste und hingen üppig über ihr Haar. Der geöffnete Schädel diente ihnen als Vase.

Karoline zückte ihr Notizbuch und ging hinaus auf die

Straße, wo die Menge sich am Absperrband drängte. Eulers Ermahnung folgend warf sie einen gründlichen Blick in die Runde. Er hatte ja recht. Es gab genügend Beispiele dafür, dass Serientäter die Polizeiarbeit genau verfolgten, sich sogar einmischten und versuchten, eine aktive Rolle in den Ermittlungen zu spielen. Geltungssüchtige Sadisten, kleine Manipulateure, die ihre Macht genossen. Sie suchte nach Gesichtern in der Masse, die etwas in ihr wachriefen. Einen Funken springen ließen. Eine Ahnung. Wie sah ein Mörder aus? Wie ein Soziopath? Würde er ihrem Blick ausweichen? Oder wäre es das nette, einnehmende Gesicht eines Mannes, von dem sie nur wenig später eine Einladung zum Kaffee annehmen würde? Sie schob die nutzlosen Überlegungen beiseite und griff zum Stift.

»Name und Adresse«, fragte sie den Nächstbesten.

»Holger«, sagte der Mann, nachdem er sich ausgiebig geräuspert hatte. »Holger Schreitz.« Er sah angespannt aus. »Ich wollte doch nur ein Alpenveilchen kaufen.«

Als das Telefon schrillte, zuckte Wolfgang Anders zusammen. Er presste den Schwamm aus und überließ den kalten Körper der Witwe Gregor, den er eben gewaschen hatte, sich selbst. »Anders & Anders Bestattungsinstitut. Sie sprechen mit Wolfgang Anders.«

»Herr Anders!« In Max Mertens' Stimme schwang eine schwer zu ertragende falsche Freude. »Immer schön, jemanden von der Familie zu hören.«

»Wir sind nicht Ihre Familie«, brachte Wolfgang Anders heraus. »Sie waren der Freund meiner bedauernswerten Nichte, mehr nicht.«

»Nun mal langsam, Wolfgang.«

»Und Sie sind ein Dieb, jawohl, ein gemeiner Dieb.« Der Bestatter dachte an die verschwundene Asche der Dreschers und dass ihn das in den Ruin treiben konnte.

Im Hörer kicherte es. »Verbreiten Sie immer noch das Gerücht, dass ich Hannah in den Tod getrieben habe?«, fragte Max Mertens. Seine Stimme wurde mit jedem Wort kälter. »Wegen der dämlichen Hand von der Leiche?«

»Herr Mertens, Sie haben Ihre Vorlieben, Sie hatten Ihren Spaß …«, begann Wolfgang Anders. Er sah ein, dass er hier mit Vorwürfen nicht weiterkam. Besser, er konzentrierte sich auf Lösungsansätze. Doch sein Anrufer ließ ihn nicht ausreden. »Ja, ich hab damals Hannah überredet, das verdammte Ding zu klauen. Das eiskalte Händchen nannten wir es. Es war der Höhepunkt einer geilen Party. Und dann wollte sie das Teil zurückbringen. Aber dazu kam sie ja nicht mehr, dank euch.«

In Wolfgang Anders' Kopf begann es sich zu drehen. Mit einem Mal sah er Hannah, mit ihren schwarz gefärbten Haaren. Die Wut in ihrem Blick, so ganz neu. »Ihr Vater hat sie zur Rede gestellt.«

Max Mertens ließ sich nicht erschüttern. »Und sie glauben wirklich, bei diesem letzten Gespräch ging es um eine ausgeliehene Leichenhand und den Ärger, den das für Ihr Geschäft bedeuten konnte? Glauben Sie wirklich, Hannahs Papa hätte ihr wegen so was die Hölle heißgemacht? Sie vielleicht, Wolfgang. Ich darf doch Wolfgang sagen? Sie hätten das wahrscheinlich schon getan, da Sie nichts Wichtigeres kennen als Ihr verdammtes Geschäft. Aber doch nicht ihr geliebter Paps, von dem sie immer so geschwärmt hat. Und im

Ernst: Hätte jemand wie Hannah sich wegen so eines kleinen Pubertätsdramas umgebracht? Glauben Sie das wirklich?«

Wolfgang Anders schwieg. Nur sein Atem im Hörer ging schnell.

Max Mertens fuhr fort: »Hannah war nicht so eine. Sie war stark. Sie war toll. Viel zu gut für mich, wenn Sie's wissen wollen. Sie hätte nicht aufgegeben wegen eines kleinen Fehlers. Da wäre sie cool geblieben. Nein, ausgetickt ist sie, weil alles, was sie für wahr gehalten hatte, eine Lüge war. Weil sie von allen belogen worden war, die sie geliebt hatte. Diese Lüge hat sie umgebracht. Und die Lüge lebt weiter, Herr Anders. Lebt immer weiter. Finden Sie das etwa richtig?«

Wolfgang Anders holte tief Luft. Er wollte sich nicht an all das erinnern. Er wollte Frieden. Dass alles war, wie es sein sollte. Die Asche der Dreschers in ihrer Urne. Hedwig, die in der Küche stand wie immer. Die Vergangenheit vergangen, wie es sich gehörte. War das denn zu viel verlangt? »Wie viel?«, fragte er.

»Ah, endlich kommst du zur Vernunft.« Max Mertens klang zufrieden. »Aber was tust du, wenn es mir gar nicht ums Geld geht, hm? Was, wenn es mir um Hannah geht? Um Rache für das, was ihr zugestoßen ist? Was, wenn ich will, dass die ganze stinkende Anders-Heuchelei endlich auffliegt? Was dann, Wolfgang?«

Wieder entstand eine Pause, in der Wolfgang Anders nur seinen eigenen Atem hörte. Und das Klicken der Haustür. Er musste sich entscheiden. »Also, wie viel?«, wiederholte er. »Für die Asche.«

»Asche ist gut.« Max Mertens lachte. Lachte und lachte. »Jede Menge Asche, Wolfgang, würde ich sagen.«

Die Schritte im Flur wurden lauter. Wolfgang Anders schwitzte.

»Wie gesagt, ich bin ihrer nicht wert«, fuhr Mertens fort. »Nie gewesen. Vielleicht gab's mal 'ne Zeit. Aber die ist lange vorbei. Hat keinen Zweck, an der Vergangenheit zu hängen. Also hör gut zu.«

»Wolfgang?« Viktor kam herein und zog schon seine Jacke aus. »Ich bin im Stau hängen geblieben. Muss gleich wieder los, zur Gärtnerei. Alles klar?«

»Danke, dass sie sich für Anders & Anders entschieden haben«, sagte der Bestatter in den Hörer und presste ihn so fest zwischen seinen Händen, als wolle er verhindern, dass es je wieder klingelte.

»Wenn die alte Gregor fertig ist, nehm ich sie auf dem Weg gleich mit in die Leichenhalle, in Ordnung?« Viktor erntete nur ein vages Nicken, doch ihm war das nur recht. So konnte er sich wenigstens noch unbemerkt die Ledermappe schnappen. Er griff nach einem Apfel aus der Obstschale, warf ihn in die Luft, biss herzhaft hinein und machte sich auf den Weg in den Keller.

17

Die vierte Gärtnerei auf Viktors Tour war die von Frau Pludrau. Viktor mochte Frau Pludrau sehr, sie war über sechzig, energisch und lebensfroh und wusch ihm den Kopf, wenn er versuchte mit ihr zu flirten. Was er natürlich jedes Mal mit Freuden tat. Er hörte ihren österreichischen Akzent einfach zu gern.

Bisher war Viktor bereits einen ganzen Stapel Karten losgeworden und hatte im Gegenzug die Telefonnummern von drei Floristinnen erhalten, samt der Aufforderung, sich doch mal zu melden. Eine hatte sogar gesagt, dass sie schon mal gemodelt habe und sich sehr für Fotografie interessiere. Viktor konnte sich nur wundern. Wie viele Frauen mussten denn in einer Stadt ermordet werden, damit sich mal eine vor ihm fürchtete?

Die Letzte hatte er sogar direkt auf den Mörder angesprochen. Nur aus Sorge natürlich. Sie war schwarzhaarig gewesen, eine Perserin mit einer Nase wie eine Königin. »Passen Sie auf sich auf«, hatte er ihr zum Abschied gesagt.

»Tun *Sie* es«, war die Antwort gewesen, verbunden mit einem Augenaufschlag, der sich noch drei Straßen weiter auf seinen Fahrstil ausgewirkt hatte.

Nach all der Zuckerwatte freute er sich auf die alte Pludrau. Die würde nicht erröten, nur weil er ihr eine ihrer eigenen Rosen unter die Nase hielt und dazu Sappho zitierte. Außerdem hätte sie bestimmt eine Idee, wie man den Sarg einer toten jungen Frau schmückte, die eine mutmaßliche Aversion gegen Rosen hatte, da ihr lebloser Körper mit ebendiesen verziert worden war.

Heute stand jedoch nur eine der jungen Floristinnen, die Frau Pludrau beschäftigte, im Laden. Sie kam zwischen den Sträußen hervor, als er die Türglocke in Bewegung setzte. Iris, wenn er sich richtig erinnerte. Sie war dünner als eine Barbiepuppe, Viktor war jedes Mal wieder in Sorge, wenn er ihre Beine sah. Als ernährte sie sich nur von Blüten, die sie hier und da im Vorübergehen abzupfte. Sogar ihr rötliches, widerspenstiges Haar, das sie heute mit einem kleinen Pferdeschwanz zu bändigen versuchte, war dünn. Die Haut über dem Gesicht sah aus, als spannte sie, trocken und voller Sommersprossen. Sie begrüßte ihn, doch ihr Blick ging durch ihn hindurch, als sähe sie ihn gar nicht. Einen Moment lang war Viktor versucht, mit der Hand vor ihrem Gesicht herumzuwedeln. Als wäre sie selbst mehr Pflanze als Mensch. Ob sie sich nur bewegte, um dem Sonnenstand zu folgen?

Trotzdem begann er, ihr umständlich das Problem mit seinem Mordopfer zu erläutern. Am Ende fasste er zusammen: »Tja, und das Dumme ist jetzt, dass wir keine Rosen verwenden dürfen.« Viktor hatte sich mit beiden Ellenbogen auf die Theke gelehnt, zwischen Farn und Schleierkraut, und versuchte, ihre Aufmerksamkeit zu erringen. »Iris, richtig? Hat Ihnen schon mal jemand gesagt, dass Sie eine Blume unter Blumen sind?«

Iris regte sich nicht. »Wenn es keine Rosen sein dürfen für Ihre tote Blumenverkäuferin, warum nehmen wir dann nicht Lilien?«

»Hm«, machte Viktor und überlegte, wie er auf seine

Fotokarten zu sprechen kommen könnte. Und auf Serienmord, ganz nebenbei. »Das ganze Blumenthema ist in dem Fall ein wenig heikel, fürchte ich. Aber das sollte ich eigentlich gar nicht erzählen.« Er versuchte, eine Spur von Geheimnis in seine Stimme zu legen, die Einladung nachzufragen und zu staunen.

»Warum kommen Sie dann in einen Blumenladen?«

Ihre Beine waren wirklich sehr dünn. Und ihre Gelassenheit begann Viktor zu nerven.

»Irgendwie ist mir noch nicht eingefallen, was wir stattdessen tun könnten, verstehen Sie?«

»Also, wenn Sie mich fragen …«

Viktor streckte die Hände aus. »Ja, ja! Das tue ich! Ich frage Sie, Iris. Sie sind meine Offenbarung, mein rettender Engel.« Er machte eine Kunstpause, als sie nicht einmal blinzelte. »Sagen Sie, haben Sie eigentlich oft Kunden, die so intensiv beraten werden wollen?«

»Bestatter, meinen Sie?«

»Hilflose Männer wie mich«, Viktor zwinkerte, es war sein letzter Versuch, »die nichts von der Sprache der Blumen verstehen.«

»Sprache der Blumen?« Jetzt trat zum ersten Mal ein Ausdruck in ihre Augen. Sie zeigten vollkommene Ratlosigkeit. Viktor fiel auf, dass sie Kaugummi kaute.

»Vergessen Sie das.« Viktor wedelte mit den Armen. »Aber es wird doch bestimmt Männer geben, die Sie ansprechen, Iris.« Sein jungenhaftes Lächeln wirkte mittlerweile etwas lustlos. »Die Sie fragen, wann Sie Feierabend haben.«

»Warum?«, fragte Iris.

Stimmt, dachte Viktor. Wieso sollte einer so masochistisch veranlagt sein. Er überlegte, ob er noch ein paar Flirtperlen an dieses Wesen verschenken sollte, und entschied sich dagegen. Außerdem tat ihm vom Vorbeugen über die Theke, hinter der sie verschanzt blieb, langsam der Rücken weh. Er richtete sich auf und stieß dabei mit dem Ellenbogen gegen seine Tasche. Eine Flut von Bildern ergoss sich über Tisch und Fußboden: Hüften, Brüste, Schöße, so viel nackte Haut.

»Einen Moment«, sagte Iris. Sie verschwand.

Viktor, der im ersten Moment gehofft hatte, sie würde um die Theke herumkommen und ihm helfen, die Sachen aufzuheben, machte sich enttäuscht alleine an die Arbeit. Vorsichtig wischte er Feuchtigkeit und Blattreste von den Bildern. Wirklich hübsch, stellte er dabei wieder einmal fest. Magisch beinahe. Kaum zu glauben, dass er das alles einmal in Händen gehalten hatte.

Endlich kam Iris zurück. Sie hielt einen Ordner in der Hand, den sie irgendwo in den Tiefen des Ladens ausgegraben zu haben schien. Er wirkte verstaubt. Mit einem satten Knall hievte sie ihn auf den Tisch. »Das sind Beispiele für unsere Arbeiten als Trauerflorist«, erklärte sie und begann, das dicke Konvolut aufzuschlagen. Es enthielt schlecht gemachte Amateuraufnahmen von Kränzen und Gestecken, überbelichtet, blass, manche schon fast vergilbt.

»Ja, ja«, sagte Viktor, der sich gezwungen sah, sich aufzurichten, um davon Kenntnis zu nehmen. »Allerdings, äh …«

Iris blätterte um. Ihr stoischer Blick verlangte, dass er sich dazu äußerte.

»Wie gesagt, Blumen sind nicht so …«

»Moos. Farn. Efeu.« Iris blätterte.

»Tja.«

»Ein japanischer Steingarten.«

»Aha.« Unauffällig schob er die letzten Bildkarten zusammen. Sie blätterte.

»Ich werde dann mal wiederkommen, wenn Frau Pludrau da ist.«

»Gestaltungen mit Rinde.«

Viktor seufzte. »Vermutlich ist ein Blumenladen wirklich nicht das Richtige. Eigentlich war die Tote Studentin. Literatur, glaube ich. Sie hatte ja nur nebenbei in einem Gartenmarkt gearbeitet. Also dann.«

»Kränze aus Papier.« Iris' Stimme senkte sich zum Satzende sehr entschieden. »Das haben wir mal für einen Journalisten aus Zeitungen gemacht. Sieht sehr hübsch aus, hier. Dazu nur Grün und Weiß.« Sie schob ihm das Album direkt unter die Nase, damit er die Kreationen würdigen konnte.

»Das ist, äh, toll.« Viktor drückte seine Aktentasche an die Brust. »War das Ihre Idee, Iris?«

Sie wurde nicht rot. »Das hat der Sohn von Frau Pludrau entworfen. Er ist schwul.«

»Das erklärt es natürlich.«

Sie reagierte auch darauf nicht. Kaute nur schneller auf ihrem Kaugummi. »Ich arbeite bis sechs«, sagte sie plötzlich.

Viktor schaute auf, ehrlich verblüfft. »Warum erwähnen Sie das jetzt?«, fragte er. So etwas wie Angst kroch in ihm hoch. Sie wollte doch nicht etwa…? Mann, sie hatte ihn wirklich völlig aus dem Gleis gebracht.

»Damit Sie dableiben.« Sie starrte über seine Schulter.

»Oh«, sagte er. Sie erwiderte nichts.

»Warum sollte ich dableiben?« Langsam wurde er ärgerlich. »Mal ehrlich, Iris, unsere Bekanntschaft war nicht gerade eine Erfolgsgeschichte. Und jetzt …«

Da bimmelte hinter ihm die Ladentür. Iris knallte den Ordner zu. »Na endlich«, sagte sie noch, ehe sie in den hinteren Räumen verschwand. Ihre Beine waren wirklich sehr, sehr dünn.

Der Mann, der eingetreten war, hinter sich vier Streifenbeamte, hielt Viktor eine Dienstmarke entgegen. Er war groß, sehr groß sogar. Und der Duft seines Rasierwassers überlagerte selbst den der Blumen im Laden. Er musste regelrecht darin gebadet haben. Und laut seinem Ausweis hieß er Kevin.

»Danke für den Anruf«, rief Kevin Euler noch in die Richtung, in der Iris verschwunden war. Er erhielt keine Antwort. »Manche Leute haben Probleme mit der Mordkommission«, murmelte er und schickte ihr einen Polizisten hinterher, damit der ihre Aussage aufnahm.

»So«, sagte er dann laut zu Viktor. »Sie stehen also auf Floristinnen, ja? Machen sie an.« Er unterbrach Viktors Ansatz zu einem Widerspruch mit einer einzigen, knappen Handbewegung. »Reden von der Sprache der Blumen.«

»Nein, ich …« Viktor lief es kalt den Rücken herunter.

Ein anderer Beamter, die Waffe im Anschlag, bückte sich, hob eine der Postkarten auf und studierte sie eingehend. Miriams Schoß, ganz voller Rosen. Er hielt sie seinem Vorgesetzten hin.

»Strawberry Hill«, murmelte Euler. Er hob den Kopf und starrte Viktor an. »Ich werde sie jetzt über Ihre Rechte aufklären«, sagte er. »Ich denke, Sie wissen, was das bedeutet.«

Viktor wurde blass. »Ich will Frau Kommissarin Schneid sprechen«, war alles, was er sagte.

18

Miriam kontrollierte ihr Make-up ein letztes Mal im Spiegel über dem Regal mit den Teesorten. Normalerweise schminkte sie sich nicht. Aber nachdem sie sich für das schicke weiße Kleid und die Ohrringe entschieden hatte, wirkte ihr Gesicht inmitten all der Pracht mit einem Mal nackt. Jetzt sah es besser aus. Vorsichtig drehte sie sich hin und her. Viel nackter Rücken, fast zu viel für eine Lektion in Logopädie. Aber das Sommerwetter mochte es entschuldigen. Ob ihm auffallen würde, dass der weiße Plisseerock des Kleides aussah wie der von der Monroe in diesem Film, in dem sie über dem U-Bahn-Schacht stand und auf den Luftschwall wartete? Hoffentlich bemerkte er nicht, wie viel Mühe sie sich gegeben hatte. Sie warf einen misstrauischen Blick über die Schulter.

Es waren nur zwei Stammkundinnen im Laden, die in den ausgelegten Büchern schmökerten, ohne ihr einen Blick zu gönnen. Keine bemerkte die weltverändernden Dinge, die mit Miriam vor sich gingen. Erleichtert vertiefte Miriam sich wieder in ihr Spiegelbild. Seltsam, was diese Wimperntusche bewirkte. Und der Lippenstift. Miriam war all das nicht gewohnt und hatte das Gefühl, ein fremdes Gewicht mit sich herumzuschleppen. Sie konnte nicht anders, als einen permanenten Kussmund zu ziehen. Als Malte hereinkam, wandte sie kaum den Kopf.

»Klasse, dass du einspringen kannst«, sagte sie über die

Schulter und puderte die Nase ein fünftes Mal. »Ich muss einfach zu dieser Therapiestunde. Es ist so faszinierend, was man von Friedhelm lernen kann.«

Malte nahm den Fahrradhelm ab und wuschelte sich die Haare zurecht. Mit gesenktem Kopf blieb er stehen. »Friedhelm«, sagte er, »ist das der Therapeut?«

»Logopäde. Und er ist unglaublich.« Miriam spannte noch einmal die Lippen. Ob sie die Farbe weiter in die Mundwinkel ziehen sollte? »So was von einfühlsam. Und klug.«

»Unglaublich«, murmelte Malte. »Klar.« Dann fiel ihm etwas ein, und er hob den Kopf. »Schau mal«, sagte er. »Hab ich dir mitgebracht.« Er nahm seinen Rucksack ab und holte einen Blumentopf heraus. Eine etwas zerknautschte Flamingoblume kam zum Vorschein. »Die hab ich an einer Supermarktkasse gefunden«, meinte Malte. »Herabgesetzt auf eins neunundneunzig, und kaum noch gegossen. Das war quasi Lebensrettung.« Da Miriam mit ihrem Haar beschäftigt war, setzte er hinzu: »Meinst du, die kriegen wir wieder hin?« Er hatte schon oft erlebt, dass Miriam auf solche Findlinge reagierte, als gälte es, eine Kriegswaise aus einem Krisengebiet zu adoptieren. Das mochte er ja so an ihr.

Heute allerdings war sie mit ihren Gedanken woanders. »Süß«, sagte sie. »Weich sie ein, und stell sie neben die Kuchenvitrine, ja? Ich muss los.« Sie wollte an ihm vorbei.

Malte hielt den Blumentopf hoch wie einen Schutzschild. »Ich hab auch gedacht, man könnte sie vielleicht mit auf ein Foto nehmen.« Jetzt hatte er ihre Aufmerksamkeit. Eifriger fuhr er fort. »Ich dachte, mal ein Bild vom Po vielleicht. Und hier, die Zunge der Blüte, also wie sie so abwärts zeigt in Richtung … in … in …«

Es klatschte. Miriam hatte sich erst unwillkürlich an den Hintern gefasst und Malte dann ohne Ansatz eine Ohrfeige verpasst. Die Köpfe der Stammkundinnen fuhren hoch. Langsam färbte sich Maltes Wange rot.

»Ich …«, stammelte Miriam. Gott, warum hatte sie das gemacht! Sie hatte noch nie einen Mann geohrfeigt. Das musste an der Schminke liegen. Sie war ein völlig anderer Mensch. Was sollte sie nur sagen? »Ich muss los.« Sie packte ihre Handtasche und rannte beinahe aus der Tür.

»Ja, aber …« Malte sah ihr lange nach. Dann donnerte die Flamingoblume in den Mülleimer. Er stieß noch einmal mit dem Fuß dagegen, dass es schepperte. Gerade war er dabei, sie reumütig wieder herauszuholen, als das Telefon klingelte.

»Ja?«, blaffte er in den Hörer. »Wie, was, Polizei?« Er hatte gerade gar keine Lust, freundlich oder hilfreich zu sein. Das hatte er eben schon versucht, danke schön. Und dabei war sie es doch erst gewesen, die ihm ihre Pornobilder unter die Nase gehalten hatte. Blöde Kuh. »Nein, sie ist nicht da. Nein, keine Ahnung, wo. Anders? Kenn ich nicht.« Er wollte schon auflegen. »Was? Nacktbilder?« Fast hätte er gelacht. Dass sich jetzt schon die Polizei dafür interessierte! Na, er würde das nicht aufklären. »Woher zum Teufel soll ich denn das wissen. Fragen Sie sie selber.« Schwungvoll legte er auf. Sollte sie sich doch von der Polizei über ihre verdammten Bilder befragen lassen, das war das Mindeste, was sie verdient hatte. Er legte die Hand auf seine noch immer glühende Wange. Das Allermindeste.

Karoline Schneid stand vor ihrer Wohnungstür. Sie zögerte, ehe sie den Schlüssel ins Schloss steckte. Es hakte, wie immer, und sie musste die zweite Hand zu Hilfe nehmen und am Knauf rütteln, ehe die alte Holztür sich öffnete. Im Flur lagen Jacken auf dem Boden. Die Sanitäter hatten sie abgestreift, als sie Kerstin auf ihrer Trage vorbeigeschleppt hatten. Karoline bückte sich und hob sie auf. Ihr eigener blauer Sweater, Kerstins Popelinejacke mit den großen Taschen, in der sie aussah wie ein Kind aus den Sechzigern. Ohnehin hatte sie immer wie ein Kind ausgesehen. Kerstin besaß Karolines Augen, Karolines Haare und fast denselben Gesichtsschnitt. Als kleine Mädchen hatte man sie für Zwillinge gehalten. Karolines Zügen hatte das Leben dann jedoch eine Form aufgeprägt, einen individuellen Ausdruck, Erfahrungen, auch Verwundungen, Fältchen um die Augen. Ihr Blick spiegelte, was sie erlebt hatte, Hoffnungen und Resignation. Kerstins grüner Blick spiegelte nichts. Und ihr Gesicht war frisch geblieben, ein Mensch ohne Alter, ohne Vergangenheit und ohne Zukunft.

Irgendwo hatte Karoline mal gelesen, Autisten würden jung aussehend bleiben bis in ihre Dreißiger hinein, und dann mit einem Schlag stark altern. An Kerstin würde sie das nun vielleicht nicht mehr überprüfen können.

An der Wand im Flur hingen Bilder von ihrer Schwester, von der Mutter. Der Vater war schon zu lange weg, um noch Spuren zu hinterlassen. Auf dem Boden Cornflakes. Eine Spur, die bis in die Küche reichte. Dann stand Karoline vor der Küchentür. Starrte. Die Zeit verging. Ich sollte einen Besen holen, dachte sie irgendwann. Aufräumen, klar Schiff machen, einfach weitermachen. Arbeiten, wie sie es den ganzen Tag getan hatte. Karoline Schneid versuchte sich zu erinnern, wo Handfeger und Schaufel steckten. Sie fand beides im Badezimmerschrank.

Dort in der Wanne stand noch immer unberührt und klar bis zum Rand das Wasser. Kerstin badete manchmal in Kleidern. Die blähten sich dann, und die nassen Farben leuchteten. Sie hielt alle zehn Finger gespreizt in die Luft, damit sie nicht auch nass wurden. Und lachte.

Karoline tauchte kurz die Hand ins Wasser. Es war kalt. Sie holte tief Luft, steckte den Arm hinein bis zur Achsel und zog den Stöpsel. Es gurgelte, der Wasserspiegel begann, sich sacht zu bewegen, in kleinen Rucken zu sinken. Karoline war, als flösse aus ihr selbst alle Kraft heraus. Sie setzte sich auf den Beckenrand, rutschte hinunter, hockte auf dem Boden, in einer Hand den Besen, in der anderen die Schaufel. Sie wollte weinen und konnte nicht, wollte aufstehen und konnte nicht. Hing so fest zwischen den Welten und hätte schreien mögen.

Als das Telefon klingelte, schaffte sie es wenigstens, sich wieder aufzurichten. Sie marschierte zurück in den Flur, wo sie im Telefondisplay die Nummer des Präsidiums erkannte, weiter ins Wohnzimmer, wo alles noch unberührt war, zu dem Regal mit den Flaschen. Sie nahm den Wodka, schraubte ihn auf, prostete dem schrillenden Telefon zu und nahm einen großen Schluck, einen zweiten, einen dritten. Speichel sammelte sich in ihrem Mund, Bitterkeit stieg in ihrer Kehle auf. Sie nahm einen vierten, keuchte, sank auf das Sofa.

Das Telefon schwieg, dafür trällerte irgendwo ihr Handy. Sie überlegte, wo es stecken könnte, kam nicht drauf, erinnerte sich dann doch und rührte sich keinen Zentimeter. Ihr war schlecht und schummrig, aber es war noch nicht genug. Sie konnte noch denken.

Mit schwankenden Schritten, sich an den Wänden ihrer Wohnung abstützend, tastete sie sich in die Küche zurück. Dort ging sie in die Knie. Wie blind tastete sie über den Boden, fand eine Tablette, dann noch eine, steckte sie in den Mund, kaute und schluckte. Suchte weiter und nahm, was sie fand, ohne es näher zu betrachten. Auf allen vieren machte sie sich auf den Weg zurück ins Wohnzimmer, zu der Flasche mit der wasserklaren Flüssigkeit, um nachzuspülen. Ob Telefon und Handy, nun im Verein, noch immer schrillten oder ob das ein Nachklang in ihren Ohren war, in denen es außerdem rauschte und gurgelte, als versuche irgendetwas, ihr Gehirn durch den Abfluss zu saugen, das konnte sie nicht mehr entscheiden. Sie stieß sich am Eck des Sofatisches. Es tat weh, sie registrierte es erstaunt und hörte sich wehleidig miauen. Es machte ihr Spaß, sie miaute erneut. Das war so würdelos, dass sie es nun endlich, endlich schaffte, in Tränen auszubrechen. Sie weinte heiß, laut und verrotzt. Irgendwann kam er dann, der magische Moment. In ihrem Kopf gab es einen Schlag, heftig und süß. Peng! Dann noch eine Explosion: peng! Noch eine. Und eine vierte. Die vier Schlucke waren endlich angekommen. Vier Kopfschüsse. Karoline sank zur Seite. Wie lange sie so dalag und das Rinnsal anstarrte, das klar und durchsichtig aus der Wodkaflasche über den Parkettboden floss und sich an der Leiste unter dem Heizkörper staute, vermochte sie nicht zu sagen. Sie gab keinen Laut von sich, dachte nicht mehr, regte sich nicht mehr. Irgendwann trieb sie fort.

19

»Das hab ich Ihnen doch jetzt schon tausend Mal erklärt. Verfickt, das ist ja bei euch wirklich wie im Fernsehen.« Viktor warf sich auf dem Plastiksessel zurück und starrte missmutig auf die Brösel des Croissants, die den halben Tisch bedeckten. Dazwischen klebrige Ringe von Kaffeebechern, Pfützen aus Milchkaffee. »Ich hab angefangen rumzuspionieren, weil mich der Fall interessiert. Das dritte Opfer liegt bei mir im Keller.«

»Und da fangen Sie einfach an, Detektiv zu spielen, ja?« Euler neigte sich über ihn.

Viktor wedelte mit der Hand. »Ist das *Drakar*?«, fragte er und rümpfte die Nase. »Ich kannte nämlich in Phönix mal einen Typen …«

Euler schlug mit der Faust auf den Tisch. »Schluss mit Ihren Märchen«, brüllte er.

Viktor richtete den Blick auf seine Hände. »Ich hab schon einen Mord aufgeklärt. Und das ist kein Märchen.« Er hob den Kopf und erkannte Karoline Schneids Assistenten, der mit verschränkten Armen im Hintergrund stand. Sie waren einander schon begegnet. Überwiegend in Situationen, in denen Karoline Schneid Viktor zusammengefaltet hatte. Aber er musste doch auch wissen, wie das damals am Ende gelaufen war. Viktor wies mit dem Kinn auf ihn. »Der da kann Ihnen das bestätigen.« Wo zum Teufel steckte Karoline? »Der tote Japanologe damals war auch ein Kunde von uns.

Und wer hat die Kugel in seinem Rücken gefunden, nachdem der Hausarzt schon Herzinfarkt attestiert hatte? Ich. Und wer hat den Bruder als Täter enttarnt? Auch ich.« Er wies mit dem Daumen auf sich selbst. Die Handschellen klirrten leise. Seufzend befeuchtete er dann einen Finger und tippte die letzten Brösel auf. Ehe er sie in den Mund steckte, betrachtete Viktor sie melancholisch. »Gibt's hier keinen Döner?«, fragte er. »Mir knurrt der Magen.«

Euler richtete sich auf und wandte sich an seine Leute. »Bringt ihn in eine Zelle«, sagte er. »Wir machen morgen weiter.«

Miriam war noch immer verwirrt, als sie die Hand hob, um an die Tür von Friedhelm Werths Büro zu klopfen. Was hatte sie getan? Und was würde sie gleich tun? Wie hatte sie sich nur angezogen? Woher kam dieses Gefühl, als würde sie schweben? Oder verlor sie nur gerade völlig den Boden unter den Füßen? Und warum klopfte ihr Herz so verdammt bis zum Hals hoch?

Die Tür öffnete sich schwungvoll.

»Du bist so ein Schwein«, sagte eine Frauenstimme. Christine Stern rauschte aus dem Zimmer des Logopäden und wäre beinahe mit Miriam zusammengestoßen.

Beide Frauen brachten im ersten Moment der Überraschung keinen Ton heraus. Schließlich trat Miriam einen Schritt beiseite, damit die Sozialpädagogin vorbeikonnte. Christine Stern hatte nichts von ihrer Selbstsicherheit verloren. Ihre honigfarbenen Augen glommen wie die einer Katze, als sie Miriam musterte. Schließlich nickte sie. »Tja«, sagte sie dann, »wenn Sie glauben, dass Sie das glücklich macht.«

Ehe Miriam eine Erwiderung einfiel, hatte sie in weit wärmerem Tonfall hinzugefügt: »Sie sind verletzlich, Miriam, ich kann das sehen. Passen Sie gut auf sich auf, ja?« Dann drehte sie sich um und rauschte davon.

Miriam blieb zurück. Mit offenem Mund sah sie Christine Stern nach, unfähig, einen klaren Gedanken zu fassen. Doch sie vergaß die seltsame Begegnung schnell, als Friedhelm Werth auf sie zutrat. Er roch nach Sandelholz.

»Schon komisch«, sagte er und sah ebenfalls in die Richtung, in die die Sozialpädagogin verschwunden war. »Als wir noch zusammen waren, hat sie nie so viel Interesse für mich gezeigt.«

Miriam starrte nun ihn an.

»Wollen wir?«, fragte er und machte eine einladende Geste in sein Zimmer. Sein Lächeln, eben noch angestrengt, vertiefte sich langsam. Sein Gesicht bekam Farbe. Miriam strahlte. Sie ging mit lebhaften kleinen Schritten an ihm vorbei in sein Büro und wusste, wusste einfach, dass er den wippenden Rock bemerkte.

Wolfgang Anders griff zum Telefon. Noch während er wählte, ging er im Geiste seinen Text durch. *Ich brauche ein paar Tage Zeit*, würde er sagen. *Kommen Sie am Montag in mein Büro. Das ist am unauffälligsten. Es ist möglich, dass meine Frau oder mein Neffe Ihnen öffnen wird. Dann sagen Sie, Sie hätten angerufen, es ginge um einen Trauerfall. Man wird Sie zu mir bringen. Und wir erledigen das.* So würde er es sagen. Und es musste am Abend sein. Damit die Wahrscheinlichkeit gering war, dass sie von anderen Kunden unterbrochen wurden. Ein Termin am Abend – das war nicht weiter auffällig. So war das in seinem Beruf. Der Tod kannte keine Zeit. Und niemand rechnete je mit ihm.

Wolfgang Anders hielt noch immer den Apparat fest. Die Tasten schienen ihm zu klein zu sein. Wie sollte er es je fertigbringen, die richtige Nummer zu tippen? Wie sollte er überhaupt weitermachen? Wie gerne hätte er sich mit Hedwig besprochen. Aber Hedwig war nicht da. Sie hatte ihn alleine gelassen. Und wenn sie erfuhr … Wolfgang Anders schluckte. Wenn sie jemals erfuhr, nein, das war unmöglich. Andererseits: fünfzigtausend. Die Zahl bedrückte ihn. Drückte ihn körperlich zusammen. All seine Muskeln waren angespannt, sein Brustkorb verkrampft. Er bekam kaum noch Luft. Fünfzigtausend, das war sein Ruin. »Otto«, sagte er mit einem Mal. Er war selbst erstaunt, sich laut den Namen seines Bruders sagen zu hören. Es klang absurd in dem stillen Haus. »Otto, es tut mir leid.«

Wolfgang Anders schüttelte den Kopf. Auch das half nicht, er fühlte sich nicht erleichtert. Was wollte er auch mit Geistern? Wenn es welche gab, dann hätte *er* sie doch wohl als Erster bemerken müssen, in all den Jahren, in seinem Beruf. Er arbeitete mit den Toten, er schlief mit ihnen im selben Haus. Er wusch und kleidete sie. Manchmal, sehr selten, sprach er auch mit ihnen. Keiner hatte je geantwortet. Nein. Weder Hannah noch Otto noch Lisbeth waren noch hier bei ihm. Und selbst wenn: Warum sollten sie mit ihm sprechen? Mit *ihm* redeten ja nicht einmal die Lebenden.

Es schepperte. Wolfgang Anders fuhr herum. Thekla war auf den Küchentisch gehüpft. Der Aschenbecher, den sie dabei heruntergestoßen hatte, kreiselte über die Bodenfliesen. Sie miaute. Essenszeit. Wolfgang Anders streckte die Hand aus, um sie zu streicheln, doch er besann sich eines anderen. Er drückte auf den Knopf mit dem grünen Hörer darauf und wartete auf das Freizeichen.

20

Die Nacht in der Zelle des Untersuchungstraktes war unbequem gewesen. Dennoch hatte Viktor geschlafen. Und das, obwohl er sich nachts normalerweise von einer Seite auf die andere wälzte und mit seinen Alpträumen teilte, es grenzte an ein Wunder. Das musste er seinem Sensei erzählen. Wie oft hatten sie zusammengesessen, wenn Viktor von seinen Träumen geplagt nicht hatte schlafen können. Sie hatten sich über Gedichte unterhalten, ganze Nächte lang. Über den Palmen hatte der Vollmond gestanden und im Hintergrund der Pazifik gerauscht. Würde es seinen Sensei verwundern zu erfahren, dass eine stinkende Matratze in einer Betonzelle ihm denselben Dienst erwies? Irgendwo in diesem Umstand lauerte eine philosophische Erkenntnis, ahnte Viktor, womöglich ein Haiku. »Ein Bett, ein Fenster,/gefangen bin ich. Mein Herz/ jedoch findet Schlaf.« Oder so. Ein Schlüsselbund klirrte, die Tür ging auf.

»Mein Gott, siehst du beschissen aus.«

Karoline Schneid antwortete nicht auf diese Begrüßung. Mit einer knappen Geste winkte sie ihn hoch.

»Weißt du, ich finde es ja toll, dass du so gelassen bist«, sagte Viktor. Seine Stimme kippte. »Aber wo warst du?«

Sie neigte nur den Kopf und öffnete ihm eine weitere Tür. Offenbar ging es wieder in den Verhörtrakt. Karoline ging voraus. Sie roch fremd, nach Seife und Minze, sehr viel Minze. Auch ihr Gang wirkte auf ihn ungewohnt. So schwunglos.

Er bedauerte, nicht netter gewesen zu sein. »Du, hör mal«, begann er. Da fühlte er ihre Hand auf seiner Schulter. Umstandslos schob sie ihn in das Befragungszimmer. »He«, protestierte er unwillkürlich. »Ich dachte, du holst mich hier raus.« Seine Hoffnung schien sich als trügerisch zu erweisen. Kevin Euler erwartete ihn schon.

Doch Karoline Schneid ließ dem Profiler keine Zeit zu sprechen. Sie legte ein Fax auf den Tisch. »Die Bestätigung des Institutes für Thanatologie, dass Viktor Anders am Abend von Marion W.s Tod in Düsseldorf auf einer Fortbildung war.« Ein zweites Blatt folgte. »Die Aussage des Gemeindepfarrers von Oedlasreuth, dass Viktor Anders nach einer Bestattung am 23. Juni noch bis gegen zweiundzwanzig Uhr beim Leichenschmaus anwesend war, womit er auch für den Mord an Sevil G. ausscheidet. Und für den Todesabend von Birgit L. bestätigt der Onkel des Verdächtigen, Wolfgang Anders, dass er seinen Neffen aus Zirndorf abholen musste, wo er mit dem Bestattungswagen liegengeblieben war aufgrund einer Panne, die er, ebenfalls laut Aussage des Onkels, selbst verschuldet hatte.«

»Das ist nicht wahr«, fuhr Viktor auf. »Ich hab sehr wohl den Ölstand gecheckt. Onkel Wolfgang gibt immer mir an allem die Schuld.«

Karoline blickte nicht von ihren Unterlagen auf, sondern fuhr monoton fort. »Ort und Uhrzeit werden von einem Mitarbeiter des ADAC bestätigt, der es, so wörtlich, ›total cool‹ fand, mal einen Leichenwagen abzuschleppen. Zumal die Leiche noch drinlag.«

Viktor erinnerte sich und grinste. »Stimmt, der Stefan. Wir haben dann in der Werkstatt einen zusammen gehoben.

Wodka. Da fällt mir ein, hab ich mal erzählt, dass ich als Mechaniker in einer polnischen Auto...«

»Klappe«, fiel Kevin Euler ihm ins Wort, dem nichts von dem gefiel, was er gerade gehört hatte. Er steckte die geballten Fäuste in die Taschen seines Jacketts und wippte auf den Ballen vor und zurück. Es sah aus, als fiele gleich ein Baum. Ein sehr zorniger Baum, soweit das möglich war.

»Ein beschissener Bestatter, der Detektiv spielt«, blaffte er.

Viktor zog ein mitleidiges Gesicht. »Davon erzählen sie einem nichts im Studium, ich weiß.«

»Klappe!«

»Sie sind Profiler, stimmt's? Hab ich schon mal erzählt, dass ...«

»Klappe!« Euler, der selbst merkte, dass er sich wiederholte, zog die Hände aus den Taschen, ging mit drei schnellen Schritte zu einem Nebentisch und holte von dort einen Schnellhefter, den er Viktor vor die Nase knallte. »Und wie kommen Sie an Unterlagen der Polizei?«

Es waren die Auszüge aus den Obduktionsakten, die Hoffmann ihm anvertraut hatte. Viktor fluchte innerlich. Dass er so dumm gewesen war, sich mit denen schnappen zu lassen.

Karoline warf ihm einen schnellen, prüfenden Blick zu, den er so harmlos wie möglich zu erwidern versuchte. Sie hatte den alten Gerichtsmediziner nie leiden können, die beiden waren sozusagen Intimfeinde gewesen. Und obwohl Viktor seine Sympathien auf beiden Seiten der Front verortete, war er nicht bereit, ihr den Pathologen ans Messer zu liefern. Hieß das, Lyrik war dicker als Liebe? Er versuchte, dieser absurden Überlegung möglichst intensiv nachzuspüren, damit Karoline, falls sie seine Gedanken lesen konnte, davon verwirrt würde. Trotzdem hatte er Angst, dass jeden Moment der Name Hoffmann fallen könnte. Fieberhaft überlegte er, was er stattdessen sagen könnte.

Doch es war Karoline, die zuerst sprach. »Die hat er von mir.«

»Was?«, riefen Viktor und Euler unisono. Worauf sie einander misstrauisch anstarrten.

Es dauerte eine Weile, bis Viktor begriff, was Karoline Schneid da gerade gesagt hatte. Eine glatte Lüge, noch dazu eine, die sie den Kopf kosten konnte. Was zum Teufel tat sie da?

»Wundert Sie das?«, fuhr Karoline fort und sah Kevin Euler direkt in die Augen. »Ich werde von den offiziellen Ermittlungen ausgeschlossen, also suche ich mir eigene Mittel und Wege, um zu Ergebnissen zu kommen.«

»Niemand schließt Sie aus«, begann Euler abwiegelnd.

Aber Karoline fiel ihm ins Wort: »Ich habe vorhin versucht, den Obduktionsbericht zum letzten Opfer zu bekommen. Fehlanzeige.«

»Und da lassen Sie eine Zivilperson Einblick in die Untersuchungen ...« Euler hatte an diesem Morgen kein Glück.

»Was wollen Sie machen?«, fragte Karoline. »Mir mit Suspendierung drohen? Mit einer internen Untersuchung? Das haben Sie alles schon.« Ihre Stimme wirkte ruhig, doch wer sie gut kannte, bemerkte das ganz untypische Zittern ihrer Hände. Sie verbarg es, indem sie sich mit den gespreizten Fingern auf den Tisch aufstützte.

Viktor wurde immer unruhiger. Er rutschte auf seinem Plastikstuhl hin und her und war beinahe versucht, sich wie ein Schüler zu melden, um mit spitzem Finger die Vibrationen zu durchstechen, die sich über seinem Kopf ungut verdichteten.

Euler brach das Schweigen als Erster. »Sie bewegen sich da auf verdammt dünnem Eis, und das wissen Sie.«

Karoline zuckte mit den Schultern.

Euler musterte sie. Er war sich nicht sicher, hatte sie einen Trumpf in der Hinterhand? Was machte sie so sicher, mit dieser Provokation bei ihm durchzukommen? Oder gab es da gar nichts, war sie einfach eine Närrin? »Ich mach Sie fertig«, murmelte er, mehr reflexmäßig denn als Ergebnis seiner Erwägungen.

Viktor, der es nun nicht länger auf seinem Sitz aushielt, sprang auf. »Wie reden Sie denn mit ihr?«, rief er. »Ihre Schwester ringt mit dem Tod.«

»Klappe!« Diesmal war es Karoline.

Sie nahm ihre Dienstwaffe und ihren Ausweis und legte beides vor Euler auf den Tisch.

»Was für ein Schachzug soll das nun sein?«, fragte er zwischen zusammengebissenen Zähnen.

Sie lächelte. »Wie kommen Sie darauf, dass es ein Schachzug ist? Vielleicht habe ich ja ganz einfach die Schnauze voll.« Damit nahm sie Viktor erneut bei der Schulter und schob ihn hinaus.

Den ganzen Weg durch die Gänge des Kommissariats versuchte er aus ihr herauszubekommen, was sie vorhatte. Doch sie drängte ihn nur immer weiter. Als sie in ihrem Auto saßen – offenbar ihr Privatwagen, er stellte fest, dass sie einen alten Renault fuhr –, sagte sie den ersten Satz. »Leuten wie Euler zeigt man seine Gefühle nicht. Sie benutzen sie nur gegen dich.«

Viktor ließ sich in den Sitz fallen und schnaufte. »Also sind wir wieder per du?«, fragte er. Er hätte ihr gern die Hand auf den Arm gelegt oder ihr über das Haar gestrichen. Doch da war nichts an ihr, was ihn dazu eingeladen hätte. Und die Wahrheit war, er hatte auch etwas Angst davor. Ein wenig wirkte sie wie eine Bombe, die kurz davor stand zu explodieren. Er war sich nicht sicher, ob er im Zentrum dieses Ausbruchs stehen wollte.

»Und was machen wir jetzt?«, fragte er nach einer Weile.

Sie war gerade mit dem Schlüssel beschäftigt und fingerte an einigen Knöpfen herum. Der Motor starb ab, aber der Scheibenwischer ging an. Quietschend fuhr er einige Male durch ihr Schweigen, ehe sie sich weit genug gefasst hatte, ihn wieder abzustellen. Draußen strahlte die Sonne. Endlich sprang der Wagen an.

»Wir fahren zu Hoffmann«, sagte sie. Das Getriebe ächzte, als sie den Gang einlegte. Viktor schnallte sich sicherheitshalber an. Den ganzen Weg über fragte er nichts mehr.

21

Karoline begrüßte Hoffmann mit den Worten: »Ah, der Dichterfürst.« Sie sah sich gründlich in seiner Wohnung um, als der alte Pathologe sie herein- und hindurch bat bis auf seine Terrasse. Karoline ließ sich Zeit, trat an die Regale, strich über einige Handbücher, übersah auch die Karaffe nicht. Miriams Onkel ließ sie gewähren und mimte den besorgten Gastgeber, schlurfte voraus und wieder zurück, werkelte in der Küche, murmelte Entschuldigungen und arrangierte Gläser.

Viktor war es zu früh für einen Whisky, Karoline trank ihren in einem Zug. Dann setzte sie das Glas ab und fixierte Hoffmann. Viktor wurde immer unwohler.

»Sie haben also Ihren kleinen Adlatus wieder in ein Rennen mit mir geschickt«, begann sie den Schlagabtausch.

Viktor reichte es bereits. Kleiner Adlatus. Er dachte an die vergangene Nacht. Das war alles völlig verkehrt. Eigentlich sollten Karoline und er hier Seite an Seite sitzen, einander an den Händen haltend. Oder noch besser: Sie sollten einander nie wieder im Leben begegnen. Er stand auf. Keiner der beiden beachtete ihn.

Der Gerichtsmediziner drehte die Handflächen nach oben. Sie waren faltig und weiß. Schuldig, besagte die Geste. Doch er lächelte sorglos. »Und jetzt?«

Karoline Schneid hielt ihm ihr Glas hin. »Jetzt bin ich selbst raus aus dem Spiel.«

Hoffmann schien vollkommen damit beschäftigt, ihr einzuschenken. Viktor, der nicht wusste, wohin mit seinen Händen, stemmte sie in die Hüften und kämpfte gegen die Erkenntnis an, dass Karoline vollkommen recht hatte. Er war in ein Rennen geschickt worden. Hoffmann hatte ihm die Unterlagen zugespielt, damit er parallel zu Karoline Schneid zu ermitteln begann und sie dabei möglicherweise ausbootete. Er war in einen Wettkampf hineingezogen worden. Und darin war er nicht einmal die entscheidende Figur, er war kaum ein Partner, geschweige denn ein Gegner. Die beiden ließen kein Auge voneinander.

»Also ab jetzt auf derselben Seite«, stellte Hoffmann fest und nahm auch sich selbst einen neuen Schluck. Er wirkte hochzufrieden.

»Es ist noch nicht mal elf.« Viktor fiel nichts anderes ein, um seiner Empörung Luft zu machen. Aber auch diesmal hörte ihm niemand zu. Stattdessen hob Hoffmann prostend sein Glas.

»Ihr könnt mich doch alle beide.« Viktor stürmte durch das Wohnzimmer. An der Haustür hielt er lange genug inne, um festzustellen, dass niemand ihm folgte, um ihn aufzuhalten. Zu lange, um die Tür noch laut zuknallen lassen zu können, sein Zögern hätte ihn verraten. Also öffnete er sie leise, sehr leise. Und stand dann außerordentlich einsam im morgendlichen Vogelgezwitscher auf der Vortreppe. Die Straße war menschenleer. Schön, so gebraucht zu werden. Er kehrte um.

»Also«, sagte er, in der Hand ein Wasserglas, das er sich als Alibi für seinen Abgang aus der Küche geholt hatte. »Was werden wir in der Sache unternehmen?«

Karoline legte ihm eine Hand auf den Arm, was ihn ein wenig beruhigte. Hoffmann bot ihm Eiswürfel für sein Wasser an. »Was hast du denn bisher bei deinem Gang durch die Blumenläden herausgefunden?«, fragte sie.

»Ich?« Viktor nahm einen Schluck. »Dass ich großartig darin bin, pornografische Postkarten zu verkaufen. Im Ernst, ich sollte ein zweites Standbein daraus machen. Das Zeug geht weg wie warme Semmeln.« Er trank noch einmal. »Und dass ich ein sensibler Mensch bin, der eine Entschuldigung vertragen könnte. Auch wenn mir natürlich klar ist, dass zwei Ignoranten wie ihr niemals …«

»Frau Schneid, der Unfall Ihrer Schwester tut mir sehr leid«, sagte Hoffmann da. Er sagte es schlicht und ruhig.

Viktor hielt betroffen inne. Noch während er darüber nachdachte, was das bedeuten mochte, bemerkte er Karolines Reaktion. Das verschwörerische Lächeln war aus ihrem Gesicht verschwunden, genau wie die professionelle Härte. Sie saß nun da wie jemand, der nicht wirklich anwesend war, den der nächste Windstoß wegwehen konnte. Aber noch war sie nicht fort.

»Was die Polizei nicht weiß«, begann sie schließlich, »wobei *ich* mir aber sehr sicher bin, ist, dass zwischen dem ersten Opfer und dem Mörder eine persönliche Beziehung bestand.«

Es war Mittag, als Viktor zu Hause ankam. Er war zu Fuß gegangen, um über alles nachzudenken. Gar nicht leicht nach dem dritten Whisky zum Frühstück. Lag es daran, dass Karolines These ihm wahnhaft vorkam, und dünn? Eine persönliche Beziehung, nur wegen ein paar Blumen. Karoline meinte, vom ersten Opfer wäre der Mörder zurückgewiesen worden. Er hätte einen Korb bekommen und sich dafür gerächt. Danach sei er auf den Geschmack gekommen, wie man das so nennt. Die Geschmäcker waren nun einmal verschieden. Manche brachten ihre Frauen um. Er servierte sie lieber per Telefon ab, wenn sie ihm zu nahe kamen. Laut Miriam jedenfalls.

Sucht im Umfeld des ersten Opfers, Marion W., hatte Karoline sie beide beschworen. Und sich von Hoffmann sagen lassen müssen, dass ihr das als Beamtin im Dienst sicher leichter gefallen wäre. Sie aber hatte gemeint, es wäre ohnehin nur eine Frage der Zeit gewesen, bis Euler sie fallengelassen hätte. Dann lieber zu ihren Bedingungen. Dass sie einfach nicht mehr die Kraft hatte, für die Kollegen die Fassade der taffen Kommissarin aufrechtzuerhalten, keine Energie mehr, um mit Euler das alte Machtspielchen zu spielen, das verschwieg sie lieber.

Und damit war Viktor wieder zum Zug gekommen. Im Moment überforderte ihn das. Sollte er sich nicht lieber zurückziehen und mit Miriam einen netten kleinen Erotikversand aufmachen?

Kopfschüttelnd blieb er schließlich stehen und betrachtete die Stacheldrahtrollen auf der Mauer, die Kamera über der Haustür mit dem giftig grünen Licht, das ihn anstarrte, und er fragte sich kurz, was in seinen Onkel gefahren war. Nur weil sich durch irgendein Missverständnis diese Asche nicht auftreiben ließ. Viktor beschloss, mit seinem Onkel zu reden. Man würde eben einfach *irgendeine* Asche in die verdammte Urne füllen. Wo war das Problem? Verbrannten sie eben eine von Tante Hedwigs Schürzen im Kamin, die scheußliche Anrichte aus dem Wohnzimmer und ein paar der alten Teppiche. Und wenn es unbedingt menschliche Überreste sein mussten, dann konnten sie doch aus den anderen Urnen jeweils ein bisschen dazuschütten. Wen juckte es? Asche war Asche, der Rest fand im Kopf statt.

Sicher, Miriam sah das anders. Sie hatte ihm mal erzählt, sie freue sich schon darauf, wie ihr Körper Teil von allem werden würde. »Stell dir vor«, hatte sie gesagt, »du verwest, und die Würmer und Maden fressen von dir. Die werden dann wiederum von den Vögeln gefressen, und die von der Nachbarkatze.« Sie hatte gelacht. »Schau ihr in die Augen«, hatte sie gesagt, »vielleicht schaue ich zurück.« Und hatte ihm ausgeführt, wie ein anderer Vogel im Winter nach Süden flog, sodass ihr Leichnam mit ihm bis nach Afrika kommen würde.

Viktor hatte ergänzt, dass ein anderer Vogel auf dem Weg in Norditalien auch in eine Falle geraten könnte. Aber der Gedanke, mit einigen Atomen im Magen eines Südtiroler Gourmets zu landen, hatte Miriam nichts ausgemacht, im Gegenteil.

»Genau«, hatte sie gesagt, »darum geht es doch. Überall und in allem zu sein. Und ein Teil von mir wird zu Gras, das fressen die Kühe, ich komme in die Milch, in die Milchfabrik, in deinen Käse, deinen Kaffee, überallhin. Ich bin überall, Viktor. In Pflanzen, Tieren, Menschen. Und während du vielleicht versuchst, in deiner Leichenrede mein Leben auf den Punkt zu bringen, verbreite ich mich über die Welt und das All! Was für ein komplexer Prozess aus Gedenken und Verwesung.«

Gut sie hatten getrunken, als sie das diskutierten. Aber

schön war es gewesen. Eigentlich war es immer toll, mit Miriam zu reden. Viktor zückte sein Handy und versuchte, Miriam anzurufen, erst Festnetz, dann mobil. Doch sie schien nicht zu Hause zu sein, und ihr Handy war besetzt. Seufzend steckte er das Gerät wieder ein. Dann blieb eben Onkel Wolfgang als Gesprächspartner.

»Viktor?«, hörte er da seinen Namen. Er wandte sich um und erschrak.

Vor ihm, in der Hand ein Alpenveilchen, stand Holger Schreitz.

22

»Ich wollte zu Ihrem Cousin«, sagte Schreitz, noch ein wenig unsicher, nachdem Viktor ihn hereingebeten hatte. Irritiert betrachtete er das große Trauergesteck im Flur und dann seinen eigenen winzigen Blumentopf. »Oder waren wir beim Du? In der Klinik hieß es, er sei nicht mehr da.«

Viktor bot ihm das Du und einen Sitzplatz auf der Terrasse an. Thekla kam und drückte sich an das Schienbein des Fremden. Einen Moment betrachtete Viktor sie verwirrt.

»Was ist?«, fragte Holger, der seine muskulöse Gestalt zusammengeklappt hatte, um das Tier zu streicheln. Thekla drückte ihren Kopf begeistert in seine große Hand.

»Ach nichts«, meinte Viktor. »Tobi hat sie nur immer aus dem Fenster geschmissen. Wenn ich sie sehe, erwarte ich irgendwie, dass sie fliegt.«

»Er ist schon komisch, Tobi, oder?«, fragte Holger, der noch immer schüchtern wirkte. »Aber irgendwie mag ich ihn.«

»Einige Leute tun das«, sagte Viktor. »Kaffee? Oder lieber ein Bier?«

Holger nahm eine Cola.

»Und es sind nicht die schlechtesten«, vollendete Viktor seinen Gedankengang, nachdem er Holger die Flasche gereicht und sich selbst hingesetzt hatte. »Meine Freundin Miriam mag ihn auch sehr. Sie managt jetzt seinen Übergang in die Verhinderungspflege.«

»Ach, hat das geklappt.« Holger Schreitz entspannte sich ein wenig und nuckelte an der Flasche. »Ja, wenn Christine sich für was stark macht, dann kriegt sie es auch. Sie ist schon eine tolle Frau.«

»Wieso seid ihr eigentlich Ex?«, wagte Viktor sich vor.

»Ach, weißt du.« Holger seufzte und starrte dann vor sich hin. »Ehrlich gesagt, ich habe keine Ahnung. Sie hat mich ausgesucht, sie hat mich fallengelassen. Erst war ich ihr recht, dann hat ihr nix mehr an mir gepasst. Frauen versteht man eben als Mann nicht immer, stimmt's? Ist ein Naturgesetz.« Er schüttelte den Kopf. »Und Tobi?«, fragte er dann. »Ist mit Motorradfahren erst mal nix?«

»Das musst du auch deine Ex fragen, schätze ich.« Viktor begann ebenfalls, sich zu entspannen.

»Ach, so oft reden wir auch nicht mehr miteinander. Ist schon alles okay, meine ich. Aber irgendwie trotzdem. Du weißt schon, oder?«

Viktor, der sein eigenes Gefühlsleben an diesem Morgen nur unwesentlich scharfsinniger auf den Punkt hätte bringen können, nickte wieder.

»Du, sag mal«, fuhr Holger fort, der sich offenbar komplett verstanden fühlte, und rülpste leise. »Diese schwarzen Wagen da in der Einfahrt und die Kerzen und Lilien im Flur, nichts für ungut, aber bist du …?« Er vollendete den Satz nicht.

»A. Vampir, B. Bestatter, C. geschmacksverirrt?« Viktor lachte. »Willst du den Publikumsjoker oder jemanden anrufen?«

»Bestatter also? Ich meine, alle Achtung.« Holger rülpste wieder. »Könnte ich nicht. Ich heul ja schon, wenn eine meiner Maschinen draufgeht.«

»Du bist zu gut für diese Welt. Echt, Holger.«

Der ließ die Flasche sinken. »Meine Ex hat immer gesagt, ich wär zu dämlich dafür.«

»Für was, die Welt? Meiner Erfahrung nach kann man dafür nicht blöd oder brutal genug sein.«

»So wie Tobias zu sein ist gefährlich in dieser Welt, schätze ich. Mann, ich hätte besser auf ihn aufpassen sollen.«

»Niemand kann so auf Tobi aufpassen, wie es nötig ist, glaub mir. Meine Tante hat es versucht, und jetzt ist sie in einer Klinik.«

»Scheiße, echt«, würdigte er Hedwigs Einsatz. »Aber was soll man machen, was?« Er sah Viktor an. »Wie geht's dir eigentlich damit, dass er im Heim ist?«

Viktor zuckte die Achseln. »Ich sollte ihn vermissen, schätze ich.« Nachdenklich starrte er in den Garten. »Es geht so schnell, dass man mit dem eigenen Leben total beschäftigt ist.«

Holger prostete ihm zu. »Versteh ich, Mann, versteh ich gut.«

»Es ist weniger so, dass er mir fehlt, als dass ich seinetwegen ein schlechtes Gewissen habe. Und das macht mir dann noch mal ein extra schlechtes Gewissen.«

»Also, langsam würd ich ein Bier nehmen«, sagte Holger.

Viktor stand auf und holte ein paar Flaschen. Es war friedlich im Garten. Der Schatten der Fichten wanderte über den Rasen. Es duftete nach Blumen. Alles war still. Nur eine Amsel schimpfte heftig auf Thekla, die unter den Rosen lag und sich räkelte.

»Meinst du, die im Heim lassen mich mal mit ihm fahren?«, fragte Holger und sah Viktor zu, wie er mit dem Flaschenöffner hantierte.

»Das wirst du deine Freundin fragen müssen«, meinte Viktor und reichte ihm ein Weissennoher. »Ex wollte ich natürlich sagen.«

Holger studierte das Etikett und hob anerkennend die Brauen. »Christine steht auf die Maschinen«, stellte er fest. »Tun wir alle in der Clique. Ist unser Ding.« Er starrte vor sich hin und war sichtlich mit den Gedanken woanders.

»Ist doch schön, wenn man ein Hobby hat«, versuchte Viktor ihn aus seiner Meditation zu holen. Aber Holger reagierte nicht. Viktor war eben dabei, seinerseits in private Gedanken abzudriften, als Holger plötzlich sagte: »Diese Bestattersache.«

»Ja?«, fragte Viktor.

»Weil nämlich eine Freundin von uns gestorben ist.« Holger hob den Kopf.

Verdutzt blinzelte Viktor ihn an.

»Nicht, was du denkst. Gar nichts mit den Maschinen.« Holger stellte die Bierflasche ab. »Aber wir, also die Clique, wir hätten gern, dass sie eine gute Beerdigung bekommt, also eine richtig gute. Weißt du, die Marion war eine von uns. Sie hat gelebt für ihre Honda. Jedes Wochenende waren wir unterwegs letzten Sommer.«

»Ja?«, fragte Viktor.

»Und da hätten wir uns schon ein paar Sachen gewünscht. Dass sie in ihrer Kluft begraben wird, zum Beispiel. Oder dass wir mit den Motorrädern vor dem Friedhof Spalier stehen dürfen.«

»Dürft ihr doch«, wunderte Viktor sich. »Ist doch alles kein Problem heutzutage.« Er überlegte. »Wenn der Friedhof Ärger macht, könnt ihr für die Aussegnung eine Halle beim Bestatter anmieten zum Beispiel. Dort dürft ihr dekorieren, wie ihr wollt. Und wegen der vielen Motorräder auf der Straße muss man halt mit der Gemeinde reden.«

»Das klingt toll, echt! Mensch, Viktor. Der Bestatter, mit dem wir bisher geredet haben, das war halt der aus Marions Dorf, weil der hat schon ihre Eltern beerdigt, und wir haben gemeint, das wär das Einfachste. Aber der blockt alles ab. Total unflexibel. Meinst du, du könntest …?«

»Ich weiß nicht«, gab Viktor zu. »Dazu muss ich einen Auftrag bekommen. Von den Angehörigen in der Regel. Wenn die einverstanden sind, jetzt noch den Bestatter zu wechseln. Sicher sind doch schon Kosten aufgelaufen.«

Da strahlte Holger das erste Mal. »Ihre Angehörigen sind wir. Sie hatte keine Familie. Wir legen zusammen. Und ehrlich, wenn die anderen hören, dass wir das hinkriegen mit der Biker-Feier, dann werden die Feuer und Flamme sein. Ehrlich.«

»Okay? Und wie viel Zeit haben wir noch?«, fragte Viktor. »Es gibt da nämlich gesetzliche Regelungen, wie viel Zeit zwischen Tod und Bestattung vergehen darf, weißt du? Ich kann auch nicht an einem Tag alles aus dem Boden stampfen und …«

»Also das ist gar kein Problem. Marion ist ja noch nicht mal aus der Gerichtsmedizin raus.«

»Was?« Viktor wurde mit einem Schlag nüchtern. Zumindest ein wenig nüchterner. »Sie ist in der Gerichtsmedizin?«

»Ja. Irgend so ein Irrer hat sie umgebracht.« Er schwieg. »Ich hoffe, das ist kein Problem für dich, Viktor. Viktor?«

23

»So, Frau Anders«, der Psychologe versicherte sich durch einen Blick in die Akten, dass der Name stimmte. »Wie geht es Ihnen denn heute?«

Hedwig zerknüllte ihr Taschentuch. Sie blickte sich suchend um, aber weder die Topfpflanzen auf dem Fenster noch die weiß gekalkten Betonwände des Büros waren ihr eine Hilfe. Auf dem Schreibtisch des Therapeuten stand ein Bilderrahmen. Haben Sie Kinder?, wollte sie schon fragen. Gerade noch rechtzeitig fiel ihr ein, dass sie das gar nicht interessierte. Hedwig erschrak über sich selbst.

»Gut«, sagte sie und knüllte weiter.

Der Therapeut neigte den Kopf zum Zeichen, dass er wartete.

»Na ja. Mein Mann hat angerufen: Tobi, das ist mein autistischer Sohn« – sie versicherte sich mit einem Blick, dass er verstand – »ist jetzt in einem Heim. Also nur vorübergehend«, beeilte sie sich hinzuzufügen. »Nur bis ich wieder da bin. Und jetzt geht es mir natürlich schlecht.«

»Warum?«, fragte der Psychologe und machte sich eine Notiz.

Hedwig sah ihn erstaunt an. »Na, weil es meine Schuld ist.«

»Wieso, Sie haben ihn doch nicht ins Heim gesteckt, oder?«

»Aber ich bin weggegangen. Natürlich waren die anderen da mit ihm überfordert.«

»Und Sie waren das nie?«

Hedwig wurde immer verwirrter. »Natürlich war ich das. Jeder wäre das. Aber …«

»Frau Anders, wir haben es hier mit zwei Problemen zu tun, scheint mir. Erstens: Warum glauben Sie, es sei *Ihre* Aufgabe, mit Tobias zurechtzukommen? Sie sind krank, deshalb sind Sie hier. Sie haben jedes Recht, die Verantwortung einmal abzugeben.«

»Ja, aber …«

»Und zweitens: Wieso ist es so eine Katastrophe, dass der Junge in einer Einrichtung lebt, sogar nur vorübergehend? Warum muss das bei Ihnen Schuldgefühle auslösen? Ist es nicht vielleicht auch eine gute Idee?« Er lächelte hinter seiner runden Brille und lehnte sich zurück. »Angesichts der Belastung, die er für Ihr Leben darstellt?«

Hedwig starrte den Mann an, als wäre er verrückt geworden. »Stellen Sie mir diese Frage wirklich?«, fragte sie und ärgerte sich, dass sie sich vorhin nicht erkundigt hatte, ob er Kinder hatte. Er würde nicht so fragen, wenn er welche hätte.

»Wissen Sie«, sagte sie und spürte bereits, wie die Tränen ihr in die Augen schossen, noch ehe sie den Satz vollendet hatte. Wütend knüllte sie ihr Taschentuch noch fester. Sie wollte nicht heulen. »Wissen Sie, mein Sohn hat einmal getippt, dass er ein Mensch ohne Zukunft ist. Genauer gesagt hat er getippt: Meine Zukunft ist leise und niemals blau.« Sie holte tief Luft. »Wissen Sie, wie weh das tut?«

Sie kämpfte mit den Tränen.

»Frau Anders«, fragte er nach einer Weile. »Haben *Sie* eigentlich eine Zukunft?«

Verdammt, jetzt weinte sie doch.

Unter den missbilligenden Augen seines Onkels räumte Viktor die Bierflaschen weg. Weinende Kommissarinnen, saufende Biker – Wolfgang Anders war sichtlich der Meinung, dass die Kunden, die sein Neffe dem Institut brachte, mehr Ärger machten, als sie wert waren. »Und wieder eine Leiche aus der Gerichtsmedizin«, mäkelte er. Als täte Viktor das nur, um ihn zu ärgern. »Hast du dich wenigstens um den Blumenschmuck für die letzte gekümmert?«

»Die alte Pludrau hatte eine gute Idee«, log Viktor zur Hälfte. »Ich kläre das mit den Angehörigen und erteile dann den Auftrag. Du findest mich im Büro.«

Viktor konnte es kaum erwarten, an den Apparat zu kommen. Er musste Karoline sagen, dass sie recht hatte. Es gab eine Verbindung vom ersten Opfer hin zu einem Verdächtigen. Mit vor Aufregung zitternden Fingern tippte er die Nummer ein.

»Holger Schreitz?«, fragte Karoline, als er sie so knapp und rasch wie möglich aufgeklärt hatte. »Wer soll das sein?« Mehrfach murmelte sie fragend den Namen vor sich hin. Es klang, als wühle sie in irgendwelchen Papieren.

Viktor erklärte, dass es sich um den Freund einer Frau handele, die Miriam und er als mögliches erstes und davongekommenes Opfer im Visier hatten.

»Will ich wissen, wie ihr da draufgekommen seid?«, fragte Karoline und blätterte weiter.

Viktor dachte an Isolde Schellenbaum und war sich nicht sicher. »Sie hatte so Verletzungen im Intimbereich«, formulierter er vorsichtig. »Und Spuren von Grünzeug, wo keines hingehört.«

»Könnte sich auch um einen fehlgeschlagenen Akt von

Romantik handeln«, meinte Karoline. »Ich hatte mal den Fall einer Frau mit einem Aal in der – nun ja. Und da schied am Ende jede Fremdbeteiligung aus.«

»Das hast du doch aus der Blechtrommel«, konterte Viktor, der den Roman in der Oberstufe gelesen hatte, kurz bevor er abgehauen war. Es war womöglich das letzte Buch, das er in Händen gehalten hatte. Bis er Miriam begegnet war.

»Ich beziehe meine Fälle nicht aus Musikinstrumenten.« Die Kommissarin schien auch nicht zu den Viellesern zu gehören.

»Was?«, fragte Viktor, ein wenig gereizt mittlerweile. »Holger kannte jedenfalls auch das erste Opfer sehr gut. Zitat er selbst: ›Wir waren eine tolle Clique.‹ Zuletzt wohl nicht mehr so ganz, weil seine Ex sich irgendwie mit Marion überworfen hat. Er sagt, er hat keine Ahnung, wieso. Aber ich könnte mir auch vorstellen, dass er Marion angebaggert hat, und dann wäre es ja nur zu verständlich, dass die Stern ihre Konkurrentin auf Abstand halten wollte. Vielleicht ging ihre Beziehung ja sogar deshalb auseinander.«

»Ganz abgesehen von dem kleinen Umstand, dass er Frauen foltert und umbringt. So etwas empfinden manche als angemessenen Trennungsgrund, weißt du?«

Viktor schwieg in den Hörer.

Karoline ließ sich erweichen. »Ah! Hab ich gesagt, warum ich jetzt weiß, woher ich den Namen kenne?«

»Und?«, fragte er, um die triumphierende Pause abzukürzen. »Willst du es doch lieber Euler erzählen?«

Sie schwieg.

»Karoline? Es war nicht so gemeint.«

Sie schwieg noch immer. Endlich sagte sie: »Er war am

vierten Tatort. Hörst du, Viktor? Er war unter den Schaulustigen, als die vierte Tote gefunden wurde.«

Viktor dachte an die Fahrt mit Miriam zurück in die Stadt. Dachte, wie nahe sie diesem Tod und auch Holger in dem Moment gewesen waren. Dachte an Holger auf seiner Terrasse. Und er spürte eine leichte Gänsehaut.

»Ich werde mir diesen Holger Schreitz näher ansehen«, versprach Karoline. »So schnell es geht.«

Alarmiert antwortete Viktor: »Das solltest du nicht alleine tun.«

»Ganz bestimmt sogar.«

»Der Mann ist vielleicht gefährlich«, hörte Viktor sich sagen. »Bis vor einer halben Stunde hätte ich noch geschworen, dass er ein netter Kerl ist. Du merkst ihm nichts an, nichts.« Das macht mir Angst, wollte er hinzufügen.

»Ich werde das nicht mit dir diskutieren, Viktor.« Ihr Ton war hart geworden, so wie er ihn von früher kannte.

»Na klar, wir diskutieren das nicht«, gab er zurück. »Wir diskutieren ja nie irgendwas.«

Karoline gab sich irritiert. »Was hätten wir wohl zu diskutieren?«, fragte sie.

»Was?« Viktor fasste es nicht.

»Viktor, wenn wir in diesem Fall ausnahmsweise einmal professionell zusammenarbeiten wollen, dann …«

»Du meinst, so professionell, wie auf meinem Flokati über mich herzufallen und dann zu verschwinden«, blaffte er. »Und überhaupt bist ja wohl du diejenige, die sich in letzter Zeit komplett, aber auch komplett unprofessionell verhält. Oder? Es hat dich ja keiner gezwungen, diesem Euler was vorzulügen. Und außerdem … Karoline?«

Aus dem Hörer tutete es. Sie hatte aufgelegt.

Onkel Wolfgang öffnete die Tür. »Haben sie zugesagt?«, fragte er.

Viktor verzog das Gesicht. »Ich arbeite dran«, sagte er und knallte den Hörer hin. »Könnte mich mal bitte jemand in Ruhe professionell arbeiten lassen?«

24

Als Friedhelm Werth den Laden verließ, schien Malte deutlich angesäuert. »Weiter Weg, den er da gemacht hat«, stellte er fest. »Bloß für ein Schokohörnchen in der Mittagspause.«

Das Lächeln in Miriams Gesicht wollte einfach nicht weichen. »Er hat noch einen Termin in der Nähe.« Sie trat ans Schaufenster. Verträumt sah sie zu, wie ihr neuer Schwarm draußen in sein Auto stieg. Sie winkte.

Als Werths Peugeot sich in den Verkehr eingefädelt hatte und nichts mehr von ihm zu sehen war, kam sie zurück.

»Malte«, fing sie an. »Es tut mir leid. Ich wollte es schon lange ansprechen. Und, ja, das ist es, was ich sagen wollte. Dass es mir leidtut. Ich hab noch nie einen Mann geohrfeigt. Und es war ja auch im Grunde nichts. Ich hab dir die Fotos ja selbst gezeigt. Aber sie sind meine Sache, verstehst du? Ich hab vermutlich einfach nicht genug nachgedacht. Aber jetzt hab ich nachgedacht.« Sie wedelte mit den Händen. Ihre Erklärungen schienen ihr nicht ganz so klar, wie sie es sich gewünscht hätte. »Jedenfalls tut es mir leid, und ich hoffe sehr, dass zwischen uns alles wieder in Ordnung kommt. Du machst hier einen tollen Job. Die beste Aushilfe, die ich je hatte, ehrlich. Und wir haben uns doch immer gut verstanden. Oder?« Sie streckte ihm die Hand hin. Als er zögerte, sie zu nehmen, beeilte Miriam sich hinzuzusetzen: »Ich rede auch gern mit den beiden Kundinnen, damit da kein falscher Eindruck zurückbleibt, ganz bestimmt. Es war ja meine Schuld.« Sie lächelte einladend.

Malte nahm die Hand nicht. »Wenigstens passt er vom Alter her zu dir.« Er legte sorgfältig das Handtuch weg. »Ich hole die neuen Kanister aus dem Keller.«

Bedauernd sah Miriam ihm nach. Es war vermutlich nicht der richtige Zeitpunkt, ihm zu erzählen, dass die Bilder von ihrem Po mit der Flamingoblume ganz großartig geworden waren.

Karoline blieb vor ihrer Haustür stehen. Jemand hatte ein paar kleine Blumensträuße dort abgelegt, Selbstgepflücktes, Astern von der Tankstelle. Dazu eine Kerze. Auf einem Schild aus Pappe stand: »Gute Besserung, Kerstin«. Mit einem Herzchen auf dem i. Sie hob alles auf, schloss auf und warf den Müll in die Spüle. Die Kinderschrift auf der Pappe verlief. Müde starrte Karoline das Durcheinander an. Dass die Leute überhaupt an Kerstin dachten. Sie hätte geglaubt, die meisten wären einfach froh, dass das Geschrei jetzt erst einmal aufhörte. Vorerst keine Polizei mehr vorbeikam. Und niemand klingelte, der einfach in ihre Wohnungen spazierte, sich aufs Sofa setzte und offenbar beschloss zu bleiben.

Sogar die Bäckersfrau hatte sich nach ihr erkundigt. Dabei hatte Kerstin mit ihren nimmer ruhenden Fingern immer das Vitrinenglas verschmiert.

Aber deshalb war sie nicht hier. Karoline holte tief Luft. Dann streifte sie sich die Bluse ab. Sie brauchte ein eng anliegendes T-Shirt, dunkel. Dazu am besten die Cargohosen. Den Satz Dietriche, eine Taschenlampe, ein paar Plastiktütchen. Die Handschuhe. Wo hatte sie ihre Turnschuhe hingeworfen? Sie wühlte auf dem Schrankboden herum. Karoline beschloss, vorher noch zu duschen. Es würde ohnehin noch dauern, bis es dunkel wurde. Diese verdammten Sommertage.

In der Dusche verlief mit dem Wasser auch ihre innere Anspannung. Sie stand wohl eine halbe Stunde da, eine Ewigkeit oder nur wenige Minuten, und ließ den Strahl über ihren Kopf rauschen. Ihre Hände hatte sie an das Glas gelegt. Bald würde sie damit bei Holger Schreitz ein Fenster öffnen, versperrte Türen, geheime Schränke. Das war nicht legal, aber solche Dinge waren ihr zunehmend gleichgültig. Man hatte sie gedemütigt und ihr ihren Fall weggenommen. Trotzdem würde sie ihn lösen, auf die eine oder andere Weise. Es war ihr Beruf, es war alles, was sie hatte. Es war alles, was sie wollte: Mördern auf die Spur zu kommen. Ordnung zu schaffen. Dafür zu sorgen, dass die Dinge ins Lot kamen. Wenigstens im Leben der anderen. Wenigstens im Nachhinein. Es gab so wenig, was man tun konnte. Aber das zumindest wollte sie leisten. Es war das, was sie ausmachte.

Karoline betrachtete ihre Hände, blass trotz des Sommers. Die Nägel weiß, mit starken Monden, die Finger beinahe zu dünn, so wie Kerstins es auch waren. Kerstin lag jetzt auf der Intensivstation. Und vielleicht würde sie sterben.

Mit einem Mal lachte Karoline. Wenn Kerstin nicht ihre Schwester wäre, dann würde sie jetzt vor den Angehörigen stehen und etwas sagen wie: »Wir werden herausfinden, wer das getan hat.« Und was tat sie? Sie ließ zu, dass die Anzeige gegen ihre eigene Person dort blieb, wo Kevin Euler sie hingeworfen hatte: im Papierkorb. Sie tat alles, um den potentiellen Mord an ihrer Schwester zu vertuschen. Stattdessen jagte sie Holger Schreitz. Doch auch wenn sie ihn tatsächlich des Mordes beschuldigen konnte, war sie selbst so viel besser als er?

Karoline Schneid schlug mit der flachen Hand gegen die Duschtür. Das Glas splitterte. Blut spritzte aus ihrer Hand. Sie gab einen Laut von sich, der vom Rauschen des Duschwassers weitgehend verschluckt wurde. Ihre Nachbarn hörten nichts.

Zwei Stunden später ging sie aus dem Haus, in Shirt und Turnschuhen, mit entschlossenem Schritt, eine schwarze Sporttasche umgehängt und das Gesicht von einer Baseballkappe beschattet. Die linke Hand war sorgfältig und sauber verbunden, ihr Haar, das sie zu einem Pferdeschwanz gebunden hatte, noch feucht.

Wolfgang Anders arbeitete, bis er schwitzte. Es war zum Heulen. Erst hatte er all die Sicherungen eingebaut, um sein Heim und den Betrieb zu schützen, jetzt montierte er sie wieder ab. Aber es wäre ja auch zu dumm, wenn eine seiner eigenen, selbst angebrachten Überwachungskameras belegen würde, wie Max Mertens das Haus betrat. Und es nicht wieder verlassen würde.

Der Stacheldraht musste vorerst bleiben, wo er war, es würde den Nachbarn auffallen, wenn er sich schon wieder auf den Mauern zu schaffen machte. Dass Viktor etwas auffiel, war nicht zu erwarten, der war zu sehr mit seinen eigenen Angelegenheiten beschäftigt. Lächerlich im Grunde, überlegte Wolfgang Anders und biss die Zähne zusammen, während er mit dem Schraubenschlüssel an einer widerspenstigen Schraube herumruckelte. Lächerlich, dass so einer, der nichts von dem bemerkte, was wichtig war, sich selbst je zum Detektiv aufgeschwungen hatte. Zum Glück hatte er ihm das ausgetrieben.

Andererseits – Wolfgang Anders hielt inne, um sich mit seinem Taschentuch über die Stirn zu wischen, und der Gedanke erfüllte ihn mit grimmigem Humor –, andererseits war es doch ganz amüsant, dass gerade unter den Augen eines Möchtegern-Sherlock-Holmes bald der perfekte Mord geschehen würde. Kaum hatte er den Satz zu Ende gedacht, wurde ihm schwindelig.

Steif kletterte Wolfgang Anders die Trittleiter hinunter. Er musste sich hinsetzen. Ausruhen. Nachdenken. Aber er hatte doch schon so viel nachgedacht. Hatte mit Strom experimentiert und der Fußmatte. Mit dem Besuchersessel, alles Mist. Er würde zuschlagen müssen, eigenhändig, und zwar mit der Urne, die für das Begräbnis am nächsten Mittwoch vorgesehen war. Sie war aus Metall und würde nicht zerbrechen. Mittwoch dann konnte er sie in der Erde versenken, und damit wäre die Tatwaffe entsorgt. Und im Südklinikum wartete ein Leichnam zum Kremieren auf ihn. Wolfgang Anders hatte die Papiere bereits fertig. Alles, was er tun musste, war, Max Mertens in einem unbeobachteten Moment im Wagen dazuzupacken. Er hatte Erfahrung, es gab da einen Moment, wenn die Krematoriumsmitarbeiter Fracht und Papiere überprüft hatten. Er musste schnell sein, allein im Wagen. Er konnte ja behaupten, ihm wäre nicht gut. Oder er wollte eine rauchen. Nein, am besten behauptete er gar nichts, schloss einfach die Tür und brachte es hinter sich.

Zu zweit ginge es natürlich einfacher, aber Viktor konnte er schlecht bitten. Nicht dass er Viktor nicht die Lust an einem kleinen Verbrechen zugetraut hätte, der Junge trug schließlich lange Haare. All das hier passte eigentlich viel besser zu seinem Neffen als zu ihm selbst, und dass *er* diese Aufgabe auf sich nehmen musste, war eigentlich ein übler Scherz des Schicksals. Aber er konnte Viktor schlecht die Wahrheit sagen und ihm schon gar nicht zeigen, was Max Mertens mitzubringen gedachte. Viktor kannte Mertens vermutlich. Falls er begriff, dass der Tote Hannahs Freund gewesen war, gäbe es eine Katastrophe. Der Junge hatte seinem Onkel nie ganz geglaubt, dass der Tod seiner Schwester Hannah nur ein bedauerlicher Selbstmord gewesen war, die Folge einer Jugendsünde, die das Mädchen sich zu sehr zu Herzen genommen hatte. Aller möglichen Dinge hatte sein Neffe ihn und Otto verdächtigt. Wenn er Hannahs Freund tot sah, was würde Viktor dann denken? Was würde er tun? Der Junge war nicht zu kontrollieren.

25

»Sie wissen, dass ich Sie wegen Behinderung einer polizeilichen Untersuchung verhaften lassen könnte?« Kevin Euler richtete sich auf und lächelte. Er stand hinter Viktor und hatte über dessen Schulter gesprochen.

Viktor drehte sich um. Er reichte Euler gerade bis ans Kinn. Die widerspenstigeren seiner springenden, rostbraunen Locken kitzelten den Profiler beinahe an der Nase. »Ich bin Bestatter«, sagte er. »Was soll ich tun?« Damit wandte er sich wieder an die Floristin, die geduldig hinter ihrer Theke auf seine weiteren Anweisungen wartete. »Außerdem vier kleine Ansteckbouquets im selben Stil, Weiß-Grün«, sagte er, »für die Sargträger.«

Die junge Frau nickte. »Und mit wie vielen Gästen rechnen Sie? Wegen der Zahl der weißen Nelken, die am Grab angeboten werden.«

Euler neigte sich wieder vor. »Wirft man da nicht einfach ein Schäufelchen Erde?«, erkundigte er sich. »Sie wissen schon: Asche zu Asche, Staub zu Staub?« Er zwinkerte der jungen Frau zu.

»Blumen werden auch gern genommen.« Viktor sah Euler an. »Es erinnert die Menschen nicht so sehr an den Tod.«

»Tja, wann, wenn nicht dann, was?« Euler steckte die Hände jovial in die Jacketttaschen. Die Floristin lächelte und ließ Viktor den Auftrag unterschreiben.

Auch beim Hinausgehen wich Euler nicht von Viktors

Seite. »Ich dachte, Sie arbeiten mit der Gärtnerei Pludrau?« Er grinste.

»Ich ziehe es vor, meine Aufträge zu streuen«, sagte Viktor. »Ich bin gern im gesamten Stadtgebiet als potentieller Mörder bekannt.«

»Tja«, wiederholte Euler. »Schon seltsam zu denken, dass sie da drin die Nächste sein könnte.« Er blinzelte in den Nachmittag. Die Straßen der Südstadt waren sonnig und belebt. Irgendwie schaffte er es mit seiner Haltung anzudeuten, es wären seine: seine Straßen, seine Menschen, seine Regeln. Ein wenig beneidete Viktor ihn. Er selbst hatte so viele Jahre nichts als einen Rucksack sein Eigen genannt. Und die Regeln der Welt waren immer die der anderen gewesen. Es gab nur einen Weg, um durchzukommen. Er imitierte Eulers Haltung, schob die Hände in die Taschen seiner Jeans, nahm die Schultern zurück und betrachtete eingehend die Füße des Kriminalers, um nachahmen zu können, wie dieser auf den Ballen rollte.

Euler bemerkte es und lachte laut.

»Und Sie?«, fragte Viktor. »Retten Sie zufällig gerade diese Floristin hier, oder beobachten Sie mich? Nicht dass ich nicht geschmeichelt wäre«, fügte er hinzu.

»Kommen Sie«, Euler straffte sich. »Wir trinken einen Kaffee.«

Das Straßencafé hatte seine Tische auf dem schmalen Gehsteig entlang einer sonnendurchwärmten Sandsteinmauer aufgereiht. Geschäftsleute und Mütter mit Kinderwagen strömten vorbei. Musik von drinnen mischte sich mit dem Verkehrslärm. Die metallenen Stühle waren klein, ebenso die Espressotassen. Euler wirkte überdimensioniert, meisterte aber auch das mit Eleganz. Viktor bestellte einen Tee.

»Mal im Ernst«, sagte er, während er den Teebeutel mit Schwung eintunkte und zusah, wie er durch die trübe Flüssigkeit wieder nach oben trieb. »Liegt Ihnen eigentlich wirklich was an diesen Frauen, oder interessiert Sie nur die Jagd? Das Puzzle. Die Muster.« Er sah Euler direkt in die Augen, der blickte zurück. Doch sein Ausdruck blieb unergründlich. Nicht anders, als der von Karoline es gewesen war, damals, als er nichts anderes von ihr kannte als die Kommissarin. Niemals hätte sie ihn hinter die Maske sehen lassen, genauso wenig, wie Euler es nun tat. Viktor konnte nicht einmal sagen, ob es überhaupt eine Maske war. War der Mann ein Zyniker, oder glaubte er sich selbst? Oder existierte nur das, was man sah? War Euler gut? Stand ein Masterplan hinter dem, was er tat? Oder improvisierte er von Tag zu Tag so wie Viktor? Und sah man ihm selber eigentlich an, wie er sich fühlte? Dutzende junger Frauen wären jedenfalls bereit gewesen, das Gegenteil zu beschwören – ehe sie mit ihm geschlafen hatten.

Viktor seufzte leise. »Okay, okay«, murmelte er und senkte den Blick, um einen kleinen Schluck zu nehmen. Der Tee war heiß.

»Die Sprache der Blumen, Herr Anders.« Euler spitzte die Lippen, um seinerseits an seinem Espresso zu schlürfen. »Wie viel Ahnung haben Sie davon?« Jetzt ging es also los.

»So viel wie meine Kunden.« Viktor setzte die Tasse ab. »Manche haben ganz klare Vorstellungen: ›Tante Klara mochte Veilchen so gerne.‹«

»Im August, schätze ich.« Euler nickte und grinste.

Viktor schnaubte zustimmend. »Andere wollen nur alles richtig machen. Die wählen dann weiße Lilien.« Er überlegte. »Es geht im Grunde meistens um Farben. Einmal meinte jemand, Schwarz wäre die Farbe der Trauer, und es wäre ein Unding, dass es keine schwarzen Blumen gäbe. Wir haben dann ein paar wirklich sehr dunkle, beinahe schwarze Rosen aufgetrieben. Und Frau Pludrau hat es geschafft, weiße Blüten schwarz einzufärben. Man stellt sie dazu in schwarz gefärbtes Wasser. Die Blumen trinken das dann, verstehen Sie? Am Ende fand die Kundin das alles aber ein bisschen trist.« Er zuckte mit den Schultern. Dann musste er lachen. »Und eben hab ich einen Kunden bekommen, der möchte den Blumenschmuck exakt in den Farben der Lackierung, die das Motorrad der Toten hatte.« Er hielt inne, mit offenem Mund. Verdammt! Schreitz war Karolines Spur. Ihrer beider Spur. Keine fünf Minuten, und er hatte Euler das entscheidende Stichwort geliefert. Er hätte sich ohrfeigen können. »Irre, oder?«, schaffte er es noch schnell hinterherzuschieben.

Euler wickelte einen Zuckerwürfel aus dem Papier, während Viktors Gedanken rasten. Wusste Euler, dass Marion W. Motorradfahrerin gewesen war? Zog er in diesem Moment die Verbindung? Viktor zückte sein Auftragsbuch.

»Und für die tote Floristin aus dem Gartenmarkt werden es jetzt wohl Papierkränze, aber das wissen Sie ja vermutlich schon.«

Sofort nahm Euler ihm das Büchlein aus der Hand. Dort stand »Erdbestattung«, »Familiengrab« und »Gerichtsmedizin« mit einem Fragezeichen. Dahinter »Pludrau« mit einem Pfeil zu »Kranz aus Zeitungstexten«. Es hatte seine Vorteile, tatsächlich einen Beruf zu haben.

Euler blätterte in den Seiten hin und her, ohne etwas Verdächtiges zu entdecken. Viktor hatte die Arme verschränkt und sah ihm zu. Dann blieb der Blick des Profilers an einer Notiz hängen.

Verdammt, dachte Viktor. Er hat Marion.

»Frau Schneid«, las Euler in ironischem Ton. »Was will sie denn, die gute Frau Schneid. Ihre Schwester lebt doch noch?«

Viktor räusperte sich. »Wir haben schon mal über das Schlimmste gesprochen.« Er dachte an diese Nacht. Ihre Umarmungen, das Stöhnen, die Ungehemmtheit, mit der sie über ihn hergefallen war. Als sei sie nicht sicher, ob es ein Liebesakt werden sollte oder ein Kampf. »Also, falls …« Er wurde rot und wechselte ins Allgemeine. »Die Leute denken an so etwas, wenn sie mit Bestattern sprechen. Mit uns redet man über den Tod. So wie Frau Schneid.«

»So, so.« Euler neigte sich vor. »Mal ehrlich, für Sie doch eher Karoline, oder?«

Viktor nahm sein Heft wieder an sich. »Na ja, die hat mich mal richtig zur Sau gemacht, als ich mich in einen ihrer Fälle eingemischt und ihr meine Vorschläge präsentiert habe. Hat mir fast den Ordner um die Ohren gehauen.« Er nahm noch einen Schluck Tee. Mittlerweile fast kalt, gut so. Das gab ihm das nötige resignative Aussehen. »Ich hätte das Ding nicht mitgehen lassen sollen.«

»Wollen Sie damit sagen, Sie haben Frau Schneids Unterlagen *entwendet*?«

»Sie hat es echt drauf, einen Mann so richtig runterzuputzen, stimmt's?« Er suchte wieder den Blickkontakt zu Euler, der ihm arrogant entgegensah.

»Frau Schneid hat sich da aber ganz klar anders lautend

geäußert. Sie sagte, *sie* hätte Ihnen den Ordner überlassen.«

»Vermutlich ist das auch so eine Art Berufskrankheit bei euch.« Viktor übte den Dackelblick. »Fehler nicht zuzugeben.« Er griff noch einmal zur Teetasse. Wenn das hier noch länger dauerte, musste er den Beutel aussaugen. »Na ja, sie macht sich Sorgen um ihre Schwester und alles. Das ist ja ein bisschen so, als hätte sie ihre Tage, oder?«

Euler starrte ihn an.

»Hab ich Ihnen schon mal erzählt, dass ich mal als Pfleger in einer Klinik in Toronto gearbeitet habe? In der gynäkologischen Abteilung.«

Euler vernichtete ihn mit Blicken.

»Hey, da bin ich lieber Bestatter.«

»Wollen Sie mich verarschen?«, fragte Euler.

»Liebend gerne.« Viktor lächelte. »Aber Sie müssten schon ein bisschen mitmachen.«

Euler warf Geld auf den Tisch und stand auf. »Meine Einladung«, sagte er. »Und im Gegenzug nehme ich Ihre an, Sie wegen Diebstahls von Polizeiunterlagen zu belangen.«

Zu seiner Ehre musste gesagt werden, dass er nicht stehen blieb, um zu sehen, wie das Lächeln aus Viktors Gesicht verschwand.

26

Karoline sah sich nach rechts und links um, ehe sie auf den Eingang des Hauses zusteuerte, in dem Holger Schreitz wohnte. Seine Werkstatt lag mitten in der Stadt, sein Heim allerdings hatte er auf dem Land gewählt, in einem kleinen Weiler im Nürnberger Westen. Und als sie die angeschlossene Scheune voller Blechteile sah, wusste sie auch warum. Bestimmt nicht wegen des Fachwerkhauses oder der Landluft. Es roch nach Rost und Öl, dazu sah es aus wie auf dem Schrottplatz. Wenn es unmittelbare Nachbarn gab, waren die vermutlich gerade auf dem Feld, dachte Karoline und setzte nach einem weiteren Seitenblick den Dietrich an. Die einzige Möglichkeit, ihr Auto unbemerkt zu parken, war in einem nahen Waldstück auf einem Wanderparkplatz gewesen. An ihren Turnschuhen klebte Heu.

Nach ihren Informationen hatten Schreitz und Christine Stern hier bis vor einem halben Jahr zusammengewohnt. Momentan arbeitete der Mechaniker in seiner Werkstatt, und in Kürze hatte er einen Termin mit Viktor, um die Details der Beerdigung zu organisieren. Sie hatten vereinbart, dass Viktor das Gespräch in die Länge ziehen würde, bis sie per Handy Entwarnung gäbe. Die Wohnung sollte also leer sein.

Es genügten wenige Momente im Hausflur, in denen sie die Handschuhe überstreifte, die Karoline davon überzeugten, dass sie in der Tat alleine war. Es war dunkel und trotz des Sommertages sehr kühl. Die dicken Wände des alten Hauses leisteten ganze Arbeit. Gleich neben dem Eingang hing das Foto einer Harley im halterlosen Rahmen. Es war neben einer Schwarz-Weiß-Fotografie platziert worden, die wohl die Vorbesitzer des Hauses zeigte, ein Bauernpaar, deren Gesichter Karoline missmutig anstarrten. So hatte Holger Schreitz es wohl im ganzen Haus gehalten: die Einrichtung mehr oder weniger übernommen und seinen Kram einfach dazugepackt. In der Küche stand noch ein mit Holz befeuerbarer Ofen, auf dem hölzernen Esstisch die Mikrowelle, mit einem Verlängerungskabel quer durch die Küche, das zu der einzigen Steckdose führte, die Karoline entdecken konnte. Auf den Regalbrettern an den Wänden alte Teller, die jeden Flohmarkthändler glücklich gemacht hätten. Und die Holger offenbar selten spülte, jedenfalls lagen auf einer Platte mit der handbemalten Aufschrift »Saufen wollen sie alle, aber sterben will keiner«, ein Zitat von Pfarrer Kneipp, die Reste eines Döners. Daneben, dazwischen, überall Stapel von Motorradzeitschriften.

Neben der Sitzecke mit Herrgottswinkel brummte ein verhältnismäßig neuer Kühlschrank, der zu einem Drittel die Tür verdeckte, die von hier in den Hof geführt hätte. Karoline öffnete ihn der Ordnung halber und schloss ihn wieder. Außer Dosenbier hatte Schreitz nur fluchtsicher verpackte Nahrung in Plastikfolie. Der gelbe Sack war folgerichtig das zweitgrößte Möbelstück im Raum.

Im Wohnzimmer sah es gemütlicher aus, als das seinerzeit in guten Stuben üblich war, die nur an Sonntagen für Besuch und an hohen Feiertagen genutzt wurden. Das Sofa stammte noch aus dieser Zeit. Es hatte über Generationen hinweg keine Gelegenheit gehabt, durchgesessen zu werden. Und die Spitzentücher auf seinen Lehnen waren unberührt. Zusätzlich gab es einen modernen Sessel mit Liegefunktion und eine Reihe Bücherschränke, die, soweit sie nicht mit Motorradzeitschriften zugestopft waren, Bildbände und Bücher enthielten – natürlich über Motorräder. Karoline ging die Bände systematisch durch, fand aber nichts, was sich dahinter versteckte, keine Unterlagen zwischen den Seiten.

Das Telefon klingelte. Karoline ging ins Nachbarzimmer und entdeckte den Apparat auf einem großen Schreibtisch aus Stahl und Chrom. Es schien die ehemalige Gesindestube gewesen zu sein, mit einem großen Kachelofen, um den herum sich eine Sitzbank zog, und einer schlichten Holzvertäfelung an der Wand, voller alter Haken und Bretter. Durch eine zweite Tür ging es in den Stall. In diesem Raum war Leben, die Lichter von PC, Bildschirm und Drucker blinkten, etwas surrte. Das Telefon bimmelte und bimmelte, bis sich endlich der Anrufbeantworter einschaltete. Eine Frauenstimme erklang. »Hallo, hier ist der Anschluss von Holger Schreitz und Christine Stern. Ihr hört uns leider nur als elektrische Spur.« Sie lachte. Dann wurde die Stimme wieder ernst. »Nachrichten bitte auf das Band. Piepen Sie nach dem Sprechton.« Es klickte. Offenbar hatte niemand etwas zu piepen. Karoline notierte sich die angezeigte Nummer vom Display. Sie blieb an dem Schreibtisch und lernte in den nächsten Minuten, dass Holger Schreitz privat vielleicht ein Chaot, geschäftlich aber ein sortierter, ordentlicher Arbeiter war, der alles korrekt ablegte, einheftete und beschriftete. Auch sein Computer besaß ein sauberes Dateiverzeichnis, alles war schnell und leicht nachvollziehbar. Und nirgendwo fand sich ein Ordner mit der Aufschrift »Blumen«, »Tod« oder »sadistische sexuelle Vorlieben«.

Wenige Klicks später wusste sie, dass er zwar Pornoseiten im Internet besuchte, seine Vorlieben aber in keiner Weise in eine botanische Richtung deuteten. Sie waren auch nicht sonderlich gewalttätig oder in irgendeiner Form ausgefeilt. Holger Schreitz' Geschmack schien schlicht. Ihm genügte es, wenn Olga mit Doppel-D es von hinten auf einer Maschine besorgt bekam. Sie zählte sechs Videoclips, die er offenbar regelmäßig konsumierte, einen für jeden Wochentag. Was Holger wohl am Sonntag tat? Aber Viktor schien mit seiner Einschätzung recht gehabt zu haben: Wenn dieser Mann Spuren auf einer Frau hinterließ, dann vermutlich Schmieröl, nicht Blumen. Und doch. Und doch.

Sie suchte weiter. Durchstöberte die Schlafzimmer im oberen Stock. Das von Holger, ein Gästezimmer und eines, das vermutlich Christine gehört hatte, denn es war leer bis auf ein paar aussortierte Bücher über Pädagogik und einen alten Roman. Nirgendwo wurde Karoline fündig. Sie starrte aus dem Fenster. An der Rückseite des Stalles wanden sich Rosen hinauf, die prächtig blühten. Die Köpfe sanken fast unter dem eigenen vollen Gewicht herab. Daneben wucherte ein kaum gepflegter Bauerngarten, in dem sie Astern ausmachen konnte, Rittersporn und Gladiolen und einen großen Busch Tränender Herzen. Auch andere Pflanzen waren da, deren Namen sie nicht kannte, die sie aber seit ihrer Kindheit mit Dorf und Ländlichkeit verband. Die fast unwirklich orangefarbenen Lampions zum Beispiel. Zweige mit ebenfalls leuchtenden orange-, rosa- und purpurfarbenen Früchten, denen sie nie hatte widerstehen können und aus denen am Ende, wenn sie daheim in der Vase standen, immer eklige weiße Würmer gekrochen waren, um sich auf den Küchentisch abzuseilen.

Oder die silbrigen, durchscheinenden Blätter, von denen man erst den braunen Schutz entfernen musste, indem man mit Daumen und Zeigefinger zupackte, damit er sich löste, zwei spröde Scheiben, selbst undurchsichtig und matt, zwischen denen das perlmutterne Wunder verborgen lag. Als Kind hatte sie das Gefühl geliebt, wenn man mit den Fingern sanft begann, Druck auszuüben, und die Schalen sich lösten. Das war fast so schön gewesen, wie Springkraut zum Springen zu bringen. Oder auf die knallenden weißen Beeren eines bestimmten Busches zu steigen. Heute funktionierte das alles nicht mehr. Das Kraut sprang nie so weit, wie sie es in Erinnerung hatte, oder so heftig. Die Beeren knallten nicht, sondern matschten nur. Und das andere – nun, sie konnte hinuntergehen und es ausprobieren.

Da klappte die Haustür. Karoline hielt den Atem an.

»Holger?«, rief es von unten. Eine Männerstimme. Feste Schritte gingen durch den Flur. Unwillkürlich griff Karoline Schneid nach ihrer Pistole. Doch die war natürlich nicht mehr an ihrem Platz. Lautlos fluchend schlich sie in den oberen Korridor und postierte sich am Ende der Treppe. Von unten war nichts zu sehen als ein kleines Stück vom Fußboden. Sie neigte sich vor. Die hölzernen Dielen knarzten. Sie hätte sich ohrfeigen können. Die Schritte unten verharrten. »Holger?«, kam es erneut.

Karoline hielt die Luft an. Die Schritte kamen zurück in den Flur. Sie quietschten auf dem Stein. Karoline sah einen Schuh, klobig, schwarz, mit ausgefransten Schnürsenkeln.

Bereit zum Zuschlagen ballte sie die Faust. Sie verharrten beide, sie oben, er unten. Beide lauschten sie aufeinander. Wusste der dort unten das auch?

Gerade als ihr das physische Band dieses Aufeinanderlauerns fast unerträglich wurde und sie schon bereit war, irgendetwas zu tun, nur um es zu beenden, erklang ein scharrendes Geräusch, ein Schaben wie über Stoff. Dann ein Murmeln, erneute Schritte, das Schlagen der Eingangstür und schließlich das überwältigende Gefühl, wieder alleine zu sein. Karoline Schneid lockerte sich. Sie wartete, bis sie sicher war, dass der Besucher nicht zurückkam. Dann ging sie hinunter. Sie musste nicht lange suchen. Der kräftige Geruch, der das Haus mit einem Mal durchzog, führte sie in die Küche, wo ein alter Kochtopf mit Blumenmuster auf dem Herd stand, der vorher nicht da gewesen war. Leberwürste, mutmaßte sie und bekam recht, als sie den Deckel hob: zwei schlachtfrische Leberwürste, eine Blutwurst, ein Stück Kesselfleisch. Und das Kraut war auch schon dabei. Unter dem Topf steckte eine handgeschriebene Rechnung mit Gruß. Offenbar war Holger Schreitz gut bekannt mit dem örtlichen Metzger.

Ihr Kopf fuhr zum Fenster. Hatte es dort eine Bewegung gegeben? Der Ast eines Kirschbaumes wippte, als erneut Amseln aufflogen. Karoline beruhigte sich. Aber das Gefühl, nicht mehr viel Zeit zu haben, wollte sie nicht mehr verlassen. Was, wenn der Metzger zurückkam? Sie konnte die Haustür verriegeln. Aber das würde ihn erst recht misstrauisch machen. Sie musste sich beeilen. Auf sie wartete noch die Scheune und eine Reihe von Nebengebäuden, die vermutlich einmal Schweineställe und Ähnliches beherbergt hatten. Auch wenn er ihn nicht zu benötigen schien: Holger Schreitz verfügte über beneidenswert viel Platz.

Der Dachboden erwies sich als eigenes, aber erstaunlicherweise leeres Reich, das sich Siebenschläfer und Holzwürmer teilten. Ein Blick von hier hinunter in den ehemaligen Schweinekoben zeigte Karoline außerdem, dass dort nichts als alte Steine und geborstene Holzbohlen auf sie warteten. Oder auf einen begnadeten Restaurator. Ein wenig ratlos und mit wenig Lust auf das blecherne Durcheinander in Schreitz' Ersatzteilscheune kam sie die Treppe wieder hinunter. Und verharrte vor der Tür, die sie bislang übersehen hatte. Sie führte in den Keller. Ein Knarren, ein alter schwarzer Drehschalter, der nicht funktionierte. Der vertraute Geruch nach feuchtem Stein, altem Staub und den Kellern der Kindheit. Und dann war da noch eine andere, süßliche, widerliche Note, die die Erwachsene in ihr ansprach. Sie kannte dieses Aroma. Es verkündete den Tod.

27

»Dingdong.« Das kultivierte Klingeln der Anders'schen Türglocke ließ Viktor zusammenzucken. Er durchquerte den Flur und hielt inne für einen langen Blick in den Spiegel. Seine Augen, fand er, blickten ängstlich. Viktor räusperte sich und öffnete die Tür mit einem Lächeln. »Herein! Nur immer herein!«

Man beriet nicht jeden Tag einen Mörder bei der angemessenen Bestattung seiner Opfer. »Gehen wir doch direkt zum Tatort.« Er hätte sich ohrfeigen können. Und was, wenn Schreitz ihn bereits durchschaut hatte und nur auf eine Gelegenheit wartete, ihn loszuwerden? Unwahrscheinlich, beruhigte Viktor sich. Trotzdem war er froh darüber zu wissen, dass sein Onkel im Hintergrund herumwerkelte.

Sobald er Holger Schreitz vor sich hatte, verschwand ein Teil seiner Nervosität. Das hier, dieser Schrank mit den Bewegungen eines tapsigen Bären, das war der Holger, den er kannte, der nett zu Tobias gewesen war. Er hatte sich daran gewöhnt, ihn zu mögen, und aus dieser Gewohnheit fand er nicht so leicht wieder heraus. »Hier entlang«, sagte er und leitete den Mechaniker mit einer Handbewegung durch die Eingangshalle weiter in das Büro.

»Das ist also dein Reich.« Holger Schreitz machte keine Anstalten, sich hinzusetzen. Mit schräg geneigtem Kopf betrachtete er die überquellenden Borde mit Urnen und kleinen Grabfiguren, die Plakate an den Wänden, die für Seebestattungen warben oder dafür, sich mit einer Rakete ins All schießen zu lassen, um dann dort mit dem restlichen Weltraumschrott zu kreisen.

»Mann, ich kann mich auch zu einem Diamanten pressen lassen?«, fragte Holger und wies mit dem Finger auf das entsprechende Angebot.

»Den könnte deine Witwe dann am Finger tragen.« Viktor nickte. »Oder die Kinder. Manche Leute mögen den Gedanken, dass man ganz nah bei seinen Liebsten bleibt.«

»So wie bei diesen Eingeborenen, die die Schädel ihrer Vorfahren unter dem Dachbalken liegen haben«, stellte Holger fest. »An bestimmten Feiertagen holen sie sie runter und beraten sich mit ihnen.« Er klang nachdenklich. »Das hätte schon was. Wenn es Ärger im Geschäft gibt, ziehe ich die Schreibtischschublade auf, hole den Schädel meines Vaters raus und überlege, wie er das Problem gelöst hätte.«

»Interessanter Gedanke«, sagte Viktor und schluckte.

»Entschuldige, du musst denken, ich spinne. Aber wir sind mal mit dem Motorrad zwei Monate durch Papua-Neuguinea getourt, die Jungs und ich. Das war schon beeindruckend. Diese dunkle Welt dort, voller Rituale. Aber es hatte was.«

»Kann ich mir vorstellen«, meinte Viktor und schob ihm einen Stuhl hin. »War Marion da auch schon dabei?«

»Auf Papua? Nein. Ich kenn sie aber seit der Schulzeit. Was nicht heißt, dass wir total eng befreundet gewesen wären. Du kennst das: Man verändert sich stark mit der Zeit, wird ein anderer Mensch, und auf einmal hat man den Kindheitsfreunden nicht mehr so viel zu sagen. Trotzdem sind sie da und gehören dazu, irgendwie.«

»War bei mir ähnlich«, log Viktor, der keinen seiner Freunde aus der Kindheit je wiedergesehen hatte. Mit siebzehn war er fortgelaufen, zehn Jahre später heimgekehrt, ohne die Lust zu verspüren, einen von ihnen zu kontaktieren. Wer auch immer er geworden war und was auch immer sie geworden waren, er hatte nie die Gelegenheit gehabt, sich mit den anderen zu messen.

»Gehörte Marion also auch zu diesen Kindheitsfreunden?«

Holger Schreitz hob den Kopf. »Ist doch jetzt nicht mehr wichtig, oder?« Er merkte selbst, dass seine Stimme ein wenig laut geworden war, langte in seine Tasche und holte einen zerknitterten Zettel heraus. »Die Jungs und ich, wir haben nachgedacht und aufgeschrieben, was uns wichtig ist für Marion.«

Aufatmend streckte Viktor die Hand danach aus. »Lass mal sehen«, sagte er.

Holger behielt das Papier in der Hand. Einen Moment verharrten sie so, die Arme ausgestreckt, ohne echte Berührung, und starrten einander an.

Karolines Hände wurden feucht. Etwas wartete dort unten auf sie. Etwas, das sie gleichermaßen abstieß wie anzog. Erleichtert, ihre Taschenlampe eingepackt zu haben, stellte Karoline den Lichtstrahl an.

Das Erste, was er erfasste, war eine Mausefalle. Die Maus darin war bereits vor langer Zeit auf die Sache mit dem Käse hereingefallen. Sie war trocken und dünn wie ein Stück Schinken. Aber sie stank noch immer. Karoline fasste mit zwei Fingern den Holzboden der Falle an und warf sie samt Maus hinter sich in den Flur. Der Gestank blieb. Vermutlich war er bereits in die Wände gekrochen. Oder dort unten wartete noch mehr auf sie. Mehr tote Mäuse. Mehr unliebsame Überraschungen. Aber deshalb war sie ja hier. Karoline tat den nächsten Schritt.

Das Kellergewölbe hatte seinen Namen verdient. Es war rund, ein Tonnengewölbe, uralt, vermutlich eine Freude für Weinliebhaber. Zu denen Holger Schreitz nicht zu gehören schien. Sie dachte an die Dosen oben im Kühlschrank. Seinen Keller nutzte er offenbar nur zum Lagern von alten Möbeln. Und für einen Stapel von Pappkartons, der fast an der niedrigen Decke anstieß.

Karoline steckte ihre Hand in den Tragegriff des erstbesten Kartons. Was sie herauszog – der Griff war ohnehin ausgerissen –, war eine Landkarte, gefaltet und in der Plastikhülle steckend, aber sichtlich gebraucht. Ihre Finger sagten ihr, dass dort drinnen weitere Karten auf sie warteten. Sie hielt den Strahl so, dass sie die Aufschrift lesen konnte. »Papua-Neuguinea«, murmelte sie. Auf einer weiteren Straßenkarte, die sie herauszog, stand »Marokko«. Auf einer anderen »Ecuador«. Sie pfiff. Der Mann war herumgekommen.

Karoline Schneid beschloss, dass die Kartons es wert waren, genauer untersucht zu werden. Offenbar enthielten sie einen bislang unbekannten Teil von Holger Schreitz' Leben. Einen Teil, den er im Keller verbarg. Sie streckte sich und stieß die oberste Kiste an, bis sie sich verschob und ins Kippen kam. Ein wenig mühsam, die Taschenlampe unter dem Kinn, versuchte sie den Karton aufzufangen. Er rutschte gegen ihre Schulter. Sie spürte, wie die Taschenlampe ihr unter dem Kinn wegrutschte, und konnte es nicht ändern. Das Gewicht der Kiste riss an ihr, sie packte zu, der Schmerz fuhr durch ihre verletzte Hand. Die Lampe schlug auf dem Boden auf und kullerte irgendwohin. Mit einem Fluch stand Karoline Schneid im Dunkeln, als der Karton zerbrach und der Inhalt ihr ins Gesicht purzelte. Unwillkürlich hob sie schützend die Hände. Was sie erfasste, war aus Metall. Und Leder. Es zog an ihren Händen und schlenkerte gegen ihre Hüften. Es kitzelte sie mit Haaren. Es roch nach Tier und Tod.

Endlich entdeckte Karoline den kleinen Lichtpunkt, den ihre Taschenlampe auf die Kellerwand malte, vor die sie gerollt war. Sie hob das Ding auf und leuchtete die Bescherung ab. Als der Schreck überwunden war, den die starr aufgerissenen Augen einer Holzmaske auslösten, sah Karoline endlich, was sie in Händen hielt. Es war eine Art Gürtel oder ein Etui, aus Leder gefertigt, das Fell des Tieres hing noch in Büscheln daran. Es sah aus wie ein Fetisch. Und es stank. Das Etui enthielt eine Reihe von Messern, schartige, blinde Klingen mit Griffen aus Horn oder Knochen, handgefertigt und angeordnet von der größten bis zur kleinsten. In der Mitte des Etuis war eine Schlaufe frei.

28

»Ganz wichtig ist, dass wir mit unseren Maschinen Spalier fahren können. Bis ans Grab, wenn möglich. Und wir wollen die Reden selber halten. Jeder, der was sagen will über die Marion, soll das mit seinen eigenen Worten sagen dürfen. Wie sie war. Und was das Motorradfahren ihr bedeutet hat.«

»Wird Christine Stern auch sprechen?«, erkundigte Viktor sich vorsichtig.

Holger schnaubte und warf sich in seinem Stuhl zurück, dass er knarzte. »Klar. Mit Worten war sie immer gut. Besser als ich. Hat ja auch studiert.« Er kaute auf seiner Wange herum und schien nachzudenken.

»Waren Christine und Marion befreundet?«, wagte Viktor sich weiter vor.

»Befreundet?« Holger lachte böse. »Als die Christine bei mir gewohnt hat, hat auf einmal die Marion auch wieder bei mir rumgehangen. Die war mehr bei uns als bei sich daheim, sag ich dir. Kennst du das? Da denkst du, du hast eine Frau, und dann ist es auf einmal ein Harem? Und die hocken da und kichern und reden und reden, die ganze Zeit.«

»Aber Bier holen sie einem keines.« Viktor dachte an Miriam und Isolde und die Thematik des Hymenalkranzes. Ja, Frauen beredeten eine Menge miteinander, selbst die intimsten Dinge. Was, wenn Holger befürchtet hatte, Christine könnte ihrer Freundin Marion zu viel über ihre Erfahrungen mit Holger verraten?

»Außen vor.« Holger nickte düster. Dann richtete er sich plötzlich auf. »Aber was soll's. Ist so mit den Frauen. Mit der Christine und mir ging's dann ja eh ganz schnell wieder auseinander. Wir haben vernünftig drüber geredet. Sie ist ausgezogen. Und seitdem hab ich meine Ruhe.«

Viktor betrachtete Holger, den Freund der vernünftigen Rede, in seiner mit Stickern übersäten Jeansjacke mit abgeschnittenen Ärmeln. »Wie wäre es«, sagte er, »wenn wir für die Aufbahrung nicht die Friedhofskapelle nehmen? Die Leute vom Friedhofsamt mögen es nicht, wenn man beim Abschied am offenen Sarg Bier trinkt. Aber ich hab da schon eine Idee.«

»Apropos Bier«, erwiderte Holger. »Hast du eins da? Das Thema schlägt mir auf den Magen.«

Karoline Schneid hatte ein wenig Mühe, das Poster auseinanderzuwickeln. Es war zerdrückt und an einigen Stellen eingerissen. Sie hätte es nicht getan, wenn auf die Rückseite nicht jemand gekritzelt hätte: »Für C., die geilste Frau von allen«. Wenn das nicht vielversprechend war. Als sie endlich Erfolg hatte, musste sie die Arme weit spreizen. Die Lampe hatte sie auf einem Brett an der Wand abgelegt, damit sie die Szene gut ausleuchten konnte. Das Poster zeigte eine Frau, die in einem Fluss trieb. Sie war offensichtlich tot. Ihr langes Haar umfloss sie malerisch. Blumen hingen darin. Ein Strauß lag auf ihrer toten weißen Brust. Tatsächlich füllten die Tote und die Blumen beinahe das ganze Bild aus. Was aber so überaus erschreckend an der Szene war, die eigentlich friedlich und schön sein wollte, war das Gesicht der Toten. Statt der zu erwartenden geschlossenen Lider starrten Karoline offene Augen an. Es waren die Augen von Christine Stern. Das ganze Gesicht war das der Stern. Jemand hatte das gemalte Antlitz ausgeschnitten und das der Pädagogin hineingeklebt. Die geilste Frau von allen. Eine tote Frau. Tot und mit Blumen geschmückt. Karoline presste die Zähne zusammen, als sie die Bildunterschrift las. Der Maler der Szene hieß John Everett Millais, das Bild selbst hatte er »Ophelia« genannt. »Got you«, flüsterte Karoline. Sie griff zu ihrem Handy.

Viktor hob ab, als er die Rufunterdrückungsanzeige im Display sah. Das konnte nur Karoline sein. »Ja?«, fragte er sehr neutral und geschäftsmäßig und fügte sofort hinzu: »Das tut mir leid, ich habe gerade einen Kunden.«

»Schick ihn weg, hörst du?« Karolines Stimme klang verzerrt aus dem Hörer. »Bleib auf keinen Fall mit ihm allein.«

»Ich melde mich dann«, sagte Viktor und legte auf, ehe Holger Schreitz bemerken konnte, dass seine Hand zitterte.

»Soll ich dir mal was sagen, Viktor, über die Frauen?« Holgers Augen ließen Viktor nicht los. »Was denn, Holger?« Es kostete ihn einen Moment, doch er schaffte ein Lächeln, während er seinem Kunden die vierte Bierdose öffnete.

Schon während Karoline auf dem Weg nach oben war, aus dem Keller hinaus, wählte sie die Notrufnummer und erklärte, dass sie die Nachbarin eines Holger Schreitz sei, dessen Haustür offen stünde. Sie hätte Schreie gehört und einen Schuss, ja, ganz bestimmt. Es möge bitte dringend jemand nach dem Rechten sehen. Als der Beamte nach ihrem Namen fragte, legte sie auf und öffnete die Haustür weit. Sie wusste, dass nichts von dem, was sie gefunden hatte, irgendeinen Wert als Beweismittel besaß. Kein Staatsanwalt und kein Richter würden etwas davon anerkennen. Weil sie keine Polizistin mehr war. Und selbst wenn sie ihren Ausweis noch hätte, wäre sie unbefugt und ohne hinreichendes Verdachtsmoment in das Haus eingedrungen. Das würde all ihre Entdeckungen hinfällig machen.

Aber echte Beamte, die aufgrund eines korrekten amtlichen Verfahrens hier hereinkamen, die durften finden, was sie wollten. Sie musste nur dafür sorgen, dass sie das Haus auch wirklich betraten. Dass sie es betreten mussten. Und daran arbeitete Karoline nun.

Sie öffnete die Tür, so weit sie konnte. Dann zerrte sie den Handschuh von ihrer Linken und riss den darunterliegenden Verband ab. Das Blut hatte, seit sie mit den Kartons herumhantierte, ohnehin wieder zu laufen begonnen. Sie steckte den verkrusteten Mull in die Tasche, presste mit zusammengebissenen Zähnen weiter an ihrer Hand herum und schmierte das austretende Blut auf die Türklinke. Dann legte sie eine Tropfspur von der Schwelle in den Flur. Sie reichte nicht weit, aber das musste sie auch nicht. Es genügte, wenn die Kollegen, die gleich kämen, Gefahr witterten und beschlossen, das Haus zu betreten. Waren sie erst einmal drin, hatte sie schon halb gewonnen.

Karoline ging in die Küche, öffnete ein Fenster und wartete, bis sie den Streifenwagen vorfahren hörte. Sie lächelte beinahe, als sie die murmelnden, beratschlagenden Stimmen der Kollegen an der Tür vernahm, den alarmierten Ausruf: »Da ist Blut«, dann das fragende Rufen ins Haus hinein. »Hallo! Hallo? Ist da wer? Brauchen Sie Hilfe?«

Statt einer Antwort stieß sie einen markerschütternden

Schrei aus. Sie wartete die Wirkung nicht ab und sprang aus dem Fenster. Sie hörte noch: »Ruf Verstärkung!«, dann war sie, geduckt laufend, schon um den Schweinekoben herum und hastete über das Anwesen. Der Rest des Stückes musste ohne sie ablaufen. Als sie sicher war, dass man sie vom Haus aus nicht sehen konnte, rannte sie auf den Waldrand zu. Wenn ein Nachbar sie sah, Männerjacke, Kappe, umso besser. Dann konnten sie auch noch nach dem unbekannten Eindringling fahnden, bis sie schwarz wurden. Die Polizei sollte sich gründlich mit dem mysteriösen Fall beschäftigen. Das Ophelia-Poster mit dem verräterischen Gesicht hatte Karoline gut sichtbar auf dem Küchentisch zurückgelassen. Die Messer mussten die Kollegen schon selbst finden. Sicherheitshalber hatte sie das Kellerlicht angelassen.

Jetzt fehlte nur noch ein anonymer Hinweis an die Sondereinheit, dass im Nürnberger Umland ein mysteriöser Mann lebte, mit Frauenblut in der Wohnung und einer Vorliebe für Ophelia-Motive. Danach würde alles seinen Gang gehen. Im Zuge der Ermittlungen würde der Name von Schreitz auftauchen, als zum Umfeld des ersten Opfers gehörig: Marion W. Falls nicht, konnte Karoline es arrangieren, dass Viktor den entsprechenden Hinweis lieferte. Sie selbst brauchte gar nicht in Erscheinung zu treten. Die Spurensicherung würde sich die Klingen ansehen und feststellen, ob sie zum Typ der Verletzungen passten, die den Toten zugefügt worden waren. Karoline war sich sicher, dass es so sein würde. Alles würde seine Ordnung bekommen.

Sie rannte, ohne müde zu werden, voll des Triumphes. Zum ersten Mal seit sehr vielen Stunden fühlte sie sich gut.

29

Miriam starrte noch immer auf den Text, den Tobias vorhin in der Therapiestunde mit ihrer Hilfe und unter Anleitung von Friedhelm Werth getippt hatte. Seit sie bei dem Logopäden waren, ging alles noch viel einfacher. Er hatte ihr gezeigt, wie sie darauf achten sollte, dass Tobias' Füße Bodenkontakt hatten, wenn er saß. Dass sie nicht hinter ihm stehen, sondern sitzen sollte. Und dass es eventuell genügte, ihm anfangs den Nacken und Arm zu kneten, statt währenddessen die Hände auf seiner Schulter liegen zu lassen. Manchmal reichte es auch, ihn leicht anzutippen, wenn er lange zögerte.

»Ich hatte ihn nicht berührt«, sagte sie, selbst noch ganz ergriffen. Die letzte Stunde war eine Offenbarung gewesen. Und sie war dankbar, dass Werth sie gebeten hatte, noch auf eine Tasse Tee und ein Gespräch zu bleiben, nachdem Tobias gegangen war. Ihr lief das Herz wahrhaft über. »Kein Mensch kann mehr sagen, ich hätte das beeinflusst oder es wäre eine Projektion.«

»Die Leute reden viel Unsinn über die gestützte Kommunikation«, stellte Werth fest. »Erst vor kurzem ist wieder eine sogenannte wissenschaftliche Arbeit herausgekommen, in der behauptet wird, der Gestützte würde auf unwillkürliche Muskelimpulse des Stützers reagieren.« Er zuckte mit den Schultern. »Einer meiner Patienten, von dem ich viel gelernt habe und der selbst Bücher schreibt, meint dazu: Wie soll das gehen? Wo doch Autisten nicht einmal normale nonverbale

Signale als solche erkennen und richtig einordnen können. Und wie soll ich das schaffen, auf so subtile Signale zu achten, wenn ich schon völlig beschäftigt bin, mit all den Sinneseindrücken um mich herum, die mich überfordern und meine Konzentration bedrohen: den Geräuschen aus den Nebenzimmern und in den Heizungsrohren und von draußen und dem Knarzen meines Stuhles und dem Schlagen meines Herzens. Mit dem Licht, das durch das Fenster fällt und von so vielen Gegenständen reflektiert wird. Und mit den Gerüchen, dem Holz der Möbel und dem Deodorant meines Stützers und dem Geruch der Plastikfolie des neu gekauften Buchs auf dem Tisch meines Therapeuten.« Er nahm das Buch und warf es zurück auf die Platte.

Miriam lachte. »Das haben Sie eben erfunden.«

»Im Detail, ja. Der Sache nach hat das Dietmar Zöller gesagt. Sie sollten ihn lesen.«

»Habe ich schon«, sagte sie und senkte den Kopf wieder auf Tobias' Text. »Wie so ziemlich alles, was es zu dem Thema gibt.«

Friedhelm Werth, der enthusiastisch geworden war, lehnte sich wieder zurück. »Sie engagieren sich sehr für ihn. Dabei sind Sie nicht einmal mit ihm verwandt.«

Miriam ging nicht darauf ein. »Er will in die Schule.« Sie schüttelte den Kopf. »Er will lernen.«

»Nicht einfach in die Schule.« Friedhelm Werth holte mit einer Geste ihre Erlaubnis ein, erhob sich, um ein Fenster zu öffnen, und begann dann, seine Pfeife zu stopfen. »Er will physikalische Experimente. Etwas über Neandertaler lernen und Latein. Also kommen Sie ihm bloß nicht mit Chemie, Cro-Magnon-Menschen oder Italienisch.« Er lachte. »Tobias weiß genau, was ihn interessiert.« Er betrachtete sie einen Moment. »Sie können ihm das alles in aufwendigen Privatstunden nahebringen. Oder selber unterrichten, falls Sie die Zeit haben.«

»Ich führe ein Café. Und ich habe keine Ahnung von Latein.«

»Sehen Sie. Am einfachsten wäre es, wenn er hierbleibt und unsere Schule besucht. Wir sind in der Lage, den Unterrichtsstoff auf unsere Schüler zuzuschneiden. Und wir berücksichtigen ihre besonderen Bedürfnisse.«

Miriam sagte nichts dazu. Sie wusste, was er meinte. Wenn Tobias sich langweilte, konnte er aufspringen, um hingebungsvoll die Fensterscheibe abzulecken. Oder er zog sich die Hosen herunter. Oder er begann laut zu singen oder nach Bayern 3 zu verlangen. An einem bayerischen Gymnasium konnte sie ihn sich nicht vorstellen. Sie seufzte. »Das würde Hedwig das Herz brechen.«

Friedhelm Werth zog intensiv an seiner Pfeife. Die erste aromatische Rauchwolke stieg auf. »Das Mutterherz in Ehren, aber Frau Anders sollte sich eher Gedanken darüber machen, was gut für ihren Sohn ist.«

Miriam machte große Augen.

»Ich weiß, ich weiß, das klingt hart. Frau Anders hat sicher alles in ihrer Macht Stehende für Tobias getan.«

»Und mehr«, unterbrach Miriam ihn empört.

»Ich weiß, ich weiß. Ich kenne die Symbiosen, die zwischen Autisten und ihren Müttern entstehen. Sie sind bemerkenswert. Sie haben ihr Gutes. Aber eben nicht nur das. Und irgendwann, irgendwann muss jedes Kind sich von zu Hause lösen, wenn es eine gesunde Entwicklung durchmachen soll.«

»Aber er ist kein normales Kind. Er braucht so viel. So viel mehr als andere. Warum sollte gerade er sich mit weniger zufriedengeben müssen?« Miriam ärgerte sich, dass ihre Augen feucht wurden.

»Müssen viele von uns anderen das nicht auch?«, fragte er.

Miriam zuckte innerlich zusammen. Da, da war es. Das Thema. Das unausgesprochene Wort, an das sie immer denken musste, wenn sie mit ihm zusammen war. Sie sah Friedhelm Werth an. Sein so schnell vertraut gewordenes Gesicht, nicht unbedingt schön mit der sehr hohen Stirn. Da verlief eine Ader, die war ein wenig zu stark. Aber sie mochte Adlernasen. Und die Falten, die rechts und links davon zum Mund liefen – schon recht tiefe Falten, wie auch seine Haare schon grau im Ansatz waren, und dennoch sahen sie bei ihm nicht hart aus. Sondern so freundlich wie seine Augen hinter der runden Brille. Freundlich, ja, und nichts mehr als das. Weil das sein Wesen war, sein Beruf. Mit ihr hatte das nicht das Geringste zu tun. Sie hätte sich ohrfeigen können für ihren Rock und den einen Knopf, um den ihre Bluse zu weit geöffnet war. Sie schloss ihn schnell und verfluchte sich für die Geste noch mehr.

Um abzulenken, sagte sie: »Sein Vater nennt ihn ein falsch verdrahtetes Stück Fleisch.« Sie hielt Tobias' Text hoch. Zwischen sie beide. »Er würde nichts von dem glauben, was da steht.«

»Es ist einfacher.« Friedhelm Werth nickte und hüllte sich in Rauch.

»Einfacher, ihn beiseitezuschieben?«, fragte Miriam aggressiv. Sie wusste, sie war wütend auf sich selbst. Aber irgendwo musste die Wut ja hin.

»Einfacher, als sich bewusst zu machen, dass das eigene Kind leidet«, erwiderte der Logopäde. »Damit zu leben ist am schwersten.«

»Weil man es nicht ändern kann.« Miriam seufzte und stand auf.

Auch Werth erhob sich. Er ging zur Tür, um sie für sie zu öffnen. »Geben Sie Tobias nicht auf«, sagte er. »Er ist es wert.«

»Natürlich nicht!« Empört sah sie ihn an. »Man fängt nicht an, einen Menschen zu mögen, und hört dann einfach auf, weil es schwierig wird.«

»Wie gesagt«, sagte er. Er stand zwischen ihr und der Tür, deren Klinke er noch immer in der Hand hielt. »Ich finde es bemerkenswert, wie Sie sich für Tobias engagieren. Gerade weil Sie keine Verwandte sind.« Er machte eine Pause. »Wenn Sie eine wären, dann könnte ich, dann würde ich Sie auch nicht fragen, ob Sie …«

»Ja!«, sagte Miriam. »Ja.« Ihre Hände hatten einander bereits umfasst. Sie hatten beide nicht bemerkt, wie das gegangen war.

»Unwillkürliche Muskelimpulse«, sagte er verlegen, während er auf ihre verschränkten Finger blickte. »Es scheint wohl was dran zu sein.«

»Wenn man kein Autist ist.« Ihr Mund war trocken. Ihr schwindelte. Noch nie hatte sie so deutlich ihren Körper gespürt. Ein seltsam geformtes Ding, das irgendwie schräg im freien Raum stand. Trotzdem war alles gut.

»Dann«, sagte Friedhelm Werth und räusperte sich, »wäre ja schon alles gesagt?« Seine Augen hinter der Brille blinzelten. Die Gläser waren nicht sauber. Er hatte Fältchen um die Lider. Das ließ ihn verletzlich aussehen. Und liebenswert.

»Glaub nur nicht«, sagte sie zärtlich, »dass du mir damit davonkommst.«

Er schluckte. Schluckte noch einmal. »Hilft es für den Anfang«, begann er zögerlich, »dass du den, dass du den, den« – nach einer Pause brachte er heraus – »tollsten Arsch hast, den ich je gesehen habe?« Mit vor Schreck über den eigenen Mut aufgerissenen Augen sah er sie an.

Miriam stutzte. Dann legte sie den Kopf zurück. Und lachte. Und lachte und lachte. In der Tat. Alles war gut. Alles war herrlich. Sie küsste ihn. »Das«, wisperte sie in sein Ohr, »war das Schönste, was man je zu mir gesagt hat.«

30

Kevin Euler reagierte schnell. Er war persönlich vor Ort, um das Poster und das Messerset zu sichern und die Spurensicherung zu dirigieren, ehe er sich zurück auf den Weg in die Stadt machte. Als man Holger Schreitz identifiziert hatte und in seiner Werkstatt stellen wollte, stieß er wieder rechtzeitig dazu, um von dem verdatterten Mechanikerlehrling, der dort alleine an der Arbeit war, zu erfahren, dass Schreitz bei einem Beerdigungsinstitut war, um »die Sache mit Marion« zu regeln. Kein Zucken in Eulers Gesicht verriet, was er dachte, als der Mechaniker für ihn aus Holgers Spind die Visitenkarte von »Anders & Anders« zog. Allenfalls spiegelten seine Gefühle sich in dem rauen Griff wieder, mit dem er Viktor samt Holger Schreitz in die wartenden Polizeiwagen packen ließ, die eine Viertelstunde später vor dem Anwesen der Bestatter hielten.

Wolfgang Anders war außer sich. Die Polizei! In seinem Haus! Im Haus eines anständigen Bürgers, der in aller Ruhe einen Mord plante. Seine Hände zitterten, während er sich mit einem Taschentuch den Schweiß von der Stirn wischte.

»Danke für dein Mitgefühl«, zischte Viktor, dessen Erleichterung darüber, dass er die Verantwortung für Holger Schreitz endlich abgeben konnte, sich rasch verlor, als ihm klar wurde, dass er ebenfalls verhaftet war.

»Du hast ja keine Ahnung!« Wolfgang Anders bekam kaum noch Luft. »Du hast ja nicht die geringste Ahnung.«

Wenn es den richtenden Gott, an den er ebenso routinemäßig wie gedankenlos sein ganzes Leben lang geglaubt hatte, wirklich gab, dann stand er jetzt hinter ihm und lachte. Wolfgang Anders fühlte sich ertappt. Es war kein gutes Gefühl. »Bringen Sie sie weg von hier, schnell«, war alles, worum er noch bitten konnte. Er musste dringend alleine sein.

»Du bist so ein Arschloch, weißt du das? Ruf wenigstens Miriam an, und sag ihr, wo ich bin.« Viktor musste den Kopf weit drehen, um seinem Onkel die letzten Worte zurufen zu können.

Auch ihm ging es nicht gut. Immer wenn er dachte, dass er gerade alles so zurechtgebogen hatte, dass das Leben nach Plan lief, mehr oder weniger, kam etwas dazwischen, das ihn völlig aus der Bahn warf. Es musste einen Webfehler geben, irgendetwas Grundsätzliches stimmte nicht mit ihm. Oder wie kam es, dass er immer wieder mit potentiellen Mördern zusammensaß, sich betrank und auf die Polizei wartete? Das war doch nicht normal.

Wie sich herausstellte, fand Kevin Euler das auch. Viktors Erklärungen, die er sich auf dem Revier im Verhörraum zwei geben ließ, leuchteten dem Profiler ganz und gar nicht ein.

»Also noch einmal, wie kamen Sie überhaupt mit Schreitz in Kontakt?«

Viktor holte demonstrativ Luft. »Ich war mit meinem Cousin unterwegs. Mit Tobi. Das tue ich manchmal, um meine Tante zu entlassen. Tobi ist Autist, müssen Sie wissen.«

Eulers Geste forderte ihn auf, endlich weiterzumachen.

»Kennen Sie sich aus mit Autismus?«

Eulers Miene drückte Missbilligung darüber aus, jemand

könnte ihm unterstellen, dass er sich mit irgendetwas nicht auskenne. »Kommen Sie zum Punkt.«

»Das ist eigentlich schon der Punkt. Tobias ist ein wenig schwer zu kontrollieren. Normalerweise fahren wir einfach herum und hören Radio. Bayern 3, um genau zu sein. Er liebt Bayern 3.«

»Wollen Sie mich verarschen?«

»Diesmal nicht. Irgendwann dann hatte er genug. Oder ich hatte genug. Man kann das ja nicht unbegrenzt ertragen. Spätestens wenn zum dritten Mal Miley Cyrus gespielt wird, parke ich irgendwo, und wir laufen noch ein Stück.« So weit entsprach das alles der Wahrheit. Viktor hielt sich strikt an die gute alte Regel, dass eine Lüge am besten so dicht wie möglich an dem entlang entwickelt wird, was wirklich geschehen ist. »Jedenfalls entdeckte Tobias dann die Motorräder – er ist auch verrückt nach Motorrädern – und lief einfach hin. Holger Schreitz war so nett …«

Bei diesem Wort gingen Eulers hochgezogene Brauen noch ein Stück weiter in die Höhe.

»So nett«, wiederholte Viktor, »Tobi auf einer Maschine mitfahren zu lassen. Dann hat er sich verletzt, also Tobi. Unten am Fuß, er ist an den Auspuff gekommen. Holger hat ihn zum Auto getragen und wollte ihn im Krankenhaus besuchen. Aber da war Tobias schon nicht mehr, darum ist er zu uns nach Hause gekommen, also Holger diesmal. Und da sind wir dann über die Beerdigung seiner Freundin ins Gespräch gekommen.« Viktor hielt inne. »Hab ich Ihnen doch sogar erzählt. Die Kundin, bei der die Blumen in der Farbe der Motorradlackierung gehalten werden sollten.« Er musste beinahe grinsen. Da war doch sogar sein Fehlgriff noch zu etwas gut. »Was wollen Sie eigentlich von Holger?«, fragte er und versuchte treuherzig auszusehen.

Euler machte sich ein paar Notizen. »Das werden Sie mir noch einmal erklären müssen«, sagte er.

Viktor lehnte sich zurück. »Dazu hab ich gerade eigentlich gar keine Lust.«

Euler öffnete eben den Mund, um zu sagen, dass Viktor sich dann eben würde überwinden müssen, als dessen Handy klingelte.

In der Hoffnung, es wäre Karoline, oder wenigstens Miriam, damit er jemandem mitteilen konnte, wo er war, reagierte Viktor blitzschnell. Doch die Stimme am anderen Ende kannte er nicht. »Anders? Ja? Er ist was?« Viktor sprang auf. »Sie müssen die Polizei informieren, sofort.«

Euler nahm ihm das Gerät aus der Hand. »Hier ist die Polizei«, sagte er. »Wir regeln das.« Dann schaltete er das Mobiltelefon aus und steckte es ein.

Viktor starrte ihn an. »Sie verstehen das nicht«, sagte er. »Tobias ist weggelaufen.«

»Nun«, sagte Euler. »Er ist wie alt, sagten Sie? Er wird zurechtkommen.«

»Sind Sie irre?« Viktor hieb auf den Tisch. »Er ist autistisch. Er versteht diese Welt nicht. Und sie ihn genauso wenig. Als er mir das letzte Mal abgehauen ist, wäre er beinahe von einem aufgebrachten Mob gelyncht worden.«

Euler machte eine Notiz und sah nicht auf.

»Hören Sie mir eigentlich zu?«

»Setzen Sie sich!« Das Kommando kam knapp.

Viktor gab dem Stuhl einen Tritt, dass er gegen die Wand knallte.

Endlich hob Euler den Kopf. »Wenn Ihr Cousin so gefährdet ist, wie Sie sagen, dann hätten Sie sich mal besser um ihn kümmern sollen, statt sich in zwielichtige Geschäfte verwickeln zu lassen. Jetzt werden das andere Leute in die Hand nehmen.«

Viktor konnte es nicht fassen. »Aber Sie haben denen im Heim doch eben gesagt, die Polizei wäre schon in der Sache aktiv. Die unternehmen doch jetzt nichts, gar nichts ...« Er hielt inne, als er bemerkte, dass Euler ihn nur völlig ungerührt betrachtete. Tobias, dachte er. Lieber Himmel! Wenn er sich verirrte, wenn er die falschen Menschen ansprach.

Er konnte ja nicht einmal seinen Namen sagen, geschweige denn seine Adresse, konnte niemanden um Hilfe bitten. Wenn er nun jemanden anfasste, wie er es oft unvermittelt tat, und dieser jemand dann erschrak und ihn schubste oder schlug? Was, wenn er selber ausrastete? Die Bilder von all den Dingen, die passieren konnten, waren so zahlreich wie quälend.

Verzweifelt betrachtete Viktor die Wände des Raumes, in dem er saß. Zum ersten Mal begriff er, dass dies kein Spiel mehr war. Dass sie ihn eingesperrt hatten. Er musste hier raus, musste Tobi suchen. Er musste ... Mein Gott, was würde Tante Hedwig sagen. Eulers Worte klangen als Echo in seinem Ohr. Er hätte sich besser um seinen Cousin kümmern sollen. Viktor hieb seine Faust gegen die Wand.

Euler betrachtete ihn mit schräg geneigtem Kopf. Mit einer Fußbewegung unter dem Tisch hindurch kickte er einen freien Stuhl in Viktors Richtung, kurz, harsch, kompromisslos. »Setzen«, sagte er und fügte, als Viktor sich mit offenem Mund zu ihm umdrehte, hinzu: »Vielleicht fangen Sie jetzt endlich an, ein paar Dinge zu kapieren.«

31

Hoffmann öffnete mit einem Lächeln, als Karoline Schneid vor seiner Tür stand. »Dass Sie mich einmal freiwillig besuchen würden, hätte ich schon nie erwartet. Und nun bereits das zweite Mal …« Er trat beiseite. »Kommen Sie herein.«

Sie ging schnell durch den mit Büchern verstopften Flur und steuerte die Terrasse an. Dort war nicht alles so – so voller Hoffmann. Es war stickig in diesen Räumen, die jemand sich über Jahrzehnte zurechtgewohnt hatte, so wie Kleider oder Schuhe nach einiger Zeit die Form des Körpers annahmen, der sie trug.

»Ich brauche etwas zu trinken«, verkündete sie und war froh, dass er auf diese Ankündigung hin in Richtung Küche schlurfte. Sie konnte gerade die Nähe von niemandem ertragen, seine schon gar nicht. Sie hatte ihm die herablassende Ironie, mit der er sie behandelt hatte, als sie noch miteinander gearbeitet hatten, nicht vergessen. Der Herrenmensch mit dem Elfenbeinstock, ha!

Doch alleine sein konnte sie momentan ebenso wenig. Es war ein ruheloser, qualvoller Zustand, in dem sie sich befand. Die Hitze auf der Terrasse war drückend, trotz des einsetzenden Abends. »Haben Sie schon etwas gehört?«, fragte sie mit erhobener Stimme auf gut Glück in Richtung der Zimmer.

Hoffmann kam mit einem Tablett zurück, darauf standen eine Karaffe Wasser, Zitronenscheiben, Gläser. Zittrig stellte er alles ab und setzte sich umständlich. Seine Schwäche stimmte sie milde.

Er wies mit dem Knauf seines Stockes, den er an seinen Stuhl gelehnt hatte und nun mit einiger Energie zwischen seine Knie stemmte, in Richtung ihres Kopfes. »Sie haben da ein wenig Hopfen im Haar.«

Sie zupfte das Grün aus ihren Haaren, es klettete sich an ihre Finger. Sie wischte es an der Tischdecke ab. »Und?«, fragte sie.

»Besser«, sagte er.

»Ich meine: Und, wie läuft es?« Sie neigte sich vor und schenke ihnen beiden ein. Nach kurzem Zögern tat sie ein Stück Zitrone in das Glas, das sie ihm reichte.

Er lehnte sich zurück und trank umständlich. »Nach allem, was ich von Freunden höre, ist der Stand folgendermaßen: Schreitz schmollt, und Viktor randaliert.«

»Viktor?«, fragte sie erstaunt. »Sie haben ihn mitgenommen?«

»Euler scheint ein nur schwer ausrottbares Interesse an ihm zu hegen.« Hoffmann lächelte.

Beinahe hätte Karoline ebenfalls gelächelt. Da sagte er: »Auf manche Menschen hat er diese Wirkung.« Und Karoline war dankbar, ihre Gesichtszüge beherrscht zu haben.

»Zumindest weiß die Polizei dann schon um die Verbindung zu Marion«, sagte sie stattdessen.

Hoffmann seufzte zustimmend und lehnte sich zurück. »Nigella«, sagte er, »bemerkenswert, dass Sie darauf gekommen sind.«

»Es stand in einem Buch.« Sie verstummte und dachte daran, was mit ihrer Schwester passiert war, während sie es gelesen hatte. In ihrer Freizeit. Statt für Kerstin da zu sein.

»Aber es gehört doch ein feines Gespür dazu, die Zusammenhänge zu erkennen.«

Karoline Schneid sah kurz auf und dann wieder in ihr Glas. Die Freundlichkeit in den Augen des Alten war mehr, als sie ertrug. »Welch hohes Lob aus dem Munde eines früheren Spötters.«

»Früher waren Sie ja auch eine unerträgliche Streberin, liebe Kollegin.«

Sie hörte das Schmunzeln in seiner Stimme. Vermutlich spielte er wieder mit seinem Gecken-Stock. So war er ihr lieber. »Danke«, sagte sie gallig.

Es waren die einzigen gesprochenen Worte für eine ganze Weile. Dann klingelte das Telefon.

»Ja?«, sagte Hoffmann nur, als er abhob. »Ja? Ja. Aha. Ja. Ja.« Er lauschte lange, ehe er das Gespräch mit einem schlichten »Danke« beendete.

Karoline Schneid sah ihm mit zusammengepressten Lippen zu. Warten war einfacher, wenn man einem Erzfeind beweisen musste, dass man es konnte. Aber alles hatte seine Grenzen. Unwillkürlich hielt sie die Luft an.

Hoffmann blickte ernst. »Schreitz redet«, sagte er.

Karoline begann wieder zu atmen. »Ja!«

»Er gibt zu, dass das Bild der Ophelia ein Geschenk von ihm an die Stern war. Aber er behauptet steif und fest, ihr Gesicht müsse sie selbst darauf geklebt haben. Davon wisse er nichts.«

»Natürlich!« Empört sprang Karoline auf. »Klar, sie hat

es *selbst* getan. Und vermutlich haben all die toten Frauen sich ihre Wunden *selbst* zugefügt, sich selbst die Dornen ins Fleisch getrieben.« Ihre Stimme klang bitter.

»Manche Menschen tun sich eine Menge an«, warf Hoffmann ein. »Vor allem Frauen neigen manchmal im Gefühlsüberschwang zu Übertreibungen.«

Karoline fuhr herum. »Werden Sie jetzt nicht zweideutig«, sagte sie. »Ich werde nicht mit Ihnen über persönliche Angelegenheiten sprechen.«

Hoffmann zog ein Gesicht, das besagte, er werde es sich merken.

»Und die Messer?«, fragte sie, ein wenig versöhnlicher.

»Noch keine Ergebnisse«, sagte er. »Das dauert, Sie wissen es selbst. Das Labor wollte sich noch nicht mal auf einen Termin festlegen.«

Karoline nickte. Ihre Gedanken liefen bereits weit, weit voraus. Sicher, die Wundanalysen würden dauern, die Untersuchung der Klingen auch. Aber wie war das gewesen? Wie groß war die Person, die das Messer geführt hatte, aufgrund der Stichkanäle und ihres Verlaufs geschätzt worden? War das überhaupt schon analysiert worden? Hatte man alles aus dem Obduktionsbefund rausgeholt? Sie musste unbedingt mit den zuständigen Pathologen sprechen. Schreitz war groß, fast ein Meter neunzig. Kam das hin? Und hatte in dem Bericht nicht etwas von einem Rechtshänder gestanden? Sie schloss die Augen, um sich den Absatz noch einmal exakt ins Gedächtnis zu rufen.

»Sie haben in Schreitz' Haus ein Buch gefunden.« Hoffmanns Satz unterbrach ihre Bemühungen.

»Ja?«, fragte sie, mäßig interessiert. »Dort stand einiges rum, über Motorräder vor allem. Und über Reisen.« Sie überlegte. »In einem Raum lag ein Roman auf der Fensterbank. In dem leeren Zimmer.«

»Ein Roman, mit einer Widmung.«

»Ach ja?« Dieser Satz ließ sie, nachdem sie die ganze Zeit auf und ab getigert war, innehalten. Vage dachte sie an das Büchlein. Sie hatte nicht hineingesehen. Ein Fehler. Aber hätte sie sich alle Bücher angesehen, die dort herumlagen, wäre sie jetzt noch dort. »Und?«

»Es handelt sich bei der Widmung offenbar um eine Liebeserklärung an Marion W.«

»Ha!« Sie schrie es fast. »Das ist es doch. Wir haben ihn.« Als Hoffmann ruhig sitzen blieb, stellte sie sich vor ihm auf und neigte sich hinunter. »Verstehen Sie nicht?«, sagte sie. »Schreitz liebt Marion, aber sie weist ihn ab. Sie gibt ihm einen Korb. Er gibt ihn ihr zurück: die Nigella! Das ist unser Motiv!«

Ihre Augen leuchteten so lebendig, dass der alte Gerichtsmediziner am liebsten die Hand gehoben und ihr über die Wange gestrichen hätte. »Es ist nicht seine Handschrift«, sagte er.

»Was?« Sie stolperte rückwärts, sie musste sich setzen. Als hätte jemand die Luft herausgelassen, sank sie zurück auf ihren Stuhl. »Die Widmung ist nicht von Schreitz?«

»Er sagt, Marion hätte Kummer mit Männern gehabt, deshalb hätte sie sich so oft mit seiner Freundin Christine ausgesprochen. Die Widmung muss von einem dieser Männer sein.«

»Scheiße«, entfuhr es Karoline.

Hoffmann nahm eine Silberzange und wählte eine Zitronenscheibe aus, um sie in ihr Glas plumpsen zu lassen. »Ich hätte es nicht besser formulieren können«, sagte er.

Karoline starrte auf das Glas, dann in Hoffmanns Gesicht. »Weiß man schon, wessen Schrift es ist?«

32

»Ein Motorroller?« Miriam staunte, als Friedhelm sie – nachdem sie gemeinsam seinen Schreibtisch aufgeräumt, ihre Kleider geordnet und das Heim verlassen hatten – zu seinem Fahrzeug führte.

»Eher ein Oldtimer«, sagte er, »etwas für Liebhaber.« Er setzte sich darauf. »Damit ich mich fühlen kann wie im Rom der fünfziger Jahre.«

»Mein Rock würde dazu passen«, stellte Miriam fest.

Er lachte. »Das habe ich mir neulich auch schon gedacht. Allerdings war meine Idee, dass die ganze Frau dazu passen würde. Ich habe keinen zweiten Helm, aber du kannst meinen nehmen.«

Sie schüttelte den Kopf. «Ich bin dafür, dass wir wild und gefährlich leben. Wir fahren beide ohne.«

»Wild und gefährlich in Nürnberg City«, sagte er, »oh ja.«

Miriam stutzte erfreut. »Du bringst mich nicht nach Hause?« Er wollte Zeit mit ihr verbringen, du guter Gott, er wollte noch mehr Zeit mit ihr verbringen.

»Willst du denn nicht?«, fragte er. »Ich dachte, ein Abendessen wäre das Mindeste, was ich dir schulde.«

»Mit Nachtisch«, bestätigte sie.

»Eben. Und danach vielleicht ein Spaziergang über die Burg und dann zu mir.«

Sie schwang sich hinter ihm auf den Roller. »Mein Herr,

Sie denken wohl, ich bin leicht zu haben.« Im selben Moment wurde ihr unwohl. »Glaubst du das am Ende wirklich?«, fragte sie, erschrocken über den Gedanken, der sich da festgebissen hatte und nicht abschütteln ließ.

»Ja«, bestätigte er, »Gott sei Dank.« Er ließ den Roller an. »Ich kann zwar Autisten zum Sprechen bringen, aber wie ich eine Frau dazu kriege, keine Spielchen mit mir zu spielen, keine Ahnung. Da bin ich überfordert.«

Erleichtert lachend fasste sie ihn um die Taille und schmiegte sich an ihn.

Miriam war ihre Heimatstadt immer als das Gegenteil von spektakulär erschienen, aber heute kam sie ihr märchenhaft vor: die beleuchteten Stadtmauern, die Weidenbäume, die in den dunklen Fluss hingen, auf dem die Lichter tanzten, die alten Bürgerpalais, die Bars und Lichter und Menschen und dazu der warme Wind, der alles streichelte. Sie tranken Sekt und lachten und hielten Händchen und taten all das Übliche, das ihnen in diesem Moment nicht als das Übliche erschien. Sie schlenderten durch die nächtlichen Straßen und fanden alles schön: das Lachen der Leute, die Katze, die in einer Hofeinfahrt verschwand, um dort ihrem geheimen Leben nachzugehen, die Auslage eines Geschäftes, in dem es Flaschenöffner in Form von niedlichen Ballerinen gab. Alles war außerordentlich und bemerkenswert und sorgte dafür, dass Miriam sich gut fühlte.

Vor einer Galerie blieben sie stehen. »Schön«, sagte sie und lehnte sich an ihn. Seine Haut in der Halsbeuge roch leicht nach Schweiß, und sie liebte es.

»Hm«, bestätigte er. »Georgie O'Keeffe.«

»Ich wusste gar nicht, dass sie auch Steine gemalt hat. Ich

dachte, sie wäre auf Blumen spezialisiert. Du weißt schon: weiße Calla-Lilie und diese Sachen.«

»Ja, davon hab ich auch eines zu Hause. Ich zeig es dir nachher, wenn du magst.«

»Auf die Gefahr hin, dass du mich wirklich für leicht zu haben hältst, gestehe ich dir jetzt, dass ich auch Bilder in der Art mache. Wie die O'Keeffe, meine ich. Aber mit der Kamera.«

»Blumenbilder?«, fragte er. »Da ist doch nichts dabei. Das finde ich schön. Das hat mir auch in deinem Café schon gefallen, dass es dort so viele Pflanzen gibt. Viel für ein Café, meine ich.« Er küsste sie auf die Wange. »Ich liebe Blumen.«

»Es gehört zu mir«, bestätigte sie. »Aber was ich eigentlich sagen wollte, war …«

»Ich selber besitze ja keinen grünen Daumen.« Friedhelm Werth betrachtete das karge Bild mit den nackten Felsbrocken darauf, das sanft ausgeleuchtet im Fenster vor ihm hing. »Wenn ich eine lebende Pflanze in die Finger bekomme, ist sie nach kurzer Zeit tot. Schon komisch.«

Ein Auto fuhr vorbei, viel zu schnell, die Musik im Inneren voll aufgedreht. Es dauerte lange, bis der brutale Beat die Straße wieder verließ und es still wurde.

»Schade.« Sie hielt inne, überlegte, ob sie noch einen Anlauf nehmen sollte oder ob es besser wäre, ihm ihre erotischen Fotos erst später zu präsentieren. Vielleicht beim nächsten Date, bei ihr. Sie würde etwas kochen, dann ein Dessert im Atelier. Und sie ihm dann bei einem Glas Wein vorführen. Wer weiß, am Ende bekam er ja Lust und machte selbst ein Bild von ihr? Ihre Hand, mit einem Apfel zum Beispiel. Sie musste lachen, tief aus der Kehle heraus, gurrend und laut. Wie lange war das her, dass sie sich so wohl in ihrer Haut, so als Frau gefühlt hatte?

»Warum lachst du?«, fragte er.

»Nur so«, murmelte sie und küsste seinen Hals. Das dauerte eine ganze Weile.

»Gehen wir zu mir?«, murmelte er, das Gesicht in ihr Haar vergraben.

»Ja«, flüsterte sie atemlos zurück und küsste ihn noch einmal. Ihr Handy klingelte.

»Geh nicht ran«, sagte er.

Sie blickte ihm tief in die Augen. Dann nahm sie ab. »Ja?«, sagte sie erstaunt. »Frau Stern?«

Seine Hände ließen sie so abrupt los, dass sie beinahe das Gleichgewicht verlor. Seine Stimme wurde ernst. »Was will sie?«

Miriam fing sich und starrte ihn an. »Tobi ist weg«, sagte sie, noch ehe sie aufgelegt hatte. »Er ist einfach verschwunden.« Sie blickte sich um, die leeren Straßen, der düstere Rest des Sonnenuntergangs über den Dachfirsten, einige ferne Gestalten, taumelnd, irgendwo ein Schrei. Nichts kam ihr mehr schön und harmonisch vor. »Und es wird schon dunkel.«

Wolfgang Anders stand zwischen den Fichten in seinem Garten. Selbst auf diese Entfernung hin konnte er hören, dass das Telefon schrillte. Trotzdem schaffte er es nicht, sich von der Stelle zu bewegen. Es war absurd. Er musste doch nur hinüberlaufen, über den Rasen, die Terrasse. Er musste rangehen. In jedem Fall war es wichtig. Es konnte das Heim sein, mit Neuigkeiten über seinen Sohn Tobias. Oder seine Frau, die ihm Vorwürfe machte. Es konnte Max Mertens sein. Es konnte die Polizei sein, die ihm mitteilte, dass sein Sohn tot war, Gott im Himmel.

Tobias hatte mal auf dem Dachfirst ihres Hauses gesessen, damals war er zehn gewesen. Niemand hatte bemerkt, wie er hinaufgekommen war. Niemand hätte geglaubt, dass er es überhaupt konnte. Und keiner hatte eine Idee, wie man ihn wieder herunterholen könnte. Schließlich war er selbst mit einer langen, wackeligen Leiter hinaufgestiegen. Er hatte sie irgendwo in einer der Garagen gefunden, und sie war viel zu alt. Das Holz hatte unter seinem Gewicht geächzt. Sein Bruder Otto, Hedwig, die ein Taschentuch zerknüllt und unentwegt geweint hatte, Lisbeth und die Kinder, sie alle hatten auf der Terrasse herumgestanden. Während des gesamten Aufstiegs hatte Wolfgang Angst gehabt, auch wenn er es nie zugeben wollte, Angst davor abzustürzen, Angst, jemand könnte seine Furcht bemerken, Angst, der Junge könnte vor seinen Augen springen. Wie er ihn davon abhalten sollte, mit Taten, mit Worten – und mit welchen –, das wusste er damals ebenso wenig wie heute. Und das war das Schrecklichste gewesen, war es noch: diese furchtbare Hilflosigkeit, zu der Tobias ihn verurteilte. Dafür hasste er den Jungen manchmal.

Und jetzt stand er hier, im Anzug, zwischen Baumstämmen, ein erwachsener Mann, hilfloser denn je. Er riss sich zusammen, es half ja nichts. Die Familie war darauf angewiesen, dass er handelte, wie immer. Er war der Einzige, der die wichtigen Dinge im Auge behielt. Der etwas unternahm.

Als er sich erst einmal in Bewegung gesetzt hatte, ging er, nein lief, nein, er rannte regelrecht ins Haus. Sicher war es Hedwig, und was immer sie sagen würde, sie hatte recht, so recht. »Bestattungsunternehmen Anders & Anders, Sie sprechen mit Wolfgang Anders.«

Wolfgang Anders lauschte. Es war nicht Hedwig. Max Mertens war am Apparat. Er sagte, er würde kommen.

»Gut«, erwiderte Wolfgang. Und ihm war, als täte der Boden sich unter ihm auf. Ab jetzt gab es kein Zurück mehr. »Ich werde da sein.« Dann legte er auf. Um sofort wieder abzuheben. Er wählte, mit bebenden Fingern, es tutete.

Jemand hob ab.

Er sagte nichts. Kein Wort brachte er heraus von den vielen Worten, die er sagen wollte. Nur ein halb ersticktes, trockenes Atmen.

»Ach, Wolfgang«, sagte Hedwig Anders. Sie zögerte keine Sekunde. »Ich komme.«

33

Sowohl Karoline als auch Doktor Hoffmann umgingen taktvoll den Umstand, dass sie bereits seit einigen Stunden bei ihm herumsaß, ohne dass dafür ein zwingender Grund vorlag. Die Konversation, so sie den Namen überhaupt je verdient hatte, war seit längerem schon verebbt. Nur hin und wieder raffte einer von beiden sich dazu auf, nach etwas zu trinken zu fragen oder etwas zu trinken anzubieten. Und manchmal brach Karoline in einen Monolog aus. Als stünde sie schon vor dem Staatsanwalt und verteidigte ihren Fall.

»Es hat nichts zu sagen, dass die Widmung nicht von ihm ist, gar nichts. Er kann ebenfalls ein Verhältnis mit ihr gehabt haben. Es passt noch immer alles zusammen.« Auch das war schon mehrere Male gesagt worden. Karoline wusste es selbst. »Haben Sie von denen sonst noch irgendwas erfahren können?«

»Die Polizei sucht das potentielle fünfte Opfer. Die Frau, deren Blut in Schreitz' Wohnung gefunden wurde.«

»Tja«, sagte sie und rieb ihre verbundene Hand. »Damit haben wir ja wohl gerechnet.« Sie versuchte, unbeschwert zu klingen. »Aber keine Sorge, ich bin in keiner Datenbank erfasst.« Noch nicht, dachte sie. Unbehaglich stand sie auf und trat an ein Regal. Dieser Mensch hatte doch selbst auf der Terrasse Bücherregale stehen, ein Nussbaumschrank mit Glastür war es, unter dem großen Vordach wohl geborgen. Darin alte Bücher. Sie zog eines heraus: Japanische Dichtkunst. Sie blätterte. »Ein Mensch/ und eine Fliege/ im Raum.« Karoline suchte nach der Fortsetzung. Doch es kam nichts mehr. Das war alles, das ganze Gedicht. Sie fühlte sich auf den Arm genommen. »Ich kann Lyrik nicht leiden«, sagte sie und stellte das Buch zurück.

Hoffmann tat ihr nicht den Gefallen, darauf zu antworten, blickte nur weiter in den Garten, als wäre sie die Fliege im Raum. »Sie wissen«, sagte er plötzlich, »dass Viktor gegenüber Euler die Verantwortung für die weitergegebenen Akten auf sich genommen hat?«

Sie drehte sich um. »Das haben Sie mir vorhin schon erklärt. Damit wäre ja nun ausgeschlossen, dass ich Sie bei den Behörden deswegen noch hinhänge, oder?«

»Ich glaube nicht, dass er das wegen mir getan hat.«

Karoline wandte sich wieder dem Bücherregal zu, fand einen Band über Klostergärten. »So was Ähnliches habe ich auch zu Hause. Sprache der Blumen. Das stammt aus …« Sie brach ab. Es stammte aus Kerstins Gärtnerei. Das zu sagen brachte sie nicht über sich.

»Viktor ist ein netter Junge.« Man konnte kaum erkennen, dass Hoffmann die Lippen bewegt hatte. Er saß so still da wie eine Schildkröte in der Sonne, auf seinen Stock gestützt, die Augen geschlossen. Einer der Vorzüge seines Alters war es, dass immer, wenn man die Augen zumachte, schon mehr als ein Leben wartete, um es zu betrachten. Mehr, als man sich wünschte.

»Ja, und Sie sind ein böses altes Reptil«, fauchte Karoline. Als sie sah, dass er lächelte, biss sie sich auf die Lippen. Eins zu null für ihn, sie hatte zuerst die Beherrschung verloren. Demonstrativ zuckte sie mit den Schultern. »Er ist ein netter

Junge, das gebe ich zu. Mehr als das. Das Problem ist nur, ich bin keine nette Frau.«

Jetzt war es an Hoffmann zu lachen. Trocken, ein wenig mühsam und vor allem unerwartet kam der Laut aus seiner Brust. Karoline Schneid fiel auf, dass sie ihn noch nie lachen gehört hatte. Nicht einmal in all den Jahren ihrer Zusammenarbeit. Und jetzt berührte es sie höchst unangenehm. »Was gibt es da …«, begann sie verärgert.

Er hielt inne und hustete. »Nichts«, gab er zu. »Nur dass Sie sich da mal nicht überschätzen sollten.«

»Mit Ihrer in Jahrhunderten destillierten Bosheit kann ich natürlich nicht mithalten.« Sie hatte die Hände in die Hüften gestemmt – und ließ sie wieder sinken.

Hoffmann lachte erneut. Sie hoffte, er würde daran verrecken.

»Das wütende Kind./Da stampft es./Doch folgt ihm der Weg.«

Das Telefon klingelte endlich.

»Das kommt davon, dass man im Alter kindisch wird und dann alles genauso sieht«, rief Karoline ihm hinterher.

Als er diesmal zurückkam, gab es keine Spielchen. »Das war Miriam«, sagte er. »Tobias ist weggelaufen. Sie sucht ihn. Und Friedhelm Werth macht sich auch auf den Weg.«

Karoline war schneller auf den Beinen, als sie denken konnte. »Ich werde auch nach ihm suchen«, sagte sie.

»Sie?«

»Verirrte Autisten sind mein Spezialgebiet.« Sie schrieb ihm ihre Handynummer auf einen Zettel und warf ihn auf den Tisch. »Hier rumzusitzen macht mich nur nervös.«

Selbstironisch hob er den Stock und schüttelte ihn. »Ich halte die Stellung.«

»Rufen Sie lieber die Polizei an. Rufen Sie bei Herder an, der kennt sich aus. Ich kann Ihnen aus Erfahrung sagen: Die lassen sich sonst Zeit. Ist er vom Heim aus los?«, fragte sie noch.

Er nickte.

»Dann fange ich da an.«

»Sie sollten mit der Leiterin reden, Frau Stern.«

Ihr Kopf fuhr hoch. »Der Freundin von Schreitz?«

»Der Leiterin von Tobias' Wohnbereich. Sie hat etwas Merkwürdiges gesagt. Meint Miriam.«

»Was?«, fragte Karoline ungeduldig. Sie wollte nur noch weg.

»Tobias wäre den ganzen Tag sehr aufregt gewesen. Und er hat geredet. Einen Satz, immer wieder.«

»Ja, und?«

Hoffmann blinzelte nicht. »Er sagte, er wolle zu dem toten Mädchen mit den Blumen.«

34

Friedhelm Werth hatte sich lange dagegen gewehrt, Miriam gehen zu lassen, sich dann aber angeboten, bei der Suche zu helfen. Er setzte sie beim Heim ab und ging in sein Büro, um sich eine Taschenlampe zu holen und, wie er sagte, die umliegenden Spazierwege abzugehen, die Tobias bei seinem Aufenthalt schon kennengelernt hatte. Gut möglich, dass er auf einem nahegelegenen Spielplatz auf einer Schaukel saß.

»Immerhin wird er nicht erfrieren«, sagte Friedhelm und zückte ein Taschentuch, um sich die Stirn abzutupfen, ehe er sie zum Abschied küsste. »Ja«, wandte Miriam ein, »er könnte sich aber genauso gut zu irgendwelchen fremden Menschen ins Auto gesetzt haben. Und wenn das die falschen Menschen sind.« Sie schüttelte den Kopf. »Ich will gar nicht daran denken.«

»Und ich will mir gar nicht vorstellen, was uns gerade entgeht.« Noch einmal nahm er sie in den Arm.

»Es tut mir leid«, sagte sie, da sie spürte, was er jetzt lieber wollte. »Aber du weißt, wie das ist.« Sie machte sich los. »Es wäre mir auch lieber, der Abend würde weniger wie einer deiner Arbeitstage verlaufen.« Sie verweigerte den nächsten Kuss. »Ich muss los.«

»Du meinst es wirklich ernst.« Er ließ sie los.

Und sofort fühlte Miriam sich verlassen. Sie lächelte entschuldigend. »Sehen wir uns nachher?«

»Ich bereite etwas für uns vor.« Er lächelte.

Sie verabredeten, sich im Haus der Anders zu treffen, da sie beide nicht absehen konnten, was sie noch tun und welche Orte sie aufsuchen würden. Dort wäre auf jeden Fall jemand daheim, und die Informationen würden zusammenlaufen.

Als Friedhelm weg war, fiel ihr erst auf, wie menschenleer und still die Anlage dalag, die am Tag noch so belebt gewesen war. Sie versuchte sich mit dem Gedanken zu beruhigen, dass hinter fast jedem der vielen Fenster in den umliegenden Gebäuden ein Mensch lebte. Und dass Friedhelm ja noch in der Nähe blieb. Irgendwo waren auch andere Leute unterwegs, Mitarbeiter, Polizisten, und suchten nach Tobias. Friedhelm war sicher nicht weit. Trotzdem war ihr unwohl in der Dunkelheit, und auch der Kreis Lampenlicht, in dem sie stand und der von einer hübsch altmodischen Laterne zwischen Kastanienbäumen gespendet wurde, konnte sie nicht wirklich beruhigen. Wo fange ich am besten an?, fragte Miriam sich.

Ihr erster vager Plan, der während des Gesprächs mit Christine Stern entstanden war, sah vor, die Gewächshäuser aufzusuchen. Malte hatte ihr erzählt, dass es sie gab. Das Mädchen, das vor Tobias in seiner Wohngruppe gelebt hatte, hatte dort gearbeitet. Es war durchaus möglich, dass Tobias, der immer so viel mehr mitbekam, als man dachte, Gespräche über seine Vorgängerin mitgehört hatte. Darüber, dass Kerstin vermutlich sterben würde. Nicht ausgeschlossen, dass er daraufhin beschlossen hatte, sich die Sache einmal aus der Nähe anzusehen. Das Mädchen, die Blumen oder beides. Wusste er, was ein Gewächshaus war? Wusste er, was tot war? Verstand er eine Wenn-dann-Beziehung? Hatte er

Vorsätze für sein Handeln, die über wenige Augenblicke hinausreichten?

Miriam hätte alle Fragen mit Ja beantwortet. Trotzdem war sie so ratlos wie alle anderen, wenn es um die Frage ging, wie Tobias' Kopf arbeitete und was er wollte. In solchen Situationen war das besonders ärgerlich. Es war unmöglich vorherzusehen, was ihn in einem bestimmten Moment antrieb. Und das hieß: Er konnte überall und nirgends sein. Das Gewächshaus war eine ebenso gute Option wie alle anderen. Also machte Miriam sich auf den Weg dorthin.

Die kleine Gärtnerei war leicht zu finden. Einer der vielen verschnörkelt beschrifteten Wegweiser unter den Laternen wies ihr den Weg. Zu ihrem Erstaunen war im mittleren der drei Glashäuser sogar das Licht an. Und bewegte sich dort nicht eine Silhouette? »Friedhelm?« Erleichtert beschleunigte Miriam ihren Schritt. Etwas schoss vor ihr über den Weg. Sie stieß einen leisen Schrei der Überraschung aus. Ein Fuchs! Ein echter Fuchs, hier mitten im Heimgarten. Raschelnd verschwand er im Gebüsch jenseits des Lichtkreises und blieb verschwunden. Na, der hatte es eilig gehabt. Was hatte ihn so aufgescheucht? Sie selbst oder der andere nächtliche Besucher? Vielleicht hatte sie Glück, und es war sogar …

»Malte!«, rief sie erstaunt, als sie die Silhouette erneut bemerkte. Doch nicht laut genug, denn er drehte sich nicht um. Der Mann, der eben aus der Tür der Gärtnerei getreten war, wer immer er war, verschwand mit hochgezogenen Schultern und schnellen Schritten um die Ecke.

Das war doch Malte gewesen, wunderte Miriam sich. Andererseits – es war so schnell gegangen. Und dort hinten gab es keine Lichter mehr, sodass sie sein Gesicht nicht wirklich hatte erkennen können. Hatte er sie nicht gehört? Ging er ihr aus dem Weg? Oder litt sie jetzt an Halluzinationen?

Miriam langte nach der eisernen Klinke der Tür, die noch leise schwang. Tobias war es jedenfalls nicht gewesen, sie kannte seinen unsteten, von vielen Zuckungen und Verrenkungen unterbrochenen Gang. So als vergäßen Teile seines Körpers mitten in der Bewegung, was sie zu tun hatten und wo sie hinwollten.

Miriam stand in dem steinernen Anbau, der allen drei Gewächshäusern als Eintritt und als Verkaufsraum diente. Hier befanden sich die Vasen mit den Schnittblumen, der Schreibtisch für die Verwaltung, ein kleiner Waschraum und auch die Spinde für die Mitarbeiter. Alles war so schmuddelig und staubig, wie man sich das in einem erdnahen Betrieb vorstellte. Sie sah einen kleinen Ständer mit Blumendraht, Geschenkband, ein Brett mit Scheren aller Größen, einen Kartenständer – Grüße, Trauer – und viele, viele Blumentöpfe, zu langen liegenden Säulen gestapelt.

Und es roch, nein: Es duftete. Intensiv hing das Aroma von Blumen, feuchtem Stein und Grün in der warmen Luft. Sie sah deckenhohe Gummibäume, die ihre Luftwurzeln suchend nach Orchideen ausstreckten. Lange Reihen roter Geranien standen wie Soldaten neben Begonien im Halbdunkel. Schleier aus Gaze verbargen wie ein Himmelbett die Ansaaten, die stark nach Torf und Wasser rochen. Doch, es war schön hier. Ein guter Arbeitsplatz, fand Miriam. Sie strich mit der Hand über den Pflanztisch und gönnte sich das Vergnügen, kurz mit allen zehn Fingern tief in die lockere, fette schwarze Erde zu greifen, die aufgehäuft auf den Arbeitstischen bereitlag. Dann wollte sie gehen. Als sie sich die Hände sauber klopfte, kam sie an den Spinden vorbei.

Sie waren säuberlich mit Namensschildern versehen. Der von Malte stand halb offen.

Typisch, dachte sie, der alte Schlamper. Im Café vergisst er auch immer, die Tür zur Abstellkammer zu schließen. Und sie streckte schon die Hand aus, um die Tür zuzudrücken. Stattdessen zog sie sie ganz auf. Und blieb stehen.

Das Erste, was ihr ins Auge fiel, nach den grünen Arbeitshosen und den schmutzstarrenden Schuhen, nach dem kleinen Messer und der Kappe auf der Ablage, war ihr eigenes Gesicht. Fotos von ihr klebten an allen Wänden des Spindes. So dicht, dass man das grau gestrichene Metall nicht mehr sah. Es war eine Miriam-Tapete, die sich über die gesamte Innenseite der Tür und alle drei Wände zog. Miriams Bilder aus ihrem Facebook-Account. Schnappschüsse aus dem Café, Miriam am Fenster ihrer Wohnung. Nur ihr erleuchtetes Fenster, oder nein, da war ein Schattenriss von ihr. Verdammt, wann hatte er die gemacht? Hatte er ihr etwa vor dem Haus aufgelauert? Wenn das keine Zufallstreffer waren, dann musste er stundenlang unter ihrem Fenster herumgelungert haben, um an die Motive zu kommen. Wie ein Spanner! Der nette Malte?

Fassungslos betrachtete Miriam ihr eigenes mal lachendes, mal ernstes, mal konzentriertes und mal abgewandtes Gesicht. Und natürlich ihren nackten Körper samt Blumen. Alle Karten, die sie angefertigt hatte, waren hier vertreten, jede in mehrfacher Ausfertigung, ein Miriam-Panoptikum, ein Spiegelkabinett, Serienkunst. Nur dass der Künstler sorgfältig überall dort, wo Augen zu sehen gewesen wären, diese ausgekratzt hatte. Er hatte ihr jedes einzelne ihrer Augen genommen, es zerstochen, weggeschabt, mit ebenso viel Sorgfalt wie Wut. Auch ihre entblößten Schultern, ihr Bauch, ihr Hintern waren verletzt worden, mit hasserfüllten, unbeherrschten Kratzern, von denen die zerfetzten Ränder des Papiers noch immer herunterhingen.

Unwillkürlich streckte Miriam die Hand aus, um sich selbst zu berühren und sich zu versichern, dass sie nicht träumte. Sie achtete nicht auf das leise metallische Geräusch. Sie hörte keine Schritte. Sie spürte den schnellen, harten Schlag auf ihren Kopf kaum mehr. Als sie zusammensank, gab sie keinen Laut von sich.

Ihr Handy klingelte. Das Display leuchtete noch, als das Gerät auf den Boden geworfen wurde, und warf einen grünen Schimmer auf Miriams kraftlos ausgestreckte Hand. Fröhlich bimmelte die Melodie vor sich hin, lauter von Wiederholung zu Wiederholung. Bis ein schwerer Schuh das Plastikgehäuse des Geräts zermalmte. Das Telefon verstummte und erlosch. Danach war nichts mehr zu hören.

35

Als Kevin Euler das Büro des Staatsanwaltes verließ, war er wütend. Er habe nichts in der Hand, war ihm mitgeteilt worden. Weniger als nichts, keinen Hinweis auf ein Verbrechen, schon gar nicht auf einen Serienmord. Weder hatte man die Frau gefunden, die in Schreitz' Haus geschrien und geblutet hatte, noch war die Verbindung zu den Floristinnenmorden zwingend oder auch nur schlüssig.

»Am Ende hat sich da jemand beim Kartoffelschälen geschnitten.« Er hatte den Satz des Staatsanwaltes noch im Ohr. Euler schäumte. Kartoffelschälen! Aber er kannte das. Man hatte nicht straflos Erfolg in einem System, in dem Karrieristen und Neider an jeder Ecke lauerten. Es gab genug Kollegen, die nur darauf warteten, dass der Aufklärer der spektakulären Autobahnmorde in seinem nächsten Fall ebenso spektakulär scheiterte. Kartoffelschälen! Seine Schritte wurden länger und lauter. Er würde Schreitz gehen lassen müssen, gleich morgen früh. Außerdem war ihm der Auftrag erteilt worden, diesen Anders sofort zu entlassen. Gerade dazu aber hatte er nun so gar keine Lust. Bei dem Gedanken an ihn musste er grinsen. Der Hirtenknabe tobte gerade in seiner Zelle herum und verstand die Welt nicht mehr. Und das konnte er seinetwegen gerne noch bis morgen Vormittag tun. Er würde sich jetzt erst mal einen Espresso genehmigen.

Er hielt inne, als er sah, wer vor seinem Büro wartete.

»Ich kenne Sie«, sagte er zu Hoffmann.

Der alte Gerichtsmediziner nickte. Selbstverständlich, doch ohne Stolz. Natürlich kannte man ihn.

»Ich nehme nicht an, dass Sie mir Ihren neuesten Gedichtband widmen wollen.« Euler hielt sich bedeckt, was Aussage und Ton anging. Er stieß die Tür zu seinem Zimmer auf und ließ Hoffmann den Vortritt. Der Alte war eine Legende, nicht zu unterschätzen. Allerdings, dachte er, während er zusah, wie der gebeugte Mann sich mit Hilfe seines Stocks zu einem Sessel vortastete, auch Legenden alterten. Und ewig konnte man sich mit den ehemaligen Ruhmestaten den Respekt der nachwachsenden Pistoleros nicht erkaufen. In Gedanken spannte Euler Zeigefinger und Daumen wie den Hahn einer Waffe und zielte. »Was kann ich für Sie tun?«

Hoffmann holte tief und zitternd Luft. Er tat das hier nicht gerne. Aber er tat es.

Als er seine Erzählung der Ereignisse, angefangen beim Verhältnis seiner Nichte zu Doktor Isolde Schellenbaum, fortgefahren mit Miriams Fotokünsten und weitergeführt mit dem Bericht über Viktors Einsatz, beendet hatte, herrschte erst einmal lange Stille.

Euler überlegte. Er war nicht dumm. Dies alles bedeutete ein Riesengeschenk. Doch es würde seinen Preis haben, es anzunehmen. Zunächst stürzte er sich auf einen Nebenschauplatz. »Darf ich davon ausgehen, dass, angesichts Ihrer gesammelten Erkenntnisse, dieser Holger Schreitz nicht ganz zufällig heute auf unserem Schirm aufgetaucht ist?«

Hoffmann, der Karolines Einsatz in Schreitz' vier Wänden aufgrund seiner enormen Illegalität ausgespart hatte, zuckte mit den Schultern. »Dazu kann ich nichts sagen.«

»Gesprochen wie ein wahrer Philosoph.« Euler lehnte sich

zurück. »Bemerkenswert diskret für jemanden, der Nacktfotos der eigenen Nichte benutzt, um einen Sexualstraftäter zu ködern.« Er ließ das sacken. »Na gut, formulieren wir es anders: Gehe ich recht in der Annahme, dass die Frau, die da heute im Haus des Schlossers so dankenswert laut geschrien hat, blond war und dass ich, sollte ich zufällig eine Blutprobe von Frau Kriminalhauptkommissarin Schneid in die Finger bekommen, eine eklatante Übereinstimmung mit den Spuren auf dem Boden eben dieses Hauses feststellen würde?«

»Über das Privatleben von Frau Schneid möchte ich keine Mutmaßungen anstellen.« Hoffmann blieb ruhig.

»Ihr Berufsleben scheint Ihnen umso mehr am Herzen zu liegen. Wenn ich das alles, was Sie mir da vortragen, richtig überschaue, Herr Professor Hoffmann, dann wollen Sie doch von mir, dass ich die diversen dienstlichen Vergehen von Frau Schneid, von Ihnen und auch von Herrn Anders, den wir als Kombattanten in diesem kleinen Krieg betrachten wollen, auch wenn er nach der Genfer Konvention kein Recht darauf besäße, da er Zivilist ist …«

»… abgesehen davon, dass wir uns nicht im Krieg befinden, mein lieber Herr Euler!«

»… dass ich also Ihrer aller stark bedrohten Ärsche retten soll!«

»Nichtstun würde ich nicht unbedingt als Rettungstat betrachten.«

»Ich betrachte es aber so«, schnitt Euler ihm das Wort ab. »Als verdammt große Tat sogar. Und Sie sollten das auch tun.«

Was er für diese gute Tat im Gegenzug bekommen würde, lag auf der Hand: die einzige Spur, die er hatte. Ein erstes

Opfer, Christine Stern, die den mutmaßlichen Täter gesehen hatte, ihn beschreiben, vermutlich benennen und belasten konnte. Eine potentielle Kronzeugin. Den Schlüssel zu diesem Fall.

»Es wird alles Ihres sein.« Hoffmann stellte seinen Stock aufrecht zwischen die Knie und faltete die Finger über dem Knauf. Er betrachtete seine Handrücken. Sie waren blass, beinahe gespenstisch weiß, und die Adern traten dick auf ihnen hervor. Er war ein alter Mann. Was hatte er sich nur bei all dem gedacht? »Sie werden den Fall offiziell und ohne Hilfestellung geklärt haben. Von uns wird niemand erfahren.«

»Wovon Sie ja wohl mehr haben als ich.« Euler lachte. »Das kann ich auch alleine deichseln.«

Noch einmal richtete Hoffmann seine trüben Augen auf sein Gegenüber. »Sie haben hier nicht viele Freunde.« Er lächelte, als er den neuen Ausdruck in Eulers Gesicht sah. »Ist Ihnen das schon aufgefallen?« Hoffmann räusperte sich. Seine Stimme fand langsam zur alten Geschmeidigkeit zurück. »Und wenn Sie darauf bestehen, einen Skandal um verdiente Mitarbeiter zu entfesseln, wird das nicht besser werden. Tun Sie sich einen Gefallen, und machen Sie es den Leuten leicht, Sie zu loben.«

Euler richtete den Blick auf seine Hände. Nach einer Weile nahm er einen Stift und begann auf der Schreibtischunterlage Notizen zu machen. Der Stift kratzte laut und unwillig über das Papier. »Christine Stern«, sagte er. »Sie hätte schon längst vernommen werden müssen. Das ist überfällig.« Er sah nicht auf. »Sie und Ihre Amateurtruppe haben das verhindert.« Es war ein Rückzugsgefecht, das wusste auch Hoffmann. Und er rührte sich nicht.

»Was meinen Sie? Wird sie gegen Schreitz aussagen?«

»Ich hoffe es.«

Jetzt sah Euler auf. »Sie hoffen es nur?«, sagte er und wollte mehr sagen. Dann fasste er den Professor genauer ins Auge. Sah die verkrampften Finger, das Gesicht, so ausdruckslos, dass es fast schmerzte. So sah kein Sieger aus. Er hatte etwas übersehen. »Warum nur hoffen? Was ist mit Ihnen los?«, fragte er in einem völlig neuen Ton.

Und Hoffmann, der mit einem Mal zusammensank, als wäre Luft und Blut und Kraft aus ihm gewichen, antwortete leise: »Weil meine Nichte verschwunden ist.«

36

Wolfgang Anders hob den Kopf, als er die Schritte im Hauseingang hörte. Er hatte die Tür offen gelassen. Von fern eine Stimme, leise, aber fluchend. Dann ein »Hallo?«. Danach Stille.

Es war ein Mann, es war Max Mertens. Wäre es Hedwig gewesen, sein Leben wäre anders verlaufen. Doch sie würde zu spät kommen. Sie konnte ihn nicht retten. Es sollte wohl nicht sein. Damit blieb ihm nur sein Plan.

Wolfgang Anders stand auf und stellte sich neben die Tür seines Büros, die ebenfalls halb offen stand. Den Zugang zur Wohnung hatte er verschlossen. Mertens sollte nicht noch weiter in sein Leben eindringen, als er es ohnehin schon getan hatte. Der Bestatter hob die Urne und wartete. Das alles hier war falsch, er wusste es. Es fühlte sich nicht an wie etwas, das er tun sollte, noch nicht einmal jetzt, da er es tat, das kalte Metall in den Händen. Hände, die feucht waren und rutschig. Ich habe keine Wahl, sagte er sich, wieder und wieder. Je größer seine Zweifel wurden, desto energischer wiederholte er es: Ich habe keine Wahl.

»Hallo?«, fast schüchtern klang die Stimme des Eindringlings, eine Hand, die die Tür ganz aufdrückte. Wolfgang Anders hasste diese Hand, er hasste sie mit aller Kraft, die er aufbringen konnte. Diese Hand hatte ihn bestohlen und bedroht, hatte seine Nummer gewählt, um ihn zu erpressen. Wollte sein Leben vernichten. Er hasste sie aufrichtig. Seine eigenen Hände zitterten.

»Ist jemand da?« Ein Kopf schob sich hinterher. Wolfgang Anders schloss die Augen. Und schlug zu.

Als Miriam wieder zu sich kam, sah sie einen Vogel. Er hockte in seinem Nest, so geduckt er es vermochte, und drehte nur von Zeit zu Zeit den vor Angst ganz dünnen Hals. Als sie sich umsah, erkannte sie seine missliche Lage: Er hatte offenbar innerhalb des Glashauses genistet, bei gutem Wetter, als alle Dachklappen offen standen. Nun aber hatte jemand diese Klappen geschlossen. Und zusätzlich im Inneren eine Art Zelt aufgebaut. Große Bahnen der Gaze, mit der die jungen Schösslinge auf den Pflanztischen vor Insekten geschützt wurden, hingen von der Besprenkelungsanlage an der Decke herunter und hüllten sie beide ein in einem intimen, versperrten Raum: Miriam und den Vogel. Miriam wollte aufstehen, aber sie war angebunden. Ihr Kopf schmerzte, sie wollte sich die Schläfen massieren, aber ihre Handgelenke waren fest an dieselben Rohre geschnürt wie ihre Füße.

Tja, Vogel, dachte sie, sagen konnte sie es nicht, denn sie war geknebelt. Dennoch schienen ihre Bemühungen, das Sichwinden und die dumpfen Laute, die sie ausstieß, das Tier weiter zu beunruhigen. Miriam hielt still. Und fragte sich verwundert, warum sie selbst keine Angst hatte. Im selben Moment fiel sie über sie her, die Angst. Wie ein Tier, das in einer Ecke darauf gewartet hatte, dass sie es bemerkte. Ihre Beine, ihre Arme und Hände, alles schien sich aufzulösen. Sie hatte nicht die Kraft, sich aufrecht zu halten, doch die Fesseln hinderten sie daran zusammenzusinken. Etwas griff nach ihren Eingeweiden und presste sie zusammen, so schmerzhaft und unerträglich, dass sie sich am liebsten die Nägel in die Bauchdecke gegraben und mit den Händen das herausgerissen hätte, was sie quälte. Miriam wimmerte. Denn ohne nachgedacht zu haben, begriff sie: Es war etwas geschehen. Etwas, das unwiderruflich war. Sie würde gedemütigt werden, sie würde Schmerzen erleiden. Sie würde sich verlieren in einer Qual, die mehr war, als sie ertragen konnte. Und sie würde sie ertragen müssen. Bis sie starb.

Sie hörte ihre eigene Stimme, sie fühlte den Urin an ihren Beinen hinunterlaufen, nichts davon lag mehr in ihrer Macht. Alles löste sich auf, und sie zappelte, kroch, schrie und trieb der rettenden Ohnmacht, dem erlösenden Wahnsinn entgegen. Doch er kam nicht.

Stattdessen an ihrem Ohr diese Stimme. Sie war ruhig. Sachlich. Ganz gelassen und klar. »Die Polizei ist mit der Durchsuchung dieser Gebäude fertig. Trotzdem werden wir noch ein wenig warten. Bis wir ganz sicher unter uns sind.« Eine Hand strich über ihr Haar. »So verletzlich.«

Miriam hörte nur das eine Wort und wünschte, sie könnte daran sterben: warten.

Warten! Warten, Nichtstun! Das war schlimmer als jeder Alptraum, den er jemals gehabt hatte. Zum wievielten Mal er den Weg von der Liege zum Fenster und wieder zurückgegangen war, wusste Viktor selbst nicht. Schreien hatte nicht geholfen, Faustschläge ebenso wenig. Inzwischen hatte er begriffen, dass er sich keinen Gefallen tat, wenn er hysterisch wurde, und sich hingesetzt. Sein einziger Trost war, dass wohl niemand mitbekommen hatte, wie er sich aufführte. Oder hatten sie hier Überwachungskameras angebracht? Er riskierte von unten ein paar schräge Blicke in die Raumecken, bemerkte aber nichts. Und wenn, dann herzlichen Glückwunsch, dachte er, mit einem weiteren Blick auf die schäbige Toilette, das Bettgestell mit seinen Schrammen und den schmuddeligen Boden. Nichts, was man gerne viele Stunden am Tag betrachtete. Allerdings musste er es auch noch riechen.

Da wurde die Tür entriegelt. Viktor stand vorsichtig auf. Ein Beamter stand da, Schlagstock am Gürtel, Schlüssel in der Hand. In der anderen eine Plastiktüte, die er Viktor reichte. Darin, wie er nach einem raschen Griff feststellte, sein Handy, sein Geldbeutel, der Gürtel, und, was ihn am meisten überraschte, der Helfer mit Hoffmanns Unterlagen.

»Keine Quittung?«, fragte er ironisch, nachdem er den Inhalt seiner Börse überprüft hatte.

Der Mann trat beiseite und gab den Weg zur Tür frei. »Waren Sie je hier?«, fragte er.

Viktor stutzte, dann grüßte er ironisch und machte, dass er nach draußen kam. Erst auf dem Vorplatz des Polizeigebäudes nahm er sich die Zeit durchzuatmen. Die erste Nummer, die er wählte, war die seines Onkels.

Hedwig Anders fand einen Parkplatz direkt vor dem Haus und drehte den Zündschlüssel. Für einen Moment genoss sie die Stille nach der Fahrt. Kein Lärm mehr, keine Vibrationen, keine viel zu hohe Geschwindigkeit, angefeuert von den Sorgen, die sie sich machte. Dann entdeckte sie das offene Gartentor unter dem schmiedeeisernen Bogen. Und schon war sie wieder alarmiert. Ihr Mann hatte nichts gesagt, kein Wort. Aber das war auch nicht nötig gewesen. Tobias sprach niemals, und trotzdem wusste sie meistens, was er brauchte. Wolfgangs Seelenzustand erkannte sie in der Regel schon an dem Klang, mit dem er beim Nachhausekommen die Tür öffnete, an der Art, wie er im Flur die Teppichkante meisterte, wie er den Mantel aufhängte, an seinem Atem und an den tausend verschiedenen Arten, auf die er schwieg. Diese war neu für sie gewesen.

Hedwig Anders hatte sich nicht die Mühe gemacht, sich von jemandem in der Kurklinik zu verabschieden. Erklärungen hätten zu lange gedauert, Einwände wären erhoben worden. Man hätte versucht, sie zu überreden, dort zu bleiben, sie aufgefordert, an sich zu denken, überhaupt noch einmal nachzudenken. Denn morgen sah ja alles bekanntlich so viel besser aus. Sie hatte genug Nächte durchwacht, um zu wissen, dass da etwas dran war. Trotzdem hatte sie nur einen Zettel für die Tagschwester gekritzelt, war durch die stillen Gänge der Klinik gehetzt und losgefahren.

Und da stand sie nun. Auch die Haustür war offen. Ihre Wohnung abgesperrt. »Wolfgang?« Angstvoll rüttelte sie an der Klinke. Irgendetwas stimmte hier ganz und gar nicht. Wo steckte nur ihr Mann?

Sie entdeckte die offene Tür zum Büro, sah die Unterseite zweier Schuhe. Die Füße steckten noch darin. Hedwig schlug die Hand vor den Mund. Sie ging rückwärts und tastete zum Lichtschalter.

»Wolfgang!« In dem grellen Licht sah sie ihren Mann sitzen. Er hockte auf dem Teppich wie ein Kind, eine Urne neben sich. Reines Glück, dass sie nicht über ihn gestolpert war. Neben ihm ein Fremder, lang ausgestreckt, ein Jesus in Bauchlage, der sich nicht regte.

»Wolfgang!« Diesmal flüsterte sie. »Was hast du getan?«

Er blickte auf, die Augen waren rot verweint. »Alles hab ich falsch gemacht, Hedwig. Alles.«

In den Jesusdarsteller kam Leben. Ein Zittern durchlief ihn. Er stöhnte, rappelte sich auf Hände und Knie und schüttelte den Kopf, was er allerdings mit einem Schmerzenslaut sofort wieder unterließ. »Also das kann ich bestätigen«, sagte er. Er ließ sich auf den Hintern plumpsen und hielt sich die Stirn. »Sind Sie eigentlich irre?«, fragte er anklagend.

Wolfgang Anders starrte ihn an. »Wer sind Sie?«, stammelte er.

»Wer sind Sie?«, fragte auch Hedwig. Sie stemmte die Hände in die Hüften. »Und wie kommen Sie dazu, sich in meinem Haus niederschlagen zu lassen?«

Vom Hauseingang her wurden Schritte laut, wurden langsamer, verharrten. »Was ist denn hier los?« Max Mertens starrte auf die drei Leute, die vor ihm auf dem Fußboden hockten. Eine Menschenmenge war nicht das, womit er gerechnet hatte. Seine Hand knüllte nervös einen braunen DIN-A4-Umschlag. »Wo ist mein Geld?«, fragte er.

Wolfgang Anders starrte erst ihn an, dann den Verletzten, der vor ihm saß.

Friedhelm Werth blinzelte zwischen seinen Fingern hindurch. »Miriam hat recht«, murmelte er, »in dieser Familie sind alle irre.« Laut sagte er: »Ich will einen Eisbeutel.«

37

»Maxi?« Hedwig Anders stand auf und ging auf den späten Besucher zu. Seine Haare hatten sich verändert, oder besser: Er hatte keine mehr. Die Piercings fehlten und auch der bodenlange Dracula-Mantel. Aber die Augen waren immer noch dieselben. Für Menschen hatte sie einen Blick. »Du bist doch der Maxi?«, versicherte sie sich. »Hannahs Freund?«

Max Mertens ignorierte sie. Offenbar hörte er auch seinen alten Spitznamen nicht gerne. »Können wir jetzt unsere Geschäfte erledigen?«, fragte er und machte einen Schritt auf Wolfgang Anders zu. Doch ehe er es verhindern konnte, hatte Hedwig ihm den Umschlag abgenommen.

»Ist das derselbe Mist, für den du damals schon von mir Geld wolltest?«, fragte sie. »Du solltest dich wirklich was schämen. Die Hannah hätte was Besseres als dich verdient.«

»Was?«, fragte Max Mertens niemand Besonderen. Er überlegte nur kurz. »Ach, geht doch zum Teufel.« Dann drehte er sich um und rauschte hinaus.

»He!«, schrie Wolfgang Anders ihm verzweifelt hinterher. »Wo ist die Asche? Die Asche der Dreschers?« Er verstand die Welt nicht mehr.

»Es geht mich ja nichts an«, machte Friedhelm Werth sich bemerkbar, »aber wollten Sie tatsächlich diesem Subjekt die Vase überziehen, weil es Sie erpresst hat? Haben Sie mich im Ernst mit dem da verwechselt?«

Hedwig beachtete ihn nicht. »Wolfgang?«, flüsterte sie.

Der stand mühsam auf. »Er wollte fünfzigtausend«, sagte er. »Und, und …«

Hedwig legte ihm den Finger auf die Lippen. Dann wandte sie sich an Werth. »Sie bekommen jetzt Ihren Eisbeutel«, sagte sie, »kommen Sie mit.«

Sie verarztete Werth in der Küche, der sich stöhnend auf die Bank setzte. Thekla sprang auf den Tisch und rieb sich, da er wenig Gegenwehr zeigte, ein paarmal an seiner Schulter. »Ist das die Katze, die immer fliegt?«, fragte er.

»Woher wissen Sie das?« Hedwig kam mit dem Eis.

»Von Miriam. Sie hat mich hergeschickt. Falls keiner von uns Tobias findet, sollten wir uns hier treffen und …«

»Tobias ist weg?« Hedwig hätte beinahe das Eis fallen lassen.

Werth beeilte sich, ihr zu versichern, dass alles Menschenmögliche unternommen wurde. Die Polizei, die Heimmitarbeiter, zu denen er im Übrigen auch gehöre, Miriam, Viktor, Miriams Onkel, alle, alle waren sie unterwegs und suchten nach dem Jungen.

»Mein Gott«, rief Hedwig und schlug die Hände zusammen. Sie wandte sich an ihren Mann. »Und du sitzt tatenlos hier rum und willst Leute erschlagen.«

Mit einem Ächzen legte Werth sich das Eis auf den Kopf. Tatenlos fühlte sich für ihn anders an. Aber er wusste aufgrund seiner reichen beruflichen Erfahrung, dass man mit hoch emotionalisierten Müttern nicht diskutierte.

»Sie Armer.« Hedwigs geballte Besorgnis wandte sich dem greifbaren Objekt zu. »Sie übernachten natürlich hier, und morgen bringe ich Sie zum Arzt.«

Friedhelm Werth nahm all seine Kraft zusammen und rappelte sich auf. »Danke«, meinte er. »Ich werde dann mal gehen. In das eigene Bett. Ich denke, das ist jetzt das Richtige für mich.« Er ging langsam zur Tür. Es funktionierte. Pochender Schmerz, Schwindel, aber er stand aufrecht. »Sie haben jetzt sicher genug eigene Sorgen. Tobias, die Asche und, ich meine, fünfzigtausend.« Diese Bemerkung konnte er sich nicht verkneifen. Er schnalzte mit der Zunge. »Das ist eine ganz schöne Summe.«

Nach seinem Abgang herrschte eine ganze Weile Stille. Endlich fragte Wolfgang Anders: »Hedwig?«

Sie betrachtete ihre gefalteten Hände auf dem Küchentisch, ohne etwas zu sagen.

»Was meintest du damit: der gleiche Mist, für den er von dir schon mal Geld wollte?«

Da sie immer noch nichts sagte, stand er auf und ging in den Flur, wo noch immer der Umschlag lag, den seine Frau Max Mertens aus der Hand genommen und auf den Boden gepfeffert hatte.

Zurück am Tisch öffnete er ihn. Heraus kamen Papiere. »Vaterschaftstests?«, fragte er erstaunt. Ihm wurde flau.

»Ja«, kam es von Hedwig. »Tests für Hannah, Viktor, Otto. Und für dich. Die hat Hannah damals machen lassen. Sie hat ihrer Mutter das Geld dafür gestohlen. Sie fand wohl, es war an Elisabeth, auch einmal zu bezahlen.«

Etwas in ihrer Stimme brachte Wolfgang dazu, sie anzusehen. »Und du hast, ich meine, die ganze Zeit, all die Jahre, da wusstest du es?«

»Dass ihr beide eine Beziehung hattet? Elisabeth und du?« Sie gab einen Laut von sich, einem Luftschnappen ähnlich.

»So hab ich dich ja kennengelernt, als den Freund meiner Freundin Lisbeth. Bis sie dich dann sitzenließ für den Otto. Und du hast dich meiner erbarmt. Das war ja kein Geheimnis.« Sie starrte auf die Tischplatte, wo der nur für sie sichtbare Film ihrer Vergangenheit abzulaufen schien. »Ich war ja noch froh, so verliebt wie ich damals war. Und dankbar, dass ich so einen tollen Mann überhaupt abgekriegt hab. Gerne auch gebraucht. Mir hat das nix ausgemacht.«

»Hedwig.« Er versuchte, ihre Hand zu nehmen. Sie entzog sie ihm.

»Auch als ich dann mitbekam, dass es wieder anfing.« Hedwig hielt inne. »Ich war ja so beschäftigt mit dem Tobi. Und ich hab gedacht, ich hab gedacht: Na ja, da bringst du ihm so ein beschädigtes Kind auf die Welt, kein Wunder, dass er sich abwendet.«

Wolfgang Anders fehlten die Worte. Tränen schossen in seine Augen. »Aber, aber …«

»Und wie gesagt, ich war auch so beschäftigt.« Sie wischte sich über die Augen, die ebenfalls feucht wurden.

»Aber es ist doch genau umgekehrt«, brachte er da endlich heraus. »Ich bin doch der, der versagt hat. Dir so ein Kind zu schenken. Das ist doch mein Autismus. Was bin ich denn für ein Mann?« Er hieb mit der Faust auf den Tisch. »Ich wollte dir nie weh tun.«

Unter Tränen sah sie ihn an. »Schon komisch, oder?« Sie suchte nach einem Taschentuch und schnäuzte sich trötend. »Der Tobias ist schon eine Prüfung«, sagte sie.

Er schüttelte den Kopf, heftiger und heftiger. »Der Tobi hat nicht Schuld. Sag das nicht. Wenn einer Schuld hat, dann bin ich das.« Seine Unterlippe zitterte. Wütend biss er darauf. »Die Elisabeth war immer so fröhlich«, sagte er. »Früher.«

»Ja.« Hedwig klang bitter. »Die konnte das.« Sie schwieg eine Weile. »Weißt du, dass ich mich eine Weile fast gefreut hab, dass sie am Ende auch nur Kummer hatte mit ihren Kindern? Die Tochter tot, der Sohn verschwunden. Einen Kummer, den keiner wiedergutmachen kann, so wie meinen.« Sie zückte wieder das Taschentuch. »So weit kommt man runter. Ich bin so ein schlechter Mensch.«

»Bist du nicht.« Das kam so schnell, Wolfgang Anders brauchte nicht darüber nachzudenken. Wieder sagte keiner von ihnen ein Wort. Unter seinen Fingern spürte er das Papier der Gutachten. Vaterschaftstests. Hannah hatte wissen wollen, wer ihr leiblicher Vater war. Und der ihres Bruders Viktor.

»Und?«, fragte er. Mehr wagte er nicht. »Hast du es damals gelesen?«

Hedwig schüttelte den Kopf. »Ich wollte es nicht wissen.«

Er nickte, überlegte, nickte wieder. Dann begann er zu blättern. Im selben Moment ging die Haustür.

»Hallo?«

Hedwig und Wolfgang sahen einander an. Das war Viktors Stimme.

38

Lilien! Miriam roch die Blumen, noch ehe sie sie zu Gesicht bekam. Große, weiße, fleischige Blüten, die ihren betäubenden Duft verströmten, der zwischen Süße und Verwesung lag. Für ihre Nase und ihre überreizten Nerven stanken sie alle nach Urin und Tod. Wie passend, dass es Friedhofsblumen waren. Schon zwölf Töpfe standen an ihrer Seite, und immer noch holte ihr Peiniger neue. Es begann, stickig zu werden.

»Schön, nicht wahr?« Die Stimme war noch immer ruhig, sanft beinahe, dabei tief und gurrend. »So fleischlich, so üppig. So katholisch rein in ihrem Weiß und doch, beinahe möchte ich sagen: geil. Nicht wahr?«

Miriam antwortete nicht. Der Knebel, der ihren Mund verstopfte, hätte ohnehin nur ein dumpfes Murren zugelassen. Sie schloss die Augen. Dass Tränen daraus rannen, konnte sie nicht verhindern. Lilien, weiße, fette Lilien. Es wurden immer mehr. Miriam betete, dass sie sich nicht übergeben musste.

»Kann mir mal einer sagen, wieso keiner von euch ans Telefon geht?« Viktor hatte sich seit seiner Entlassung kein Stück beruhigt. »Bei Miriam totale Funkstille, Hoffmann geht nicht ran, Karoline scheint dauerzutelefonieren, und ihr?« Er sah von einem zum anderen, während er erneut Karoline Schneids Nummer tippte. »Ihr seid doch zu Hause. Wieso geht ihr denn nicht ran?« Ist Tobi da, wollte er noch fragen. Aber die betroffenen Gesichter verrieten ihm auch so, dass das nicht der Fall war. Aus dem Hörer tutete es in rascher Folge. Belegt.

»Verdammt.« Er ließ sich auf einen Stuhl fallen.

»Also, das hat verschiedene Gründe …«, begann sein Onkel.

Viktor drückte nervös auf Wahlwiederholung. »Und wieso bist du da, Tante Hedwig. Weißt du es schon?« Da meldete sich Karolines Stimme.

Viktor sprang auf. »Ich bin's!« Er schrie beinahe. »Ich bin draußen. Ja, nein, erklär ich dir später. Wo ist Hoffmann? Was? Was macht er bei der Kripo? Wieso arbeitet der auf einmal …«

Viktor lauschte mit angehaltenem Atem. »Miriam ist verschwunden? Aber …« Sofort fielen ihm die Fotos ein. Mein Gott, war der Killer etwa auf Miriam aufmerksam geworden? Er setzte sich wieder. »Nein«, sagte er.

»Doch.« Karoline Schneid machte eine Pause. »Hoffmann tut alles, damit Euler nach ihr fahndet. Aber …«, sie zögerte einen Moment. »Es ist so«, sagte sie dann. »Schreitz hat gestanden.«

»Holger Schreitz hat gestanden?«, echote Viktor.

»Was hat er gestanden?« fragte Wolfgang Anders. »Wen hast du mir da ins Haus geschleppt?«

»Wer ist Holger Schreitz?«, erkundigte Tante Hedwig sich.

»Der Mann, wegen dem dein sauberer Neffe heute verhaftet wurde.« Wolfgang Anders fuhr sich mit der Hand über das Gesicht.

»Die Polizei war hier? Oh mein Gott.«

»Nicht wegen mir«, beeilte ihr Mann sich einzuwerfen. Ein schneller Blick zeigte ihm, dass Viktor das nicht mitbekommen hatte. Konzentriert lauschte er dem, was Karoline ihm erzählte.

»Also sind wir im Moment die Einzigen, die nach Miriam suchen«, stellte er fest.

»Wieso Miriam? Was ist mit Tobi?« Hedwig Anders wurde langsam, aber sicher nervös. Neffe im Gefängnis, Mann mit einem Fuß ebenfalls darin, Sohn verschwunden. Es war einfach zu viel. »Frag sie, was mit meinem Sohn ist.«

Viktor winkte ab und lauschte weiter. Kurz hob er den Kopf. »War Miriam heute Abend mal bei euch?«, wollte er wissen. »Eventuell zusammen mit so einem Typen. Wie heißt der?« Er ließ sich den Namen wiederholen. »Werth«, sagte er dann laut. »Friedhelm Werth.«

Hedwig und Wolfgang schüttelten unisono die Köpfe. »Nein«, sagte Viktors Tante mit Nachdruck. »Miriam war nicht hier.« Sie stieß unter dem Tisch ihren Mann an, der ergänzte. »Weder mit noch ohne Begleitung.«

Viktor war zu beschäftigt, um den Blickwechsel zwischen den beiden zu bemerken.

»Frag nach Tobi«, insistierte Hedwig.

»Miriam hatte ein Date mit diesem Werth«, sagte Karoline. »Er arbeitet im Heim, wie es aussieht. Irgendein Therapeut. Und dort sind sie dann auch zusammen hin, um nach Tobi zu suchen. Ich habe mit Christine Stern gesprochen. Sie sagte, Werth wollte in den Wald und Miriam habe die Gärtnerei abgesucht. Aber dort wäre niemand mehr. Die Polizei hätte schon ihre Leute dort gehabt. Und alles wäre leer. Seither hat keiner mehr einen von den beiden gesehen.«

»Fragst du sie nach Tobias?« Hedwigs Stimme klang so schrill, dass Viktor sich das freie Ohr zuhielt.

»Und, Viktor, eines ist seltsam. Als ich der Stern sagte, Miriam wäre mit diesem Werth zusammen, da hat sie ganz seltsam reagiert. Besorgt, würde ich fast sagen. Sie hat etwas gemurmelt. Das klang wie ›schon wieder Friedhelm‹. Aber sie wollte sich nicht darauf einlassen, mir mehr dazu zu sagen.«

Seine Tante packte ihn am Ärmel. »Bitte«, sagte sie.

Endlich gab Viktor nach. »Habt ihr Tobi schon finden können?«

»Also mit Tobias, das ist das Seltsamste.« Karoline erzählte ihm von der mysteriösen Äußerung seines Cousins, ehe er verschwunden war. »Glaubst du, er hat irgendetwas von dem Fall mitbekommen? Bei Kerstin weiß man auch nie …«, begann sie und hielt dann inne. Laut fuhr sie fort: »Ich bin unterwegs, diesen Friedhelm Werth aufzutreiben. Wenn sie mit ihm zusammen war, als sie mit der Suche begann, weiß er ja vielleicht, wo sie hinwollte. Okay?«

Viktor hatte schon aufgelegt und sich zu seiner Tante und seinem Onkel umgedreht. »Tobias sagte, er wollte zu ›dem toten Mädchen mit den Blumen‹. Karoline meint, es könnte etwas mit ihrem Fall zu tun haben. Aber das glaube ich nicht. Tobias ist konservativ in seinen Angewohnheiten. Und das einzige tote Mädchen, das ihn je interessiert hat …«

»… ist Hannah«, ergänzte seine Tante. Sie war schon aufgestanden. »Und die Blumen auf ihrem Grab. Ich hatte ihn immer dabei, wenn ich sie gepflegt habe. Komm.«

Wolfgang Anders suchte schon nach den Autoschlüsseln.

»Soll ich mitkommen?«, fragte Viktor.

Wieder waren die beiden sich völlig einig. »Das ist unsere Sache«, sagte Hedwig. »Kümmere du dich um Miriam.«

Viktor trommelte mit den Fingern auf dem Tisch herum. Dort lag Papier. Gedankenverloren schob er es hin und her. Vermutlich lag sie mit diesem Werth in den Laken. Die Vorstellung wollte ihm einfach nicht gefallen.

Hedwig biss auf ihrer Lippe herum. Doch als ihr Mann von der Tür her fragte: »Bist du so weit?«, nickte sie und gab sich einen Ruck. Sie griff nach dem Abstammungsgutachten und entzog es sanft und schnell Viktors spielenden Fingern.

»Was ist das?«, fragte er, als sie es einsteckte. Doch ohne großes Interesse.

»Nichts«, blaffte sein Onkel.

»Etwas, das Tobi zerschneiden darf.« Seine Tante lächelte sanft. »Wenn er wieder da ist.«

Karoline Schneid hatte vom Auto aus telefoniert. Inzwischen stand sie vor dem Haus, das als Friedhelm Werths Adresse angegeben war. Es handelte sich um einen schönen Altbau an der Pegnitz, eines jener schmalbrüstigen gotischen Fachwerkhäuser, in denen der Denkmalschutz regierte und den Besitzern verbot, auch nur einen Dübel in die Wand zu schlagen. Für die manche Menschen allerdings dennoch morden würden.

Ein wenig konnte sie es verstehen. Vom Fluss her schnatterten ein paar Enten im Schlaf. Die Weiden mit ihren ins Wasser hängenden Ästen formten romantische Schatten, und die Lichter der Straßenlaternen gaben einem das Gefühl, sich in längst vergangenen Zeiten zu bewegen. Nicht einmal das nahe Schaufenster eines Edelfriseurs änderte viel daran.

Werth gehörte eine der beiden Dachwohnungen, wie sein Name auf dem Messingklingelschild verriet. Karoline klingelte dreimal vergebens, rüttelte ungeduldig an der Haustür und stellte fest, dass offenbar der Schnapper eingelegt war, denn die Tür sprang widerstandslos auf. Sie nutzte die Chance und stieg in den dritten Stock, wo Werth residierte. Die Haustür war alt, ein Holzmodell. Man benötigte nicht mehr als eine Kreditkarte, um sich unerlaubt Zutritt zu verschaffen. Karoline drückte die Tür hinter sich zu.

Wie sie es sich gedacht hatte: Weiß getünchte Wände mit altem Fachwerk bestimmten den Charakter der Wohnung. Der Besitzer hatte nur wenige, sehr moderne Möbel dazugestellt. Chrom, schwarzes Leder und Schiefer herrschten vor, im Wohnzimmer ebenso wie in der italienischen Designerküche. Auf einem Sockel räkelte sich die Statuette einer nackten Frau. Durch die Fenster grüßten die angestrahlten Türme der Nürnberger Kirchen über dem Dächergewirr der Altstadt. Auf dem einzigen Bild, das Karoline entdecken konnte, prangte eine riesige Blüte.

Lilie, dachte Karoline. Oder so ähnlich. Obwohl man auch an ein weibliches Geschlechtsteil denken konnte. Ihre Nervosität stieg. Sie inspizierte ein Badezimmer mit venezianischem Glaslüster, ein karges Büro und eine Abstellkammer ohne gestalterische Ambitionen und stieß dann die Tür zum Schlafzimmer auf. Was sie sah, ließ sie nach dem Handy greifen. Und ihre Hand im selben Moment wieder sinken. Schreitz hatte gestanden. Euler würde den Teufel tun, auf sie zu hören. Er ließ selbst Hoffmann vor seiner Tür warten. Oder in seinem Büro. Oder wo auch immer. Der alte Mann tat ihr leid. Er sollte das hier sehen. Sie begann, seine

Nummer zu wählen, und hielt mitten in der Bewegung inne. Vielleicht war es besser, der Pathologe sah es nicht. Karoline Schneid dachte nach. Schließlich war es Viktor, den sie anrief.

»Komm«, sagte sie nur. Und gab ihm die Adresse.

Dann lehnte sie sich gegen den Türrahmen, noch immer in die Betrachtung von Werths Bett versunken, das groß war und aus Messing. Und überall, auf den beiden Nachttischen, auf dem Fußboden, am Kopfende und am Fußende, sogar links und rechts der Tür, waren Blumen: dichte, duftende Sträuße roter und rosafarbener Rosen. Büschel davon. Türme. Ein ganzes Blütenmeer. Hier und da ragten große, schlanke Kerzen auf, die darauf warteten, entzündet zu werden. Es sah aus wie eine Flitterwochensuite, wenn man es mit den Augen eines Romantikers betrachtete. Oder wie eine Aufbahrung.

Karoline Schneid schlug mit dem Kopf gegen das Holz der Türfassung. Wieder und wieder. Sie hoffte, Viktor würde schnell kommen.

39

Hedwig Anders zerriss sich die Strumpfhose, als sie über die Sandsteinmauer des Johannis-Friedhofs kroch. Ihr Mann, der für sie die Räuberleiter gemacht hatte, schob und drückte unter Ächzen nach, bis sie oben war. Dann sah er sich um und fand zum Glück einen halb kaputten Bierkasten, der sein Gewicht gerade noch lange genug aushielt, bis auch er die Mauerkrone erreicht hatte. Seine Frau packte ihn unter der Achsel und zog ihn zu sich. Sie atmeten schwer. Beide waren sie keinen Sport gewohnt. »Und du bist dir sicher?«, fragte er.

Sie nickte. Daraufhin ließen sie sich auf die andere Seite fallen.

»Autsch.«

»Hast du dir weh getan?«

»Ich bin nur zu nah an einen Rosenbusch gekommen.«

Viele der steinernen Sarkophage, die seit der Barockzeit die Grabstätten des kleinen Friedhofs deckten, hatten ein Rosenbäumchen als Begleiter. Es war die einzige Schmuckmöglichkeit, sonst konnte man nur Gestecke und Pflanzschalen auf die kniehohen Monumente stellen, die Wolfgang Anders meist giftig als Badewannen zu bezeichnen pflegte. An manchen Stellen standen sie so dicht, dass kein Durchkommen war.

Er folgte seiner Frau. Sie war es, die immer ans Grab gegangen war, in dem nun neben Hannah noch Otto und Elisabeth lagen. Es hatte ihn nicht hierher gezogen. Zu ambivalent waren die Gefühle gewesen, die er mit den Toten verband.

»Und du bist dir ganz sicher?«, fragte er nach dem fünften Abbiegen und dem vierten blauen Fleck. Statt einer Antwort wurde seine Frau immer schneller.

»Tobias«, rief sie, noch ehe sie den Weg erreicht hatten, der den moderneren Teil des Friedhofes durchquerte, wo die hohen Steinkreuze standen, die Obelisken und die Engelsfiguren. »Tobias!«

Wolfgang Anders wollte sie schon ermahnen, leise zu sein. Dann sah auch er die Gestalt. Es war kein Todesengel, der am Fuß des glatten schwarzen Steinobelisken kauerte, unter dem seit 1905 die Familie Hofmeister, aus der Hedwig stammte, ihre Toten begrub. »Mein Gott, Tobias.«

Alles in ihnen drängte danach, den Jungen in die Arme zu nehmen. Doch sie blieben stehen. Tobias kauerte vor dem Stein und strich mit der Hand wieder und wieder über den spiegelglatten Marmor. Hedwig kannte das an ihm. Er liebte, küsste und beleckte zu gerne alles Glatte und Spiegelnde, in dem sich Lichter brachen. Schaufenster, Autolack, die spiegelnden Glatzen wildfremder Männer. Und Hannahs Grab.

»Blumen tot«, sagte Tobias irgendwann. Und er hatte recht. Die leuchtend blauen Glockenblumen, die Hedwig für Hannah hingestellt hatte, ehe sie sich auf den Weg zur Kur gemacht hatte, waren der Hitze schon lange erlegen. Die zarten Blüten raschelten vor Trockenheit.

»Ich bringe neue«, sagte Hedwig und schluckte die Tränen hinunter. »Wir suchen zusammen welche aus, Tobias. Gleich morgen. Bei der Frau Pludrau. Du magst doch die Frau Pludrau.« Sie konnte kaum sprechen, so flossen die Tränen der Erleichterung.

Wolfgang Anders wollte seinem Sohn die Hand auf die Schulter legen. Der aber schüttelte seine Berührung ab.

»Komm.« Seine Frau nahm ihn stattdessen am Arm und dirigierte ihn zu einer nahen Bank. Dort saßen sie, einer neben dem anderen. Ohne einander zu berühren. Ohne ein Wort zu sagen. Der nächtliche Friedhof lag still da. Nur manchmal fuhr ein Auto vorbei. Oder man hörte die lallenden Stimmen später Heimkehrer. Nach einer Weile nahm man auch den Wind wahr, das Rascheln von kleinen Tieren, die im Dunkeln blieben. Von fern schlug eine Kirchenglocke. Und klingelnd fuhr die letzte Straßenbahn vorbei.

Wolfgang Anders seufzte und blickte in den Himmel. Er war noch immer schwarz. Schwärzer noch das steinerne Spitzenwerk der gotischen Kapelle. Und die Sterne blass gegen die vielen Lichter aus den Straßen ringsum. Was er im ersten Moment für den Mond gehalten hatte, war das runde Firmenschild auf einem Baukran von der nahen Großbaustelle am Klinikum. Es war ein Stadthimmel. Kein romantischer Himmel. Trotzdem betrachtete er ihn gerne. Ja, dachte er, warum nicht. Warum nicht hier sitzen und warten, bis Tobias so weit war, dass er mit ihnen kam. Warum nicht einfach dasitzen und nichts tun, nichts wollen, nichts fürchten. Von all dem hatte es in den letzten Tagen in seinem Leben weiß Gott zu viel gegeben.

Hedwig neben ihm schien dasselbe zu denken. Er sah ihr dunkles Profil auf die Gräber gerichtet. Sie wirkte entspannt. »Weißt du«, begann er vorsichtig. »Ich glaube, du hast recht.«

Als sie ihm den Kopf zuwandte, fuhr er fort. »Wie du mit

allem umgegangen bist. Mit den Abstammungsgutachten zum Beispiel. Dass du es nicht wissen wolltest.« Er lehnte sich zurück und atmete demonstrativ tief die Nachtluft ein. »Das hat Größe, Hedwig. Ich meine, es ist doch wahr: Was hätte es jetzt noch für eine Bedeutung.«

»Ja«, erwiderte sie leise. Ihre Stimme klang bitter. »Das frage ich mich auch. Hat es jetzt überhaupt noch eine Bedeutung?«

Wolfgang Anders verstummte. Hedwig schwieg. Tobias erforschte das Geheimnis des Steins. Ein leichter Sommerregen begann zu fallen, sanft wie die Dunkelheit selbst. So saßen sie, bis es hell wurde.

Malte war unzufrieden. So oft er seinen Blick auch herumwandern ließ, über die beschmierten Spiegel, die umgestoßenen Blumentöpfe, die Ketchupspuren auf dem Sofa, das zerstörte Fenster, es bescherte ihm nicht die innere Ruhe, die er sich davon erhofft hatte. Lag es daran, dass er Miriams Wohnung nicht gründlich genug zerstört hatte? Oder störte ihn, dass sie noch immer nicht hier war, um in Tränen auszubrechen? Fassungslos, zitternd. Seine anderen Exfreundinnen waren stets fast zusammengebrochen. Lächerlich im Grunde, wenn man bedachte, dass der Sachschaden sich insgesamt in Grenzen hielt. Eine hatte sogar therapeutische Hilfe verlangt. Wegen der Angstzustände. Sollten sie auch. Sie sollten Angst vor ihm haben. Ein bisschen Respekt konnte nie schaden. Wie kam es nur, dass sie alle immer zuerst dachten, sie bräuchten ihm keinen Respekt entgegenzubringen? Es war allein ihre Schuld, wenn er dann gezwungen war, sie eines Besseren zu belehren.

Offenbar war er nicht der Einzige, der auf Miriam wartete. Ihr Anrufbeantworter stand kaum still. Über zehn Anrufe waren eingegangen, seit er sich hier beschäftigte. Der Tenor von allen lautete »Wo steckst du?«. Es hörte sich an, als würde da draußen die Welt untergehen. Er fand, es geschah ihr recht.

Malte dachte daran, wie sie ihn beinahe überrascht hatte. Er war abends spät noch in den Gewächshäusern gewesen, hatte sich ein paar Geräte ausleihen wollen, mit denen er hier bei ihr so richtig etwas anrichten konnte. Die Harke hielt er noch immer in der Hand.

»Mistschlampe.« Er hieb die drei Zinken mit Wucht in Miriams Sitzsack. Die Styroporkugeln begannen herauszufließen. Wie hypnotisiert starrte Malte sie an. Dann hob er den Kopf. Es war an der Zeit, dass sie kam und sein Kunstwerk würdigte, seinen Kommentar zu ihrem Charakter und ihrer ganzen Existenz. Es machte keinen Spaß, wenn sie nichts mitbekam. Zeit, dass er andere Saiten aufzog. Wenn sie nicht zu ihm kommen wollte, dann würde er eben zu ihr gehen und sie holen. Das war sein gutes Recht. Malte fasste seinen Entschluss. Im Gegensatz zu all den anderen Idioten wusste er schließlich genau, wo sie war.

Da, wieder der Anrufbeantworter. »Frau Weichsler? Hier Karoline Schneid. Kommissarin Schneid, meine ich. Frau Weichsler, wir kennen uns nicht gut, aber ich bitte Sie: Wenn Sie das hören und Sie sind mit Friedhelm Werth zusammen. Oder Sie wollen ihn treffen: Entfernen Sie sich. Hören Sie? Gehen Sie weg. Suchen Sie sich einen sicheren Ort, an dem viele andere Menschen sind. Und rufen Sie die Polizei! Frau Weichsler? Ich kann Ihnen das jetzt nicht erklären, aber bitte: Vertrauen Sie mir!«

Die Stimme sagte noch einiges andere. Malte hörte ihr die Aufregung an. Dann knackte es und piepte, und das Band war voll. Malte, die Türklinke schon in der Hand, betrachtete den blinkenden, verstummten Apparat. Und lachte aus vollem Halse.

40

Viktor hörte das Poltern und rannte die Treppe schneller hinauf. Die Tür zu Werths Wohnung stand offen, wie Karoline es ihm beschrieben hatte. »Karoline?«, rief er atemlos, als er in die Wohnung platzte. »Alles in Ordnung?«

Sie stand im Wohnzimmer, eine Pistole im Anschlag, die genau auf Werths Hinterkopf zeigte. Der Logopäde kniete vor ihr, die Hände erhoben. Und er wimmerte. »Nicht schon wieder auf den Kopf«, bat er.

»Aufstehen!«, blaffte Karoline.

»Ich dachte, du hättest deine Sachen abgegeben.« Viktor starrte die Waffe an.

»Die ist privat.« Sie riss Werth hoch und zückte ein paar Handschellen.

»Dann will ich gar nicht wissen, wozu du die privat verwendest.« Viktor wandte sich an Werth: »Wo ist Miriam?«

Friedhelm Werth hob den Kopf. »Ich weiß es nicht. Sagen Sie es mir. Wir wollten nach Tobias suchen und uns danach bei Ihnen zu Hause treffen. Aber Miriam war nicht da.«

»Er lügt.« Viktor sah Karoline triumphierend an. »Ich war gerade zu Hause bei uns. Und mein Onkel sagt, es war niemand da. Keine Miriam, kein Werth.«

»Ach, sagt er das, Ihr Onkel.« Werth versuchte, sich zu Viktor umzudrehen. Aber Karoline kam ihm zuvor. »Maul halten«, schrie sie ihn an und gab ihm einen Schubs in Richtung Schlafzimmer.

»Wow«, sagte Viktor, der hinterherkam.

»Wohl eher huh«, meinte Karoline, die zum zweiten Mal die morbide Pracht des blumenüberschütteten Lagers betrachtete. »Wenn man bedenkt, dass es ein Tatort werden sollte.«

»He, Sie glauben doch nicht…« Werth bekam große Augen. Schweißtropfen bildeten sich auf seiner Stirn. »Das, das, ich kann das alles erklären. Mirko hat das für mich gemacht.«

»Mirko, so, so, klar. Weiter.« Karoline hatte ihren Plan gefasst und stieß ihn in das Schlafzimmer hinein.

»Ja, Mirko, mein Nachbar. Sie können klingeln und ihn fragen. Hören Sie.« Werth wandte sich an Viktor, als hoffe er, ein Mann könnte das besser verstehen. »Als es mit Miriam und mir so gut lief. Au!«, unterbrach er sich. Viktor hatte ihn unsanft am Ellenbogen gepackt und half Karoline dabei, ihn dorthin zu bugsieren, wo sie ihn haben wollte. Offenbar war das das Bett.

»Hören Sie.« Werth redete schneller. »Als es gut lief und sie einwilligte, mit zu mir zu kommen, da rief ich Mirko an und bat ihn, ein paar Blumen für das Schlafzimmer zu besorgen. Üppig, sagte ich ihm. Rosen. Und dass Geld keine Rolle spiele. Ich konnte doch nicht ahnen, dass der Idiot gleich so übertreibt. Hören Sie.« Er überlegte fieberhaft.

Derweil drückte Viktor ihn auf die Matratze, und Karoline öffnete die Handschellen erneut, um sie zusätzlich um die Messingstangen des Kopfteils zu schließen.

»Mirko wird Ihnen das alles bestätigen. Er war sicher in einem Blumenladen, da gibt es dann Zeugen. Unterlagen. Bestimmt. Das ist alles ein großes Missverständnis. Das…«

Er konnte nicht mehr weitersprechen, da Karoline ihm ein Bündel Rosenstängel in den Mund gesteckt hatte und das Arrangement mit Klebeband fixierte. Werth, der nun fünf Baccararosen quer zwischen den Kiefern trug, sah aus wie ein Tangotänzer, der es übertrieben hatte.

Viktor und Karoline verließen ihn, um in die Küche zu gehen und etwas zu trinken. »Was machen wir jetzt?«, fragte Viktor. »Rufen wir Euler und die Spezialjungs an?«

»Müssen wir wohl.« Karoline sah zerzaust aus und schöner als je zuvor. »Da Schreitz gestanden hat, wird es nicht einfach werden.«

»Schreitz wird widerrufen«, meinte Viktor. »Wir wissen doch beide, dass er nur unter Druck eingeknickt ist. Oder?«

Es klopfte an der Haustür. Karoline ging in den Flur, um zu öffnen. Draußen stand ein junger Mann in Jeans und verwaschenem Shirt, der sich den Bauch kratzte. Das heißt, viel Bauch hatte er nicht. Er war groß, schlaksig, hatte schulterlange pechschwarze Haare und ein schmales Gesicht mit ebenso schwarzen Augen, die Karoline interessiert musterten. »Hi, bist du Miriam?«, fragte er und streckte ihr die Hand hin. »Mirko.« Er blinzelte. »Na, war's schön?«

»Ja, nein, ich.« Karoline nahm die Hand, für den Moment zu verblüfft.

Statt sie zu schütteln, nahm er ihre Finger und deutete einen Handkuss an. »Sag Friedo, die Rosen waren ein Schnäppchen, okay? Ich hab sie im Resteshop gekriegt, kamen gerade rein, ein kaputter Container. Und weil ich alle genommen hab, gab's auch noch Rabatt. Er kann das morgen mit mir regeln.« Mirko blinzelte. »War doch geil, oder?«

Karoline nahm ihre Finger wieder an sich. »Resterampe. Geil, klar.« Sie wandte den Kopf und starrte Viktor an, der sich hinter der Küchentür versteckte und nur gestisch mit den Schultern zuckte.

»Ach ja, die Quittung.« Mirko kramte in seiner Jeans und hielt ihr einen Rechnungsbeleg hin, viermal gefaltet und zerknittert. Es hing noch ein Rosenblatt daran. »Aber wie gesagt, morgen reicht. Also dann. Haut rein.« Mirko hob noch mal grüßend die Hand und ging.

Karoline entfaltete die Rechnung und zeigte sie Viktor. Aus dem Schlafzimmer hörten sie Werths verzweifeltes »Mmmmhmmmhhmhhh«.

»Glaubst du, der Killer lässt seine Tatorte von einem Kumpel ausstatten?« In Karolines Augen stand so etwas wie Verzweiflung.

»Mit Blumen von der Resterampe?« Viktor sah zum Schlafzimmer. »Sollten wir …?«, begann er.

Sie schüttelte den Kopf. »Die Stern hat mir angedeutet, dass mit dem Werth was nicht stimmt. Sie schien regelrecht Angst vor ihm gehabt zu haben.«

»Wo hast du sie noch mal gesprochen?«, fragte Viktor. Er ging wieder in die Küche. »Verdammt, ich hab mich an den blöden Rosen geschnitten.«

»Im Heim«, meinte Karoline und kam nach. »Das heißt … im Park, genauer gesagt.«

Viktor hörte auf, seine Kratzer mit einem Spültuch zu bearbeiten. »Du hast da auch was«, sagte er und zeigte auf ihre Schulter, wo sich gelbrot verschmierte Flecken zeigten. »Hast du dich gekratzt?«

»Ich bin nicht mal in die Nähe der verdammten Blumen

gekommen. Sie drehte den Kopf und betrachtete zerstreut den Fleck. »Riecht aber nach Blumen.« Sie schnupperte. »Nach Lilien.«

»Komm, ich mach das weg.« Er legte ihr die Hand auf die Schulter. Und Karoline erinnerte sich.

41

»Es tut mir leid«, hatte Christine Stern gesagt. Und sie genau so an der Schulter berührt, wie Viktor es jetzt tat. Dort, wo sich nun der Fleck abzeichnete. Ein Fleck aus dem Blütenstaub von Lilien, groß wie ein halber Handteller. Wie viele Blüten musste man anfassen, um so über und über bestäubte Finger zu haben, um solch deutliche Spuren zu hinterlassen? Drei, vier, Dutzende?

Karoline packte Viktors Hand. »Im Schlafzimmer sind keine Lilien.« Keine fünf Sekunden später standen beide wieder in Werths Schlafzimmer. Karoline riss das Klebeband ab und zerrte ihm die Rosen aus dem Mund. »Christine Stern«, sagte sie.

Werth starrte sie mit großen Augen an.

Karoline insistierte. »Was können Sie mir über Christine Stern sagen.«

»Hat diese Verrückte etwa behauptet, ich hätte …?« Werth zerrte an den Handschellen. Es kam Leben in ihn. »Hören Sie, wenn Sie eine durchgeknallte, psychotische, hochgradig manipulative Irre suchen, dann sind Sie bei meiner Kollegin genau richtig. Sie sollten ihr kein Wort glauben und außerdem …«

»Sie hatten was mit ihr«, stellte Viktor fest. Als er Karolines Blick bemerkte, zuckte er mit den Schultern. »Vertrau mir«, sagte er. »Ich bin der Mann.« Er neigte sich über Werth. »Also?«

Werth wand sich. »Ein einziges Mal«, gestand er. »Na gut, dreimal. Ich bin ein langmütiger Mensch. Aber die Wünsche dieser Frau gingen mir eindeutig zu weit, verstehen Sie?«

»Nein!«, sagte Karoline Schneid, so hart und laut, dass sein Kopf herumfuhr. Sie stemmte die Hände aufs Bett und neigte sich über ihn. »Das verstehen wir nicht.«

Werth biss sich auf die Lippen. »Sie wollte perverse Sachen. Ich meine, ich bin ja nicht prüde. Aber Schmerzen.« Er hielt inne. Seine Augenlider zuckten, als er notgedrungen ihren Blick aus nächster Nähe erwiderte. »Für mich, verstehen Sie, ist Schluss, wenn erst einmal Blut fließt.«

»Wollen Sie damit sagen …«, begann Viktor verdattert. Er dachte an Isolde Schellenbaum, an die seltsamen Wunden, die sie beschrieben hatte. »Wollen Sie ehrlich behaupten, sie *wollte* das?«

Karoline dachte an einen Satz, den sie selbst gesagt hatte, über die Ophelia auf dem Poster in Schreitz' Keller, mit Christine Sterns Gesicht auf dem Bild, voll bitterer Ironie: *Na klar, sie hat das selbst getan.* Was, wenn die Ironie in diesem Satz gar nicht angebracht gewesen war? Auf der anderen Seite: Sie kannte das doch. Wie oft hatte sie die Worte in ihrer Berufslaufbahn nicht gehört? Es war der Standardspruch jeden Vergewaltigers: Sie wollte es doch auch. Karoline hatte schon Frauen gesehen, die halb tot geschlagen worden waren. Und daneben ein Mann, der Stein und Bein schwor, sie habe ihn förmlich angefleht, es ihr ein wenig härter zu besorgen. Sie wollte das. In Karolines Kopf drehte sich alles.

Werth räusperte sich und schluckte hart. »Das hier«, sagte er und wies mit einem Nicken auf die Rosen, die sich gerade noch in seinem Mund befunden hatten, »das wäre genau ihr

Ding gewesen. Vermutlich hätte sie es fotografiert.« Dann sah er Karoline an. »Wieso fragen Sie nach Christine?«

»Stimmt«, schloss Viktor sich an. »Wieso fragen wir eigentlich nach Christine?«

»Ich bin nicht lesbisch!« Christine Stern schrie so laut, dass Miriam erschrocken die Augen schloss.

Als ihre Peinigerin ihr den Knebel abnahm, hatte sie versucht, mit ihr zu reden, sie anzuflehen, sie zu überzeugen, Verständnis zu heucheln. Sie schien die falschen Worte gewählt zu haben. Zitternd zog Miriam sich so weit zusammen, wie ihre gefesselten Gliedmaßen es zuließen. Christine Stern bearbeitete mit einer Schere ihre Kleider. Schnitt für Schnitt löste sie die Fetzen von Miriams angstverkrümmtem Leib. Jedes Mal wenn sie das kalte Metall auf ihrer Haut fühlte, musste Miriam all ihre Kraft zusammennehmen, um sich nicht wieder in die Hose zu pinkeln.

»Das habe ich schon Marion erklärt.« Christine Stern schnitt. »Es geht nicht um Sex oder irgendeinen anderen Schmutz.« Ihre Stimme wurde weich. »Es geht um Schönheit, um Liebe, um das Wunderbare, das zwischen zwei Menschen möglich ist, die einander absolut vertrauen.«

Blödsinn, dachte Miriam. Hysterisch versuchte sie, mit ihren Fingern das letzte Stück Stoff festzuhalten, das ihre Brüste bedeckte. Sie hätte schreien mögen vor Scham, Angst und Verzweiflung.

Laut fragte sie: »Haben Sie Marion deshalb umgebracht, ja? Weil sie erkannt hat, was sie selber nicht erkennen wollen: dass Sie eine Lesbe sind. Und weil sie Ihnen einen Korb gegeben hat?«

»Marion hat mir keinen Korb gegeben. Marion hat mich geliebt.« Christines Stimme wurde schrill. Sie packte die Schere fester und hob sie hoch.

Ja, dachte Miriam, ja, das ist es, los, stoß zu. Bring mich endlich um. Alles, nur nicht von dir berührt werden. Sie räusperte sich und fragte laut: »Aber an sich rangelassen hat sie Sie erst, als sie tot war, oder?« Miriam lachte, ein hysterisches Lachen, das ihren Körper schüttelte. Na los doch, dachte sie, los, bringen wir es endlich hinter uns.

Christine Stern starrte sie an, voller Wut. Doch dann, ganz langsam, änderte sich der Ausdruck ihres Gesichts. Zärtlichkeit trat in ihre Züge. »Du siehst nicht hübsch aus, wenn du dich so aufregst«, sagte sie. »Gar nicht hübsch.«

Und sie nahm einen von den Fetzen, die sie aus Miriams Kleid geschnitten hatte, tunkte ihn in eine der großen grünen Plastikgießkannen, die überall längs der Tische zum Gießen bereitstanden, und tupfte damit behutsam Miriams Gesicht ab. Die brach in Tränen aus. Rotz und Wasser liefen ihr über das Gesicht, während sie schrie und wimmerte vor Angst und Enttäuschung. Auch ihre Blase versagte endgültig.

»Oh, mein armes Häschen. Dabei soll doch alles schön sein. Wunderschön sogar. Du wirst es sehen.« Christine Stern machte beruhigende Geräusche, tränkte das Tuch erneut und säuberte Miriam mit der liebenden Fürsorglichkeit einer Mutter. Danach küsste sie ihr zärtlich die Stirn.

42

Malte war außer Atem, als er am Heim ankam. Der einsetzende Nieselregen, den er erst kaum gespürt hatte, hatte ihn während der langen Fahrt schließlich völlig durchnässt. »Ein Segen für die Landwirtschaft«, brummte er, während er das Rad abschloss. Dann machte er sich auf in Richtung Gewächshaus. Er kannte den Weg, seine Gedanken wanderten voraus. Wenn er dort war, konnte er auch gleich seinen Spind aufräumen. Es war immer besser, man hinterließ keine Spuren. Zwar hatte keine von Miriams Vorgängerinnen es geschafft, die Polizei ernsthaft für ihn zu interessieren. Was tat er schon groß? Ein paar Sprüche auf dem Anrufbeantworter, nichts Eindeutiges, Blumengrüße per Fleurop, hin und wieder war er anwesend, dezent im Hintergrund, auf der anderen Straßenseite, ein zufälliger Passant, mehr nicht. Und in den Wohnungen hinterließ er nie Fingerabdrücke. Aber es war immer besser, sich abzusichern.

»He«, sagte er und blieb stehen. »Füchslein.«

Da war das Tier ja wieder, näher, als es bisher je gekommen war. Stand einfach vor ihm auf dem Weg und schien ihn zu kennen. Oder warum ging es nicht beiseite? Malte ging in die Knie und streckte eine Hand aus. »Na, Füchslein, wieder unterwegs, um jemandem vor die Fassade zu kacken?« Er lachte leise und erinnerte sich an das letzte Mal, als er das Tier gesehen hatte. Kerstins Schwester war bei ihm gewesen, diese Blondine. Kerstin war immer freundlich zu ihm gewesen, anhänglich, er hatte sie gemocht. Die hatte ihn nicht verarscht. Maltes Finger zappelten in der Nachtluft, um den Fuchs anzulocken. Malte spitzte die Lippen. Er hörte den Knall noch. Doch er begriff nichts mehr von dem, was danach geschah. Dass ihn auf einen Schlag die Kraft verließ und er sich hinsetzte, mitten auf den Weg. Dass das Blut, das durch seine Finger floss und über den Weg, sein eigenes war, all das viele Blut. Dass der Fuchs fort und der Mann, der jetzt vor ihm stand und sich ratlos seine Kappe aus der Stirn schob, ein Jäger war.

Das heißt nein, daran dachte Malte noch. Jäger, dachte er. Der sollte den Fuchs schießen. Er hörte das Kinderlied. Schießt auf dich den Schrot. Er lachte. Es kam Schaum über seine Lippen. Roter Schaum.

Der Jäger schrie auf und warf die Flinte auf den Boden. Seine grünen Gummistiefel quietschten, als er vorwärts stürzte und sich neben den Verletzten kniete. Er achtete nicht auf den Matsch, der in seine Kniehosen drang. Er war ein untersetzter Mann in den Vierzigern, mit Musketierbart und rotem Gesicht. Jetzt war er blass und starrte Malte an, unfähig zu begreifen, unfähig, etwas zu tun. In einer unbewussten Bewegung zog er sich den Lodenhut vom Kopf. Da hatte er einen Menschen erschossen. Weglaufen, das wollte er, laufen und laufen, bis er zu Hause ankam, in sein Bett kriechen und sich die Decke über den Kopf ziehen konnte. Und all das hier wäre einfach nicht wahr. Wäre nie geschehen. Aber es war geschehen, und er musste überlegen, was zu tun war. »Herrgott, Herrgott«, murmelte der Mann immer wieder. Er hörte die leisen Schritte nicht. Hörte nicht, wie jemand die

Schrotflinte aufhob. »Herrgott. Ich muss …«, sagte er zu sich selbst. An dieser Stelle knipste ein gnädiger Schlag seine Gedanken aus.

Christine Stern ließ das Gewehr sinken. Es war leichter als gedacht, einen Mann mit einer großen Holzflinte niederzuschlagen. Ein zweiter Schuss wäre zu laut gewesen. Schon der erste hatte sie zutiefst erschreckt. Aufgescheucht hatte sie Miriam zurückgelassen und nach der Ursache geforscht. Der Jäger, jetzt erinnerte sie sich. Man hatte ihn bestellt wegen der Tollwutgefahr und der Hygiene. Offenbar hatte die Leitung schnell reagiert. Sie hoffte, dass die anderen Angestellten im Heim auch daran dachten und niemand wegen des Knalls bei der Polizei anrief. Trotzdem konnte sie die beiden da nicht liegen lassen, das war zu riskant. Sie überlegte. Dann nahm sie den Jäger bei den Beinen und schleifte ihn hinter sich her in die Gewächshäuser. Sie lehnte ihn Miriam gegenüber an die Wand und fesselte ihn an die Wasserrohre. Eines der Seile verlief eng um seine Kehle. Mit lang ausgestreckten Beinen saß er nun in einem Wald aus Lilien.

Als das geschehen war, packte Christine eine volle Gießkanne und kam zurück. Sie goss den Inhalt um Malte herum aus, damit das Blut, das schon zu klumpen begann, fortgespült wurde. Den Rest würde der Regen erledigen. »Auf mit dir«, sagte sie und packte Malte, der ihr mit offenem, blutverschmiertem Mund zusah, unter der Achsel. Besser, als sie gehofft hatte, kam er auf die Beine. Er war zittrig und drohte ein paarmal zusammenzubrechen. Doch am Ende schaffte auch er es in das Glashaus und unter das weiße Zelt, das Christine aufgespannt hatte.

»So«, sagte sie, den dumpfen Aufschrei von Miriam unter dem Knebel ignorierend. Sie lehnte auch Malte an die Wand. Zu fesseln brauchte sie ihn nicht, er war mehr tot als lebendig. Zwischen den Fingern, die er auf seinen Leib presste, quoll schon wieder das Blut hervor. Christine Stern neigte den Kopf. Kritisch betrachtete sie die beiden Männer.

»Publikum«, erklärte sie dann laut. »Jede echte Kunst braucht ihre Bewunderer.« Sie wandte sich an Miriam. »Wie oft habe ich schon bedauert, dass ich meine Kunstwerke alleine lassen musste, einsam der Welt preisgegeben. Und nie war ich dabei, wenn die ersten Reaktionen kamen, der reine, ungefilterte Eindruck. So etwas interessiert einen Künstler doch. Dafür lebt er, für den Kenner, den Applaus.« Sie legte den Finger an die Lippen, als überlege sie. »Vielleicht sollte ich eines Tages an die große Öffentlichkeit gehen. Mit einer Installation auf einem Platz.« Sie lachte leise, aber begeistert. Vor ihrem geistigen Auge schienen die Pläne dafür bereits zu entstehen. Dann sah sie wieder Miriam an. »Mit dir wird das nicht gehen, mein Schatz. Schau nicht so enttäuscht.« Sie trat dem Jäger gegen das Knie. Der Mann gab ein paar würgende Laute von sich. »Immerhin bist du die Erste, bei deren Präparation überhaupt jemand anwesend sein darf. Auch wenn ich mich frage, ob sie es wirklich zu schätzen wissen.«

Malte schien etwas sagen zu wollen, doch es kam nichts als eine große, rot schillernde Blase zwischen seinen Lippen hervor, die wuchs, zitterte und zerplatzte.

Christine Stern zuckte mit den Schultern. »Also weiter«, sagte sie und griff nach einem Topf mit langstieligen Lilien.

»Können Sie mir nicht wenigstens die Handschellen abnehmen?« Werth, der auf dem Rücksitz hockte, hielt Karoline Schneid die gefesselten Hände entgegen. »Es ist doch wohl nicht strafbar, romantisch sein zu wollen.«

Karoline antwortete nicht, sondern konzentrierte sich darauf, das Auto in halsbrecherischem Tempo durch die nächtlichen Straßen zu lenken, und ignorierte auch den fragenden Seitenblick von Viktor. Eine Ampel sprang auf Rot. Sie fuhr weiter. Der einsame Minicooper, der von links angefahren war, kam weit hinter ihnen schleudernd zum Stehen.

Werth schien das als Aufforderung zu begreifen, sich zu erklären. »Sie hat mich angemacht, die Christine, damals. Gleich als sie bei uns anfing. Sie war ziemlich direkt, wenn Sie verstehen, was ich meine. Und dann war es auch schon wieder vorbei. Und Sie meinen wirklich …«

»Ich meine gar nichts.« Karoline Schneid bog mit geschätzten siebzig Stundenkilometern um die Ecke.

»Ich weiß auch nicht.« Viktor hielt sich an seinem Sicherheitsgurt fest. »Es gibt so gut wie keine weiblichen Serienmörder. Also, jetzt mal im Vergleich. Die meisten sind Männer. Und wenn sich Frauen an so was versuchen, sind es meist Giftmorde in der Familie, oder wenn sie als Krankenschwester arbeiten, bringen sie ihre Patienten um.

»Lass mich raten. Du hast in Michigan mal als Putzkraft bei einem Profiler gearbeitet.« Karoline verzichtete auf das Blinken ebenso wie auf das Bremsen und beschleunigte.

»Fast. Ich war als Bibliothekshilfskraft in New Orleans tätig. In dem Stadtteil gab es wenig Leser, und ich hab den halben Tag ungestört in der Real-Crime-Ecke verbringen können.«

»Wovon reden Sie beide eigentlich?« Werth hielt sich mit beiden gefesselten Händen an der Kopfstütze fest.

»Wir sind da.« Karolines Stopp ließ Steine spritzen. Aus dem nahen Tierheim erklang Gebell, als sie die Türen ins Schloss fallen ließen.

»Dezent geht anders«, stellte Viktor fest.

»Die Gärtnerei liegt hinter den Schreinerwerkstätten. Dort hört man nichts.«

Werth hob noch einmal auffordernd seine Hände. Da Karoline allerdings einfach loslief, machte er es wie Viktor, setzte sich in Trab und sah zu, dass er dranblieb.

43

»Schreitz hat was?« Euler fuhr auf seinem Stuhl herum. Eben noch hatte er bewundert, wie das nächtliche Dunkel in das durchsichtige Blau einer sich von fern ankündigenden Morgendämmerung überging. Er liebte die Farbe, er liebte die Zeit. Was er gar nicht liebte, waren Überraschungen wie diese.

Sein Assistent wiederholte vorsichtig. »Er hat widerrufen.« Dann sah er sich auf dem Flur nach links und rechts um, kam herein und schloss leise die Tür. »Und wenn Sie mich fragen. Das ist auch gut so. Was er uns zu den einzelnen Morden gestanden hat, das war doch nur Humbug. Das hat hinten und vorne nicht gepasst. Chef, ich …«

Euler winkte ab. Aber sein Assistent fuhr fort. »Sie denken das doch auch, dass er es nicht war.«

Euler schwieg. Natürlich war er es nicht. Und er, Euler, war nicht einmal böse darum. Die Schneid hatte ihnen Schreitz geliefert, mit einem ungesetzlichen Husarenstück, das sie ihre Karriere kosten konnte, wenn er klug vorging. Ihren Kopf hätte sie nur retten können, wenn sie Erfolg gehabt und ihnen den Mörder geliefert hätte. Jetzt war sie fällig, und das gefiel ihm. Ja, wenn Schreitz nicht der Mörder war, machte das vieles leichter. Doch es versaute ihm die Quote. Da galt es abzuwägen.

»Wie geht es Hoffmann?« Seine Gedanken waren automatisch zu dem Alten gewandert. Was hatte der ihn genervt wegen seiner Nichte. Allerdings, wenn er recht hatte, und das Mädel tauchte demnächst tot im Blumenschmuck auf?

»Wir haben ihm ein Glas Wasser eingeflöst und ihn in ein Taxi gesetzt.«

»Gut.« Euler wandte sich wieder dem Fenster zu. Notfalls würde er auf die Sache mit der Nichte des Alten zurückkommen. Niemand konnte ihm vorwerfen, er habe eine Spur vernachlässigt. Euler beschloss, dass er nicht wirklich verlieren konnte, was auch geschah. So hatte er das Leben am liebsten.

»Und?«, fragte sein Assistent.

Erstaunt drehte Euler sich noch einmal um. »Und was?«

»Ich meine, was machen wir jetzt?«

»Leise!!«, flüsterte Karoline und brachte ihre beiden Begleiter mit einer Handbewegung zum Stillstand, während sie selbst durch die offen stehende Tür des Gewächshauses spähte. Dort hinten war Licht, das hatte sie hierher geführt. Dort war Bewegung, und auch Stimmen.

»Was siehst du?«, hauchte Viktor, während Werth sich gegen die Wand drückte und die Augen schloss. Sein Kopf wummerte, vermutlich hatte er eine Gehirnerschütterung. Aber wenn Miriam etwas zugestoßen war, dann musste er wach bleiben. »Ja«, schloss er sich an. »Was sehen Sie?«

»Mehr, als mir lieb ist.« Karoline hatte Mühe zu glauben, was sich dort vor ihren Augen abspielte. Da saß ein Unbekannter in Loden und Gummistiefeln, gefesselt. Wenn es nicht so absurd gewesen wäre, hätte sie schwören können, er wäre ein Jäger. Daneben hockte, zusammengesackt, der nette Junge, der in der Gärtnerei arbeitete. Sie erinnerte sich noch an den Tag, als er ihr den Fuchs gezeigt hatte. Die Sonne hatte geschienen und sein blondes Haar beleuchtet. Ihr war, als müsse Kerstin jeden Moment von hinten an sie herantreten.

Der Junge war kaum noch zu erkennen. Sie hätte ihn für tot gehalten, wenn er nicht von Zeit zu Zeit gurgelnd gehustet hätte. Am erstaunlichsten aber war der Anblick von Miriam. Beziehungsweise nahm sie an, dass es sich bei dem Körper um Miriam handelte. Was sie von hier aus sah, waren vor allem weiße Haut und Blut und Lilien. Unwirklich sah das aus unter den weißen Schwingen der Gazevorhänge. Der perverse Traum eines katholischen Märtyrers.

»Was stinkt hier so nach Urin?« Werth stöhnte.

»Pst«, machte Viktor. »Das ist kein Urin, das sind die Blumen, Mann.«

»Ihr Onkel hat mir mit seinen Schlägen den Geruchssinn zerstört.«

»Sie waren nie bei meinem Onkel.« Viktor runzelte die Stirn. »Und Wolfgang schlägt niemanden.«

Werth schnaubte. »Das glauben Sie.«

»Klappe, oder wollt ihr draufgehen?« Karoline Schneid starrte wie hypnotisiert die Schrotflinte an, die dicht, viel zu dicht neben Christine Stern an einem Pflanztisch lehnte. Trotzdem mussten sie näher ran. »Auf mein Kommando«, flüsterte sie.

»So.« Christine Stern trat einen Schritt zurück. »Der Kranz zu deinen dunklen Augen, das ist wunderbar. Ich wünschte wirklich, du könntest das sehen.« Sie klang leicht, fröhlich, erfüllt von ihrer Arbeit. »Ich wünschte, du könntest es wenigstens ein bisschen schätzen, Miriam.« Zärtlichkeit lag in ihrer Stimme.

Miriam bewegte mit Mühe die Lippen. »Bitte«, sagte sie. Die Augen zu öffnen, dazu hatte sie keine Kraft mehr.

Christine Stern gab ihr einen aufmunternden Klaps auf den nackten Oberschenkel und wischte sich den Blütenstaub an der Hose ab. Der Jäger gurgelte etwas. Die Stern trat ihn mit Wucht in die Seite. »Du hast hier gar nichts zu sagen.« Sie neigte den Kopf, als sie ihm einen Kleiderfetzen von Miriam als Knebel in den Mund stopfte, um sein Winseln zu ersticken. »Ein Zufallsgast, nichts weiter. Also bitte. Demut vor der Kunst.«

»Auf die Knie, und Hände über den Kopf.« Karoline trat vor, die Pistole im Anschlag.

Christine Stern wand sich vollkommen ruhig nach ihr um. »Friedhelm«, sagte sie, als sie ihren Liebhaber hinter der Kommissarin und Viktor entdeckte. Ihre Augen leuchteten auf. »Endlich. Ich habe mich schon gefragt, wie lange du brauchen würdest.«

44

Im Hause Anders kehrte Stille ein. Tobias, der sich nach seiner Rückkehr auf dem Trampolin ausgetobt hatte, lag in seinem Bett und starrte murmelnd an die Decke, wo die Sterne einer Laterna magica über den Putz tanzten. Hedwig schloss leise die Tür, mit einem letzten Blick auf sein friedliches, ja seliges Gesicht.

Wolfgang Anders gurgelte im Bad. Als er herauskam, sah er alt und müde aus. Der gestreifte Pyjama schlackerte um seine Gestalt, als er sich auf dem Bettrand zusammensinken ließ. Hedwig betrachtete die gerötete Haut in seinem Nacken, dort, wo der Kragen seines Jacketts immer scheuerte. Sie dachte, dass er die Stelle mal wieder ausrasieren müsste. Aber sie sagte nichts. Mit der immergleichen Bewegung, die sie schon so gut kannte, schwang er seine geschlossenen Beine hoch und drehte sich in die Rückenlage wie ein Turner. Da lag er, die Hände über der Decke verschränkt. Genau auf Brusthöhe.

»Wir sollten schlafen, Hedwig«, sagte er.

»Ja, das sollten wir.«

»Wir sollten auch kein unnötiges Drama draus machen.«

Sie schüttelte den Kopf. »Sicher nicht.«

»Nicht in unserem Alter.«

Hedwig sagte nichts. Sie löschte das Licht. Sie blieb sitzen. »Ich weiß nicht«, begann sie irgendwann. Da hörte sie, wie seine Atemzüge tiefer wurden. Hedwig blieb still. Endlich schnarchte ihr Mann.

Wenig später stand Hedwig auf. Sie sagte sich, dass man niemanden dafür hassen durfte, dass er zu schlafen vermochte, wenn man selber es nicht konnte, und beschloss, in die Küche hinunterzugehen. Sie war leise auf der Treppe. Doch ihre Vorsicht war unnötig. Wolfgang sägte, und aus Tobias' Zimmer erklang nur das leise Surren der Laterna, die sich noch immer drehte.

Und ich, dachte Hedwig und stand in ihrer einsamen Küche. Der Fliesenboden war kühl. Vor den Fenstern begann die Schwärze sich langsam zu lichten. Die Amseln im Garten kündigten entschlossen den Morgen an, der nur zu ahnen war. Thekla kam und strich ihr um die Beine, schnurrend, um Futter bettelnd. Hedwig goss ihr Milch in den Napf und setzte sich selber Teewasser auf. Wenigstens das gab es zu tun. Ihr Blick streifte den Messerblock. Dann griff sie zur Teedose.

Plötzlich fielen ihr die gefalteten Bogen Papier ein, die in ihrer Jackentasche steckten. Sie ging in den Flur und zog sie heraus. Zurück in der Küche machte sie es sich mit einer dampfenden Tasse, der Zuckerdose und einer Katze auf dem Schoß bequem. Abstammungsgutachten, wie altmodisch das klang. Es folgten Hannahs Namen und Daten, dann die von Viktor. Danach wurde es schwieriger. Sie nahm einen Schluck und lehnte sich beim Lesen zurück. Hedwig hatte Zeit.

Karoline und Viktor waren von Christine Sterns Reaktion so überrascht, dass beide alarmiert zu Friedhelm Werth herumfuhren. Ungläubig starrten sie ihn an. Der Lauf von Karoline Schneids Waffe zuckte.

Christine nutzte den Augenblick, um sich die Flinte zu schnappen und sie auf die drei Neuankömmlinge zu richten. »Schrot«, sagte sie nur. Es war klar, was sie meinte: Die Ladung würde streuen und sie alle drei treffen.

Karoline fluchte.

»Wie du siehst, Friedhelm«, fuhr Christine fort, »habe ich sie mir alleine besorgt. Ohne deine Mithilfe.«

Friedhelm Werth setzte die Ellenbogen ein, um sich in seinem kleinen Grüppchen nach vorn zu kämpfen. »Was faselst du da?«, sagte er. Er warf Karoline einen scharfen Blick zu. »Verschwenden Sie lieber keine Zeit darauf, mich als Geisel zu nehmen«, meinte er. Auch wenn er sicherheitshalber die Hände hob. »Diese Frau blufft. Sie und ich, wir haben nichts miteinander zu schaffen.«

»Friedhelm! Und das nach allem, was wir miteinander hatten?« Christine Stern lachte.

Karolines Aufmerksamkeit sprang zwischen den beiden hin und her. Was war da? Log sie, log er, blufften sie beide? Sie umklammerte ihre Waffe fester und fixierte die Stern. »Sie sind tot«, sagte sie, »noch ehe sie das Ding abgefeuert haben.«

Christine Stern ließ den Lauf zu Miriam hinüberpendeln und wieder zurück. »Jemanden nehme ich mit«, sagte sie. »Genug für meine Bedürfnisse.« Sie lud durch. »Hinsetzen.«

Viktor sah von Malte zu dem Jäger. Beide sahen definitiv mitgenommen aus. Ganz sicher wollte er nicht derjenige sein, der mitgenommen wurde. »Dahin?«, fragte er vorschlagsweise und machte Anstalten, sich in den Schneidersitz niederzulassen.

In diesem Moment öffnete Miriam die Augen. »Friedhelm«, flüsterte sie. »Du bist gekommen.«

Friedhelm fuhr herum und machte zwei Schritte auf Miriam zu. Dabei trat er, ohne nachzudenken, der Stern in die Schussbahn.

Viktor reckte sich, damit er besser sichtbar war. »Ich bin auch gekommen, Miriam. Ich hol dich hier raus.«

Miriam blinzelte nur.

»Maul halten«, fauchte Christine Stern ihn an. Der Lauf ihrer Flinte stieß schmerzhaft gegen Viktors Schulter. »Typen wie du«, begann sie. Doch weiter kam sie nicht.

Karoline Schneid nutzte den Moment. Sie packte den Lauf von Sterns Waffe und riss ihn nach oben. Mit einem Wutschrei ging die Frau auf sie los. Friedhelm stürzte zu Miriam. Viktor wollte hinterher. »Typen wie ich also«, schrie er, »was? Du wirst schon sehen was los ist mit Typen wie mir!«

Es fiel ein Schuss, dann noch einer. Glas splitterte.

Draußen schüttelte der Fuchs die Scherben aus dem Fell und trabte, schnüffelnd hier, schnüffelnd da, langsam davon.

Nach einer Weile war Malte der Erste, der stöhnte. Karoline Schneid, die auf seine Beine gestürzt war, stemmte sich hoch und trat zu ihm.

»Tut mir leid«, sagte sie. Sie hob seine Hand an, die er auf seinen Leib gepresst hielt, und begutachtete die Wunde darunter. »Ich rufe einen Krankenwagen«, sagte sie sanft und legte seine Hand wieder zurück auf den Bauch. »Es wird alles gut.«

Den Jäger befreite sie mit Hilfe eines Gärtnermessers. Die Klinge, die sonst Stiele beschnitt, verhalf dem Mann zu frischer Atemluft. Er fiel auf die Seite und pumpte. Vorerst sagte er keinen Ton.

Viktor und Friedhelm knieten neben Miriam und wetteiferten darum, wer es zuerst schaffen würde, die Knoten ihrer Fesselung zu lösen. Miriam spuckte, schüttelte hektisch den Kopf, um die Blüten abzuwerfen, und wischte, sobald ihre Hände frei waren, hysterisch alles von sich, was nach Grünzeug aussah. Friedhelm half ihr auf die Beine. Miriam zupfte, wischte und schlug noch immer um sich. Erst als sie realisierte, dass sie nackt dastand, beschmiert mit gelbem Blütenstaub und Blut, vor den mehr oder weniger interessierten Augen von immerhin vier Männern, hielt sie inne und stieß einen Schrei aus.

»Das ist alles deine Schuld«, fuhr sie Viktor an und stieß ihn heftig vor die Brust. Weinend flüchtete sie in Friedhelm Werths Arme.

Der hob die noch immer gefesselten Hände, um ihr Unterschlupf an seinem Hals zu gewähren. »Nun machen Sie schon, Anders«, sagte er leise. »Geben Sie ihr Ihre Jacke.«

Viktor stutzte, runzelte die Stirn und gehorchte dann. Langsam zog er seine Leinenjacke aus und hängte sie Miriam um die nackten, schmutzigen Schultern. »Die kommt aber in die Reinigung«, war alles, was ihm einfiel.

Friedhelm Werth gönnte ihm keinen weiteren Kommentar. »Baby«, flüsterte er, «ich bring dich nach Hause.« Er drückte einen Kuss auf Miriams Schläfe.

Miriam öffnete kurz die Augen, schloss sie dann wieder und lächelte.

»Ich bring dich hier weg.«

Viktor starrte ihnen nach. »Dafür gibt's Ambulanzen«,

sagte er gallig. »Man schleppt die Leute nicht mehr selbst.« Da fiel ihm ein, dass er nicht alleine war. »Hast du das gesehen?«, fragte er und wandte sich suchend nach Karoline um.

Sie hatte es inzwischen geschafft, die Wunde an ihrem Bein abzubinden, dort, wo Christine Sterns Schrotladung sie getroffen hatte, und angelte mühsam nach ihrem Handy. »War nicht zu übersehen«, sagte sie.

Mit offenem Mund starrte Viktor zurück. Ihm fielen auf einmal ein paar Dinge ein. Er wollte etwas sagen, doch sie winkte ab.

Mit Mühe tippte sie die Nummer des Polizeinotrufs und gab ihren Code durch. »Polizist angeschossen.« Sie grinste Viktor an. »Aber der Bestatter ist ja schon da.« Dann fiel sie in Ohnmacht.

Es blieb Viktor überlassen, die tote Christine Stern anzustarren, die mit offenen Augen auf dem Rücken lag, ein rotes Loch in der Stirn. Bis die Blaulichter eintrafen.

45

»Kommst du, Viktor?« Hedwig Anders hielt die Tür auf und blickte fragend zu ihrem Neffen. Sie hatte eine Aktentasche dabei, trug ihr graues Kostüm für Beerdigungen und hielt den Schlüssel für einen ihrer Leichenwagen schon in der Hand.

»Ich danke dir«, sagte sie, als sie einstiegen.

Viktor setzte sich zurecht. »Kein Problem«, sagte er. »Um was geht es eigentlich?«

Hedwig ließ den Motor an und steuerte rückwärts aus der Garage, die Zunge zwischen den Zähnen. Sie war so konzentriert, dass Viktor seine Frage nicht wiederholte. Als sie endlich auf der Straße standen, atmeten beide auf.

»Und?«, fragte Hedwig und legte, schon etwas entspannter, den zweiten Gang ein. »Wie geht es der hübschen Kommissarin?«

»Sie ist keine Kommissarin mehr«, sagte Viktor. Aber er wusste selbst, dass es nicht das war, was seine Tante hören wollte. »Als ich sie im Krankenhaus besuchen wollte, war sie schon nicht mehr dort.« Er schwieg.

»Oh. Ich hab mich schon gefragt, warum du so lange mit deinem Genesungsbesuch wartest. Nach allem, was ich so gehört habe. Also, versteh mich nicht falsch, es geht mich ja nichts an.« Sie warf ihm einen kurzen Seitenblick zu. »Aber sie gefällt dir ja schon so lange.«

»Hat man das gemerkt?« Viktor wurde warm, er öffnete ein Fenster und wartete darauf, dass der übliche barsche Spruch über die Klimaanlage kam. Aber Hedwig war nicht Wolfgang, sie beschwerte sich nicht. Wenn sie jetzt allerdings anfing, in seiner Seele zu lesen, statt Tobi zu pflegen und Baisers zu backen, dann konnte das heiter werden. Viktor wusste nicht, ob es ihm recht war. Andererseits, Miriam konnte er schlecht anrufen, um ihr seinen Kummer zu beichten. Miriam war beschäftigt. An ihrem Bett saß Tag und Nacht Friedhelm Werth. Vermutlich lag er sogar drin. Außer einem Mordsschock hatte Miriam nichts weiter abbekommen. Wenn man von einer Allergie gegen Lilien mal absah. Und das bei einer Pflanzennärrin wie ihr.

Ihm fiel auf, dass er schon lange schwieg. »Ach, weißt du«, meinte er betont lässig zu Hedwig, »das hab ich so was von versaut, dass man dafür vermutlich ein neues Wort erfinden muss.«

»Schade«, sagte Hedwig und lenkte. Nach einer Weile fügte sie hinzu: »Du hast es verviktort.«

Viktor musste grinsen. Auch wenn es weh tat. »Tante, du hast es drauf«, stellte er fest. Eine Weile sah er aus dem Fenster.

»Heute morgen hat ein Mann bei mir angerufen«, begann Hedwig.

»Mmmh?«, fragte Viktor mäßig interessiert. Er hing seinen eigenen Gedanken nach.

»Ein gewisser Holger Schreitz.«

Viktor zuckte zusammen. »Ach, wirklich«, sagte er und dachte an den peinlichen Abend, als er mit einem Sixpack Bier vor Holgers Werkstatt gewartet hatte. Genauer gesagt hatte er auf der anderen Straßenseite gestanden, während drüben Holgers Azubi ihn angestarrt und etwas nach hinten gerufen hatte. Zwei Rocker waren herausgekommen und hatten sich mit verschränkten Armen auf dem Gehsteig aufgebaut. Dann war Holger erschienen. Es hatte lange gedauert, bis Viktor sich ein Herz genommen hatte und zu ihm gegangen war.

»Er sagt, er wäre zwar noch immer sauer auf dich, du wüsstest schon, weswegen …« sagte Hedwig.

Wohnungseinbruch, zählte Viktor im Geiste auf, Denunziation, Mordverdacht, eine Nacht verschärftes Verhör. Da kam schon was zusammen.

»Aber er möchte trotzdem, dass du die Beerdigung ausrichtest. Und er kommt am Samstag zu uns, um Tobi für eine Fahrt abzuholen.«

»Ah«, wiederholte Viktor. Noch einer, der ein besserer Mann war als er selbst. »Du darfst nicht erschrecken, wenn du ihn siehst«, sagte er zu seiner Tante. »Sein Herz ist noch größer als sein Bizeps.«

»Er scheint Tobias wirklich zu mögen, oder?«

Viktor nickte. »Tobias hat dieses Talent, Menschen zu finden, die es wert sind. Wissen wir doch.« Sie lächelten beide vor sich hin. Er betrachtete seine Tante. Sie sah anders aus, fand er, jünger irgendwie. Vielleicht lag es ja daran, dass sie ihre Schürze nicht trug. Aber auch in ihrem Gesicht schien sich etwas verändert zu haben. Der typische Hedwig-Ausdruck, dieses immergleiche, freundliche, leicht debil wirkende Lächeln fehlte. Sie wirkte gelöster, trauriger und fröhlicher zugleich. »Willst du ihn wirklich wieder aus dem Heim nehmen?«, fragte er.

»Wo Menschen arbeiten wie diese fürchterliche Frau?«,

fragte sie. »Die sogar Leute umbringt?« Sie fasste energisch das Lenkrad fester. »Da lasse ich ihn ganz bestimmt nicht.«

»Tja. Versteh ich ja.« Viktor lehnte sich zurück. Vorsichtig fuhr er fort. »Es schien ihm aber nicht schlecht gefallen zu haben, weißt du? Und dieser Freund von Miriam.« Er hielt inne. Es fiel ihm nicht leicht, das zu sagen. »Ich mag ihn ja nicht so, aber weißt du, ich glaube, als Therapeut hat er echt was drauf. Hat Miriam gesagt. Sie war ganz begeistert davon, wie er mit Tobi umgegangen ist.«

»Ich denke drüber nach, okay?« Hedwig blinzelte, bis die Tränen, die in ihre Augen steigen wollten, wieder verschwunden waren.

Viktor sah es nicht ohne Rührung. »Du hättest dann auch mal wieder so was wie ein eigenes Leben, Tante.«

»Ein eigenes Leben.« Hedwig gab einen undeutbaren Laut von sich. Sie hielten an einer roten Ampel. »Sag mal, Viktor, kennst du das«, fing sie zaghaft an, »dass man keine rechte Vorstellung davon hat, was das eigentlich sein soll: das eigene Leben.«

»Ha!« Viktor lachte bitter. »Das Problem hab ich erfunden. Kein Witz.«

Sie lachte auch. »Damals in Vancouver, als du mit falschem Diplom als Psychiater gearbeitet hast.« Als er nicht antwortete, wandte sie besorgt den Kopf. »Hab ich was Falsches gesagt.«

»Nein, es ist nur: Schlagfertig bist du mir unheimlich.«

»Verstehe.« Sie sah wieder nach vorne. »Ich hätte besser gefragt, was du zum Abendessen möchtest.«

»So ähnlich.« Viktor wurde stiller. »Aber mal ehrlich, Tante: Du hast doch deine Familie. Da ist Tobi, der dich braucht, dein Mann …« Ein schnaubendes Geräusch seiner Tante ließ ihn innehalten. »Was ist mit Wolfgang?«, fragte er und fand es im selben Moment seltsam, seinen Onkel beim Vornamen zu nennen.

Hedwig überlegte lange. »Er hat etwas verwolfgangt«, sagte sie schließlich.

»Echt? Mein Onkel, ich meine – vorsicht!« Viktor hielt sich am Handschuhfach fest und überstand Hedwigs Vollbremsung mit knapper Not. Der Autofahrer vor ihnen, ein Mittsechziger im Cabriolet mit ordinär gelbhaariger Blondine, zeigte ihnen den Stinkefinger. »Da drüben ist der Friedhof«, brüllte er.

Viktor schüttelte den Kopf. »Keinen Sinn für die eigene Sterblichkeit.«

Sie fuhren weiter, und nach einer Weile war klar, dass Hedwig dem Thema von sich aus nichts hinzufügen würde. Schließlich meinte Viktor: »Tut mir echt leid.«

Hedwig schüttelte den Kopf. »Wir kriegen das schon hin, mach dir keine Sorgen.«

»He!« Sie sah so traurig aus, dass Viktor sie anstieß. »Ihr seid schließlich alles, was ich an Familie noch habe.« Er grinste. »Auch wenn ihr natürlich die Hölle seid.«

Sie hielt an. In ihrem Blick war so etwas, so etwas Weiches, Mütterliches, ein Glanz, der Viktor ganz und gar unruhig machte. Nein, dachte er, oh nein, das hat man von seiner Offenheit. Würde sie ihn jetzt drücken?

Aber sie betrachtete ihn nur eine Weile. Dann legte sie den ersten Gang ein. »Weißt du«, sagte sie, »manchmal bist du ihm beinahe ähnlich. Meinem Wolfgang.« Sie lachte und tätschelte kurz seine Hand.

»Fahr langsam«, sagte Viktor, »ich muss mich vielleicht übergeben.«

»Wo sind wir?«, fragte er, als sie in einem Vorort hielten. Einfamilienhäuser mit eingewachsenen Gärten, handgetöpferte Hausnummern à la Niki de St. Phalle, Räder und Dreiräder in den bemalten Carports. Hier und da ragten Rutschen und Schaukelgerüste über die hohen Hecken.

»Bei Familie Drescher«, stellte seine Tante fest, die das Klingelschild überprüft hatte. Aber sie drückte nicht auf den Knopf. Stattdessen packte sie ihre Aktentasche fester und nahm ihn am Arm. »Wir müssen hier etwas erledigen, was dein Onkel unerledigt gelassen hat in seiner Verranntheit. Komm mit.«

46

Das Grundstück der Dreschers lag an einer Straßenecke, sodass sie in die kaum befahrene Seitengasse einbiegen und bis an eine Stelle des Drescher-Gartens gehen konnten, wo die Ligusterhecke weniger dicht war. Von dort aus sahen sie eine Terrasse, einen kleinen Steingarten mit bunten Glaskugeln als Schmuck und ein großes Sandkasten-Areal. Auf dem Dach der Garage glitzerten Solarzellen.

Hedwig steckte die Nase zwischen die Zweige und spähte herum. »Da«, sagte sie und wies auf eine etwas vernachlässigte hintere Ecke des Gartens. »Siehst du das?«

»Wo?«, fragte Viktor. Aber sie klopfte ihm schon aufmunternd auf den Po. »Geh hin«, sagte sie und drückte ihm einen Apparat in die Hand. »Und mach Fotos.«

»Wovon?«, fragte Viktor, der das kleine Gerät brav nahm, aber sonst keine Anstalten machte.

Hedwig nahm ihn am Arm und schob ihn noch einmal nachdrücklich in Richtung Hecke. »Das wirst du sehen, wenn du da bist. Also los.«

Viktor war die ganze Angelegenheit nicht geheuer. Nicht dass dies das erste Mal wäre, dass er sich Zugang zu einem fremden Grundstück verschafft hätte. Andererseits war das nie besonders gut für ihn gelaufen. Er war mit Worten und Waffen bedroht, niedergeschlagen und erst vor kurzem schon wieder beinahe ermordet worden. Was hatte er eigentlich von dem dauernden Detektivspielen, überlegte er, während er über den

Rasen der Dreschers hoppelte, ein misstrauisches Auge auf die Terrassentür und unter den Sohlen knackendes Plastikspielzeug. Im Fall des ermordeten Japanologen hatte Karoline die ganzen Lorbeeren für sich eingeheimst. Und vor drei Tagen war es dasselbe gewesen. Die Kavallerie war eingetroffen, die schöne Karoline die Heldin gewesen und er ein Kollateralschaden, den man rasch über die Ambulanz entsorgt hatte. Gut, er hatte sie kurzfristig ein wenig vernachlässigt. Dafür hatte sie jetzt ihre Karriere saniert, möglicherweise zumindest. Und er, Viktor, war nicht mal eine Notiz in den Lokalnachrichten.

Endlich war Viktor angekommen an der Stelle, die Hedwig ihm gezeigt hatte. Was er sah, war Gras mit Gänseblümchen und vielen kahlen Stellen, an denen Moos und Erde durchkamen. Manche der Flecken waren mit einem Kreis kleiner Steine abgegrenzt. In anderen steckten Holzstäbe mit kleinen Schildchen dran. »Mucki« hatten Kinderhände darauf geschrieben. Auf einem anderen, dilettantisch zum Kreuz erweitert, stand »Bilbo«. Hier und da glitzerte eine Murmel, Steine waren als Marienkäfer bemalt, Grabbeigaben für schmerzlich vermisste Haustiere. »Hüpfer« schien ein Karnickel gewesen zu sein, in einer Plastikhülle verblasste das Foto eines schwarz-weiß gefleckten Langohrs. »Mümmel« wohl auch. Um was es sich bei »Hatschi« gehandelt hatte, wussten die Götter. Auf einem größeren Stein, der etwas abseits der anderen vor einem Rosenbusch lag, las Viktor »Opa«.

Hedwig hinter ihm in der Hecke raschelte ungeduldig. »Hast du es?«, rief sie flüsternd.

Viktor nickte. Er hatte es, in der Tat. Mit einem zufriedenen Lächeln hob er die Kamera und knipste.

Danach ging alles sehr schnell. Hedwig und Viktor klingelten an der Haustür, die erstaunten Dreschers ließen sie ein und machten, als sie ihnen am Küchentisch den Schnappschuss präsentierten, keine Anstalten zur Gegenwehr. Zu peinlich berührt waren sie davon, einer kriminellen Handlung überführt worden zu sein. Ja, sie gaben es zu: Sie hatten die Asche ihres verstorbenen Vaters aus Anders' Betrieb entwendet, um die Beerdigungskosten zu sparen. All die Urnen wären so teuer gewesen.

Viktor sah sich in ihrer Wohnküche um, mit der teuren Espressomaschine, den Philippe-Starck-Stühlen und den Originaldrucken an den Wänden. Als Verbrecher sahen sich die Dreschers allerdings nicht.

»Das wären dann also Einbruch«, zählte Hedwig Anders in völlig ruhigem Ton auf, während sie ihre Papiere sortierte, »Störung der Totenruhe und illegale Entsorgung eines menschlichen Leichnams.« Sie sah die Dreschers freundlich an, die verlegen vor ihr standen. »Und mit der Anzeige, die sie uns angedroht haben, und der geforderten Entschädigung für den vermeintlichen Verlust ist dann ja wohl noch Betrug dazugekommen.«

Frau Drescher drehte an ihrem goldenen Armband herum. Ihr Mann hatte die Arme verschränkt und hielt den Blick durch die Fensterfront gerichtet, ganz verantwortungsbewusster Vater, der seine Kinder im Auge behielt, komme, was da wolle. Aber sie sahen beide nicht glücklich aus.

»Ich denke, wir werden uns einig«, sagte Hedwig. Das war der Satz, der ein wenig Leben in das Ehepaar brachte.

Hedwig lächelte. »Ich erspare Ihnen die Peinlichkeit, die Asche Ihres Vaters von der Polizei vor den Augen der Nachbarschaft wieder ausgraben zu lassen.«

»Es ist ja auch wegen der Kinder«, fügte Herr Drescher hinzu und nickte. »Und im Gegenzug?«

Hedwig schob ihnen den Standardvertrag des Unternehmens Anders & Anders hin. »Dafür unterschreiben Sie hier. Ihr Vater wurde ja nun bereits beigesetzt.« Sie machte eine Pause. »Im Garten bei Hüpfer und Mucki.«

»Sehr geschmackvoll übrigens«, warf Viktor ein.

»Aber ich bin sicher«, fuhr Hedwig fort und trat ihn unter dem Tisch, »dass Sie im Gegenzug gerne die Beisetzung des Mordopfers Marion Winter finanzieren. Als guten Zweck sozusagen. Sie hatte keine Verwandten mehr. Ich habe einen Luxussarg aus Eiche eingesetzt, dazu den üblichen Blumenschmuck sowie einen Obolus für den Orgelspieler.« Sie sah kurz auf, als ein leise protestierender Laut kam. »Glauben Sie mir, der Organist kann das Geld gut gebrauchen. Seit alle ihre Lieblingsmusik auf CD mitbringen, wird er kaum noch gebucht.« Sie lächelte. »Ich werde das Geld sicher an ihn weiterleiten.«

Herr Drescher schluckte. »Danach lassen Sie uns in Ruhe?«, erkundigte er sich vorsichtig.

»Keine Anzeigen, keine Forderungen. Es ist niemals etwas geschehen.«

»Wieso haben Sie das eigentlich gemacht?«, fragte Viktor, dem die Sache nicht in den Kopf wollte. Das Haus, die Einrichtung, hier sah doch nichts nach Geldmangel aus.

»Kinder sind teuer.« Frau Drescher schob trotzig die Unterlippe vor. »Ja, und Vater, ich meine, das war doch keine Investition mit Zukunft, irgendwie.« Sie blickte hilfesuchend zu ihrem Mann. »Das erschien uns so sinnlos.«

»Verstehe.« Viktor lehnte sich zurück. »Einen Porsche als

Zweitwagen kaufen«, meinte er, in Anspielung auf das, was er in der offenen Garage gesehen hatte, »macht ja auch eindeutig mehr Spaß.« Er reichte seiner Tante den Stift, den diese den Dreschers hinschob. »Beerdigung als Lifestyle, Tante. Ich sag doch dauernd, darüber müssen wir nachdenken.«

Hedwig nahm den Stift. »Unterschreiben Sie bitte hier und hier«, sagte sie.

»Ja, aber Eiche«, wandte Frau Drescher noch ein.

Hedwig lächelte.

Die Dreschers gehorchten.

47

»Ende gut, alles gut«, lachte Hoffmann, als Viktor ihm einige Tage später davon erzählte. »Ganz im Ernst, Junge, wenn du für mich auch eine Beerdigung in meinem Garten arrangieren könntest, wäre ich dankbar.«

»Klar«, meinte Viktor, »ich entführe Ihre Asche, ersetze sie durch ein wenig Instantkaffee und setze Sie neben dem Teich bei.«

Hoffmann nickte. »Das ist gut. Miriam erbt ohnehin alles. Sie kann sich dann um die Grabpflege kümmern.«

Viktor erwiderte eine Weile nichts. Dann platzte es aus ihm heraus. »Dass Miriam am Ende bei so einem Sozpäd-Spießer landet!« Er schüttelte den Kopf. »Der ist doch viel zu alt für sie. Der fährt ein Auto mit Sitzheizung.« Ihm fiel noch einiges ein, was ihn an Friedhelm Werth störte.

»Sie lebt, Viktor«, sagte Hoffmann. »Sie lebt, und das sollte alles für uns sein, was zählt.«

»Und dass ich ihr das Leben gerettet habe, zählt nicht?«

Hoffmann tätschelte ihm die Hand. Er war zu alt und zu klug, um dazu irgendetwas zu sagen. Auch dass der Cognac in seinem Schwenker ein Geschenk von Werth war, verschwieg er Viktor wohlweislich.

»Muss sie deshalb gleich bei ihm einziehen?« Viktor war noch nicht am Ende seiner Klagen.

»Du weißt doch, dass dieser junge Mann ihr die Wohnung verwüstet hat. Und irgendwo muss sie ja unterkommen, bis alles wieder im Lot ist.« Hoffmann schüttelte den Kopf. »Und ich habe diesen Menschen meine Homepage programmieren lassen. Da hat meine Menschenkenntnis wirklich versagt.«

»Ach ja, Malte.« Wenigstens einer, der sich als der Schurke erwiesen hatte, für den Viktor ihn von Anfang an gehalten hatte. »Was ist denn aus dem geworden?«

Hoffmann wiegte den Kopf. »Herr Werth ist zu ihm, um mit ihm zu reden. Er ist wieder bei seinen Eltern eingezogen, wie es aussieht, und wartet auf einen Reha-Platz. Die beiden lassen niemanden an ihn ran und behaupten nur steif und fest, ihr Sohn sei ein guter Junge. Soweit ich weiß, will Miriam auf eine Anzeige verzichten.«

»Das ist ein Fehler«, fuhr Viktor auf. »Aber ein ganz grober. Den darf man nicht davonkommen lassen. Miriam hat ja keine Ahnung von Männern. Baut sie denn jetzt nur noch Mist?«

Hoffmann unterdrückte ein Schmunzeln. »Gib's auf«, sagte er. »Lass die Dinge ihren Lauf nehmen.«

Das war Viktor zu buddhistisch. »Sie meinen, ich soll es aussitzen?«, fragte er unwirsch. »So à la der Große Buddha ist kühl bis ans Herz?« Er dachte an die Fotos von Miriam, die er in seiner Nachttischschublade aufhob.

Hoffmann musste lachen und husten. Dann holte er rasselnd Luft: »Die Sonne/ im Auge des Falken/ der zurückkehrt auf meine Hand«, verkündete er. Er zwinkerte Viktor zu.

Der zog ein Gesicht. »Neudeutsch heißt das: Die Liebste/ nahm ich gebraucht zurück./ Es gibt ja heiße Duschen.«

Hoffmann lächelte in sich hinein und räusperte sich diskret. »Und unsere Kommissarin?«, fragte er dann.

»Beschäftigt«, knurrte Viktor.

»Wieder zurück im Sattel, hmhm.« Hoffmann überlegte. »Das wird Euler nicht gerne sehen. Sie hat ihm die Lorbeeren vor der Nase weggeschnappt.«

Viktor zuckte mit den Schultern. »Was will er machen.«

Karoline war von den Medien nachhaltig als die Frau gefeiert worden, die den sensationellen Serienkiller geschnappt hatte. Sie stand kurz vor ihrer Rehabilitation, und Viktor vermutete, dass sie damit alle Hände voll zu tun hatte. Ihre gemeinsame Nacht war nun nicht mehr als eine schemenhafte Erinnerung.

»Oh ja«, meinte er nur. »Sie reitet wieder.«

Hoffmann wiegte den Kopf. »Ihre Schwester kommt durch, höre ich?«

»Ja«, bestätigte Viktor. »Aber keiner weiß, was sein wird, wenn sie aufwacht. Wann immer sie aufwacht.« Er dachte nach. »Kommen Sie doch zur Beerdigung von Marion Winter«, meinte er dann. »Karoline ist dort Ehrengast. Vielleicht können Sie mir ihr sprechen.«

Hoffmanns Blick ging an ihm vorbei. »Am Teich«, sagte er nach einer Weile. »Das wird ein schöner Ort. Ich freu mich drauf.«

48

Liebe Freunde von Marion …

Viktor hielt mit Tippen inne, nur der Cursorstrich blinkte ihm weiterhin auffordernd und unermüdlich entgegen.

»Viktor«, schrie es von unten. »Weißt du, wo deine Tante ist?«

»Du meinst deine Frau«, brüllte Viktor zurück und fügte ein überlautes »Nein!« an. Vermutlich wieder bei Miriam im Café, dachte er. Wo sie über irgendetwas miteinander redeten und redeten.

Noch einmal zu Marion Winter! Viktor blickte auf den Bildschirm vor sich. Noch immer stand kein Wort darauf. Er hob die Hand und begann zu tippen. »Verlust«, schrieb er. Wusste er darüber Bescheid? Wusste er, was Verlust bedeutete? Oh ja, dachte er, das weiß ich. Dieses unglaubliche Loch, das entsteht, wenn jemand einfach und unwiderruflich nicht mehr da ist, nie mehr da sein wird, das kenne ich gut. Wieder einmal stieg der wilde Wirbel aus Wut und Trauer in ihm hoch. Doch er brachte ihn zur Ruhe.

»Ertragen«. Viktor betrachtete auch dieses Wort. Darum schien es ihm zu gehen. Die Verluste, die man erlitt, so zu ertragen, dass ein Weiterleben möglich war. Seine Flucht aus dem Elternhaus und seine zehnjährige Reise um die Welt waren im Grunde ein einziger großer Versuch gewesen, mit dem Verlust seiner Schwester fertigzuwerden. Manche brauchten etwas länger. Und war es ihm überhaupt gelungen? Er war sich nicht sicher. Er lebte sein Leben, verfolgte seine Interessen, fühlte manchmal sogar Leichtigkeit, Verliebtheit, Freude. In manchen Momenten. In den anderen war da wiederum nur das dunkle Loch, in das er nicht zu fallen versuchte. Dann erwachte er aus seinen Alpträumen und wünschte, es würde Tag werden, ohne jedoch von dem Tag etwas Besonderes zu erwarten. Heilung oder ein Ausweg schienen nicht in Sicht. Und dann? Der Tag war da, man machte weiter. Die Lebensfreude kam wie von selbst, und das Loch war vergessen.

Es war, als gäbe es zwei Viktors, als lebte er zwei Leben, die strikt voneinander getrennt waren. Er konnte nur hoffen, dass sie sich irgendwann auf eine Weise, die er nicht beeinflussen konnte, miteinander versöhnen würden.

Ob auch zwei Karolines existierten?, fragte Viktor sich. Ob sie sich aufgespalten hatte in eine, die einfach so weitermachen konnte, und in eine, die an den Angst- und Schuldgefühlen zerbrach? Die letzten Telefonate mit ihr hatten ihm Angst gemacht. Einmal hatte sie erzählt, dass ein paar entfernte Verwandte im Krankenhaus bei Kerstin zu Besuch gewesen waren. Sie hatten es vermutlich gut gemeint, als sie sagten, der Tod wäre am Ende eine Erlösung. Karoline hatte die Worte ausgespuckt: »Weil sie behindert ist, meinen sie, weil sie eine Last ist. Kanaillen.« Das konnte Viktor verstehen. Er brauchte nur an seinen eigenen Cousin zu denken, der ein fotografisches Gedächtnis hatte und Katzen aus dem Fenster warf. Der keinen geraden Satz sprach und hemmungslos um sich schlug. Tobi zog sich in der Öffentlichkeit nackt aus und verlangte seit kurzem Lehrbücher über Astronomie. Und er umarmte seine Mutter mit der Innigkeit eines kleinen Kindes. Niemand wusste, was er dachte, was er fühlte, er war ein Mysterium. Schon was er sah, hörte, spürte und roch, unterschied sich von den Wahrnehmungen aller anderen Menschen. Doch Viktor würde niemandem, keinem Menschen verzeihen, der seinen Verlust als eine Erlösung bezeichnete. Das sagte er laut.

Karoline schwieg eine Weile. »Auch dir selbst nicht?«

Viktor bekam eine Gänsehaut, wenn er daran dachte. Sie hatte so außer sich selbst stehend gewirkt. Er erinnerte sich an die Nacht, die sie miteinander verbracht hatten. In dieser Nacht war sie so anders gewesen als je zuvor. Wer war Karoline Schneid wirklich?

In jedem Fall die Frau, die morgen wie viele andere durch seine Rede getröstet werden sollte. Viktor löschte die bisher geschriebenen Worte. So ging das nicht. Er spielte mit der Maus herum, hörte, dass Tobias im Flur randalierte. Viktor sah auf die Zeitanzeige in der rechten Bildschirmecke. Schon nach vier? Vermutlich hatte die Katze ihren Flug bereits hinter sich.

Viktor hatte eine Idee. »He, Tobi!« Er zog seinen widerstrebenden Cousin in sein Zimmer und setzte ihn vor die Tastatur. »Sag mir Tobi, was ist, wenn man tot ist?«

Echte Hoffnung hatte er nicht, dass er eine Antwort bekäme. Trotzdem stellte er sich, wie er es von Miriam gelernt hatte, seitlich hinter seinen Cousin und legte ihm die Hand auf die Schulter.

Und Tobias tippte. »Nichts«, schrieb er. »Einfach nur begraben.« Er summte leise eine Melodie.

»Findest du das traurig, Tobi?« Viktor musste sich bemühen, seine Hand locker zu lassen. Er wollte Tobias nicht mit seiner Aufregung anstecken.

»Nein«, tippte Tobias. »Es ist normal.« Er machte eine Pause. »Keine Angst.« Dann schrieb er: »Wo ist mein Kaffee?« Und als hätte das geschriebene Wort seinen Wunsch neu befeuert, stieß er einen Schrei aus und rannte aus dem Zimmer. Die Tür hinter ihm knallte ins Schloss. Die Klinke fiel ab.

Viktor betrachtete den Bildschirm und musste lächeln. Wenigstens einer hatte mit dem Sterben keine Probleme.

49

Für Marion Winters Beerdigung hatte Viktor einen kleinen Dorffriedhof ausgesucht in einer Gemeinde, in der am folgenden Tag ein Volksfest stattfinden sollte. Sie konnten das Festzelt und die Anlage nutzen, nachdem sie dafür gezahlt hatten, dass einen halben Tag früher aufgebaut wurde. Die Armada von Motorrädern faszinierte die Dorfjugend, und so waren beinahe alle glücklich. Besonders Tobias, der um die Maschinen strich und sie küsste. Holger hatte darauf bestanden, dass auch er dabei war. »Und wenn er schreit, ist es okay«, hatte der Automechaniker gemeint. »An dem Tag wird es einige geben, die am liebsten laut schreien würden. Die finden es vielleicht gut, dass wenigstens einer sich einfach traut.«

Gegen die Heavy-Metal-Klänge aus den Boxen, die die Besucher begrüßten, hätte allerdings selbst Tobias vergebens angebrüllt. Viktor grüßte und nickte, mit der Gemessenheit eines Gastgebers. Er trug schwarze Jeans und ein Jackett über weißem T-Shirt, die rostfarbenen Locken auf Hedwigs Ermahnungen hin gekämmt und im Pferdeschwanz. »Ich seh aus wie ein verdammter Designerfuzzi«, hatte er protestiert. Und seine Tante hatte zufrieden genickt. Viktor wusste nicht, welchen Teil sie nicht verstanden hatte, Designer oder Fuzzi.

Auch Miriam kam, mit Friedhelm Werth am Arm. Sie standen einander eine Weile wortlos gegenüber. »Danke, dass du hier bist«, sagte er schließlich. Zu einem Dank für den Logopäden konnte er sich nicht aufraffen.

»Ist doch klar«, sagte Miriam. Und, als das Schweigen länger andauerte: »He, hast du gehört, dass deine Tante jetzt bei mir arbeitet? An den Vormittagen, an denen Tobi im Heim in die Schule geht.« Sie lächelte. »Bei euch hat sich ja viel getan. Ich freu mich für Hedwig.«

»Ja«, sagte Viktor düster. »Es hat sich viel getan.« Er verstummte. »Ich meine, ich freu mich natürlich auch. Für Hedwig.«

Miriam betrachtete ihn und nickte schließlich.

»Wollen wir?« Friedhelm zog sie enger an sich und dirigierte sie in Richtung Trauerfeier. Langsam wurde es ruhiger, die Gemeinde schien endgültig versammelt, doch von Karoline Schneid noch immer keine Spur. Stattdessen trat Kevin Euler auf Viktor zu. Sein Anzug mit Weste war makellos. Die silberne Gürtelschnalle blitzte im Sonnenlicht.

»Sie hier?«, fragte Viktor erstaunt.

Euler zog die Ärmel seines Jacketts nach vorne. »Ich werde mir das doch nicht entgehen lassen. Die Heldin bei der Beerdigung des Opfers.« Er grinste Viktor an. »Heute mag sie ja noch im Rampenlicht stehen«, fuhr er fort und nickte hin zu dem Lokalreporter, der neben der Eingangstür der Halle stand und seinem Fotografen letzte Anweisungen gab. »Aber ich habe den Untersuchungsbericht ihrer Schwester heute Morgen an die internen Ermittlungsbehörden weitergeleitet. Und das sieht nicht gut aus für unsere Kommissarin, gar nicht gut. Drogenbesitz, verletzte Aufsichtspflicht. Und bei den Verletzungen auch immer der Verdacht, dass sie ihr die Sachen gewaltsam eingeflößt hat.«

»Sie verdammter ...« Viktor unterbrach sich selbst, weil er Karoline am Eingang zum Friedhof entdeckte. Sie trug einen schwarzen Hosenanzug, die Haare streng zurückgekämmt, noch nass von der Dusche. Und sie sah bleich aus. »Wehe, Sie machen hier und heute auch nur einmal das Maul auf«, zischte er Euler zu.

»Pietät«, meinte Euler salbungsvoll. »Aber denken Sie daran: Es sind die Toten, über die man nichts Schlechtes sagen soll. Die Lebenden müssen sich für ihre Taten verantworten.«

Viktor hörte ihm nicht zu und eilte zu Karoline. Ihr Haar war nicht nass, stellte er fest, sondern fettig und ungewaschen. Sie trug kein Make-up. Ihre Lippen waren weiß. Am wenigsten gefielen ihm ihre Augen. Eigentlich waren sie grün, grün und leuchtend, das wusste Viktor. Heute aber wirkten sie wässrig und stumpf, beinahe farblos, so wie ihre Haut. Wie konnte ein Mensch sich nur so verändern? Wie konnte ein Gefühl das mit einem Körper machen? Viktor streckte besorgt die Hand aus, um sie am Arm zu fassen.

»Schön, dass du da bist«, begrüßte er sie. »Holger wird so froh sein.«

»Ja.« Selbst ihre Stimme war ohne Farbe.

»Keine Sorge, ich passe schon auf, dass es nicht zu viel wird. Und die Rede wird dir gefallen.« Er klopfte auf die Tasche seines Jacketts, aus der der weiße Rand eines gefalteten Blatt Papiers ragte. »Tobias hat mir beim Abfassen auf die Sprünge geholfen. Wart nur ab.«

»Ich werde selbst auch etwas sagen.«

»Was, aber …«

Karoline Schneid öffnete ihre Handtasche und holte eine Sonnenbrille heraus. »Man muss für das geradestehen, was man getan hat, oder?«, sagte sie und setzte die dunklen Gläser auf. Sie verdeckten beinahe ihr ganzes Gesicht. Auf einmal sah sie wieder gut aus, zerbrechlich und kühl, eine verletzte Schönheit. Als sie sein Gesicht bemerkte, strich sie ihm über die Wange. »Wir können nicht dauernd die Bösen verhaften und hoffen, selbst mit unseren schlechten Taten davonzukommen.«

»Aber du hast nichts Böses getan! Und, und, und…« Er suchte nach den richtigen Worten. »Kerstin lebt doch«, fiel es ihm endlich ein. »Es geht ihr gut.« Das Letzte war gelogen, er wusste es selbst. Verzagt zog er die Schultern hoch.

Sie lächelte und ging davon, mit den Absätzen vorsichtig auf dem Kies balancierend.

»Tu das nicht«, flüsterte Viktor, der ihr nachsah. Da hörte er das Knirschen von Lederschuhen auf dem Kies.

»Na, mein Sohn?« Hoffmann war da! Erleichtert lief Viktor ihm entgegen.

»War das die Schneid?«, fragte der Alte statt einer Begrüßung.

»Ja«, bestätigte Viktor, während er seinem väterlichen Freund den zerknitterten Anzug glatt strich. Hoffmann hatte den dunkelblauen Zwirn zuletzt als Gutachter vor Gericht getragen und seither zehn Kilo abgenommen. Er sah wie eine Vogelscheuche aus.

»Und es geht ihr gar nicht gut.«

»Kann ich mir vorstellen. Gib mir mal den gelben Ordner da.« Hoffmann hielt ihm eine Aktentasche hin. »Euler hat seinen Bericht zu Kerstin Schneids Unfall eingereicht. Er beruft sich auf die Drogen im Magen der Toten und die äußeren Verletzungen.« Hoffmann sah mit einem Mal grimmig aus. Er hatte eine Mappe herausgezogen und klopfte mit seinen knochigen Fingern darauf. »Was er übersehen hat, ist, dass die Halluzinogene zwar im Magen, aber noch nicht in der Blutbahn waren. Im Übrigen war ihre Menge nicht ausreichend für den Effekt, von dem wir reden. Und er hat das Aneurysma übersehen.« Er sah Viktor an. »Oder übersehen wollen.«

»Sie meinen …«

Hoffmann nickte. »Kerstin Schneid hatte eine spontane Hirnblutung, für die niemand etwas kann. Das Aneurysma war schon immer da und hätte jederzeit platzen können. Es wäre zu jedem Zeitpunkt lebensgefährlich gewesen. Im Gegenteil, vielleicht hatte der Drogencocktail am Ende sogar etwas Gutes. Und jetzt komm, Junge, wir müssen uns beeilen. Bevor sie sich ihr ganzes Leben versaut.«

50

Trotz seines Elfenbeinstocks stützte der Alte sich schwer auf Viktor. Außer Atem kamen sie im Zelt an, durch den Seiteneingang, direkt neben dem kleinen Podest, auf dem der Sarg aufgebaut war. Karoline Schneid stand vor dem Mikrofon und starrte durch ihre dunklen Gläser auf die Menge in dem dämmrigen Raum. Es war unklar, wie viel sie sah. Unklar auch, was in ihr vorging. »Ich«, sagte sie immer wieder. »Ich …«

»Gut, weiter ist sie noch nicht«, stellte Hoffmann fest. Er wirkte ruhig und entschlossen, doch sein sonst so blasser Teint hatte sich kräftig gerötet. »Dann wollen wir mal.« Er zwinkerte Viktor zu. »Los, Junge, hilf mir rauf.«

Falls Karoline erstaunt war, dass ihre Ansprache unterbrochen wurde, so verbarg das ihre Sonnenbrille.

Viktor legte den Arm um sie. »Frau Schneid dankt Ihnen allen, dass sie heute erschienen sind, um Abschied von Marion Winter zu nehmen, die von einer der gefährlichsten Mörderinnen getötet wurde, die die Kommissarin je zur Strecke gebracht hat. Marion Winters Tod aufzuklären war eines der größten Anliegen der Kommissarin, und sie ist sehr bewegt. Herr Professor Hoffmann, ein weiteres Mitglied des Ermittlerteams, wird nun die Trauerrede für sie halten. Darf ich bitten, Herr Professor.« Er brachte den alten Gerichtsmediziner in Position und wollte ihm sein vorbereitetes Redemanuskript zustecken.

Doch der lehnte ab. »Man wird nicht so alt wie ich, mein Junge, ohne sich über den Tod seine Gedanken gemacht zu haben.« Hoffmann nahm das Mikrofon. »Der japanische Dichter Basho«, begann er, »war auch einer, der gern auf den Straßen unterwegs war.«

Es ging ein Murmeln durch die Reihen der Rocker, dann wurde es mäuschenstill.

Viktor musste lächeln. »Komm«, flüsterte er Karoline ins Ohr und führte sie hinaus. Sie folgte ihm wie ein Kind.

Draußen drückte er ihr zwei Schriftstücke in die Hand. »Das ist der korrekte Abschlussbericht zu Kerstins Unfall«, sagte er. »Hoffmann hat ihn von einem Kollegen erstellen lassen. Er belegt, dass Kerstin an einem Aneurysma litt. Ich kenn mich damit nicht so genau aus, aber wie es aussieht, ist das etwas, was man von Geburt an hat und was jederzeit passieren kann. Auch einfach so. Sie hatte gar nicht genug von den Medikamenten genommen, um sich damit ernsthaft in Gefahr zu bringen. Und das hier«, er hielt ihr sein Manuskript hin, »ist die Rede, die ich geschrieben habe. Ich hab dabei an Kerstin gedacht. An mich. Und auch an dich. Vielleicht hilft es dir ja dabei, ein wenig, ich meine …«

Sie hörte ihm nicht zu. Mit zitternden Fingern durchblätterte sie den Bericht. Als sie am Ende angekommen war, schrie sie auf und schlug sich die Hand vor den Mund.

»Ich würde damit warten, Euler zu erschießen, zumindest bis nach dem Begräbnis.« Viktor versuchte ein Lächeln.

Karoline Schneid schüttelte den Kopf. Er streckte die Hände nach ihr aus. »Du, ich kann mir nicht annähernd vorstellen, wie es jetzt in dir aussieht«, begann er.

In dem Moment klingelte ihr Handy.

»Ja?«, meldete sie sich knapp und dann atemlos noch einmal. »Ja?« Danach hörte sie nur noch zu. Als sie endlich auflegte, leuchtete ihr blasses Gesicht. »Sie ist aufgewacht.« Es war nur ein Flüstern. »Sie ist wieder aufgewacht!« Diesmal schrie die Kommissarin. Sie strahlte Viktor an. Doch ehe er etwas sagen konnte, wirbelte sie auf dem Absatz herum und rannte los.

»Karoline!«, rief er. »Mensch!« Doch sie winkte nicht einmal mehr.

Tante Hedwig kam aus der Kapelle. »Alles in Ordnung?«, fragte sie.

Viktor schüttelte den Kopf. »Ich hab es mit einem Satz aus Onkel Wolfgangs Handbuch versucht«, sagte er. Nachdenklich sah er Karoline nach, deren Auto gerade mit aufheulendem Motor anfuhr. »Ist gerade noch mal gut gegangen.« Das Auto mit Karoline verschwand die Dorfstraße hinunter. Er hoffte, sie käme zurecht.

Hedwig Anders lächelte und versuchte, ihm über das Haar zu streicheln. »Trotzdem, gerade heute, finde ich, siehst du ihm irgendwie ähnlich.«

Toll, dachte Viktor. Fantastisch. Seinem Onkel Wolfgang ähnlich sehen. Das baute einen Menschen doch auf. Er schenkte seiner Tante ein schiefes Lächeln. »Das sind ja großartige Aussichten.«

Hedwig hängte sich bei ihm ein. »Ja«, sagte sie. »Das finde ich auch.«